喋血罗浮

毛锦钦　著

暨南大学出版社
JINAN UNIVERSITY PRESS

中国·广州

图书在版编目（CIP）数据

喋血罗浮/毛锦钦著. —广州：暨南大学出版社，2015.8
ISBN 978 - 7 - 5668 - 1561 - 3

Ⅰ.①喋…　Ⅱ.①毛…　Ⅲ.①纪实文学—中国—当代　Ⅳ.①I25

中国版本图书馆 CIP 数据核字（2015）第 159292 号

出版发行：暨南大学出版社

地　　址：中国广州暨南大学
电　　话：总编室（8620）85221601
　　　　　营销部（8620）85225284　85228291　85228292（邮购）
传　　真：（8620）85221583（办公室）　　85223774（营销部）
邮　　编：510630
网　　址：http：//www. jnupress. com　http：//press. jnu. edu. cn

排　　版：广州市天河星辰文化发展部照排中心
印　　刷：深圳市新联美术印刷有限公司

开　　本：787mm×1092mm　1/16
印　　张：13.25
字　　数：223 千
版　　次：2015 年 8 月第 1 版
印　　次：2015 年 8 月第 1 次

定　　价：38.00 元

楔　子

这是一座仙山，佛教道教，在历史长河中积淀了厚重的宗教文化。

这是一座文山，文人墨客，在荏苒岁月里留下了深沉的诗情画意。

这是一座红山，喋血壮士，在烽火连天时发出了强烈的震天怒吼。

罗浮山，它以红色之魂、绿色之美、古色之韵，闻名于华南大地。

蜿蜒的东江流过，罗浮山北接五岭，南临东（莞）宝（安）。

绵绵的山脉，一头连接西面的广州，一头连接东面的大亚湾。

罗浮山，南粤的门户，军事、经济枢纽和战略重镇。

抗战中，罗浮山历史和地理位置的缘故，决定了它不寻常的命运，更显示出它无穷无尽的魅力，留下一段段热血沸腾的故事。

1938 年 10 月 12 日，日军从大亚湾登陆，突破惠州，占领博罗，直逼广州……

大亚湾边，罗浮山下，扬鞭马蹄奋疾，硝烟烽火连天。

尽管有些历史学家、文学家用"不堪一击""落荒而逃""抛戈弃甲"等词汇来形容中国守军的抵抗，然而这些形容并不准确，部分中国守军面对帝国主义日军，在敌众我寡、兵力分散且装备落后的情况下，奋勇抵抗，浴血奋战，延缓了日军对广州的进攻，功不可没。

历史记住：

在新桥，有宁死不屈的守军士兵和他们的王排长。

在粉石坳，有智勇双全、誓与阵地共存亡的凌云连长。

在福田，有一千多名为国捐躯的官兵和"以死谢罪"的旅长钟芳峻。

在正果，有死守阵地最终牺牲两百条生命的黄植虞营。

他！他们！数以千计的将士。

一条条宝贵鲜活的生命，谱写出一曲曲雄浑悲壮的史诗。

一场场惊心动魄的战事，展现了一幅幅气壮山河的画卷。

是悲歌，是壮歌，对此，后人评价不一。

对于人类来说，任何一场战争都是灾难！

1938 年至 1942 年期间，日军在惠州、罗浮地区狂轰滥炸，大肆烧杀抢掠，奸淫妇女，犯下了滔天罪行。哀鸿遍野，触目惊心，惨绝人寰，帝国主义日军罪行令人发指。

河山破碎，人民遭殃，忍无可忍！怒火燃烧！

日军的血腥暴行，激起了罗浮人民的无比愤怒，罗浮人民纷纷奋起，守土自卫，加入全民参与的抗日战争之中。

广州沦陷后，中华大地牵动了海外华侨的心，他们纷纷行动起来，积极支持并参与祖国的抗战，掀起声势浩大、规模空前的抗日救亡运动。《告别南洋》的歌声，在天空飞扬，在大海回荡。他们放弃了学业、工作，放弃了安定的生活，离别了亲人，远涉重洋，在中共东江地方党组织的带领下，怀抱赤子之诚投身抗战中，如火如荼地展开了救亡工作。

民族，这个本来很抽象的词，在特定的时间、特定的环境中，变得无比具体和厚重。抗日的怒潮在咆吼，抗日的激情在燃烧，这正是中华民族凝聚力的具体表现。

罗浮地区的抗日军民——尤其是在中国共产党领导下的东纵游击队，他们在将近七年的对日抗战中，起着其战略意义远远超过其歼敌成果的伟大作用：

——1943 年 6 月，广东人民抗日游击总队为了粉碎日军在罗浮山建立的基地，由宝安大队副大队长阮海天率领，挺进增（城）博（罗），建立游击根据地。

——1943 年 12 月 2 日，中共中央指示广东人民抗日游击总队改称广东人民抗日游击队东江纵队（简称"东江纵队"），罗浮地区成为"东江纵队"的主要活动地区之一。

——1944 年，罗浮地区的抗日斗争进入高潮阶段，并向广州外围推进。

——1944 年 8 月，土洋会议后，东江纵队向东江北岸北挺进，以罗浮山为中心的江北根据地的工作全面展开。

——1945 年的春天，罗浮山山花烂漫。五角帽、灰色土布制服、三八大盖、驳壳枪，这支一千三百多人的队伍似滚滚的铁流，绵延数里，挺进罗浮山。

——1945 年 7 月，省临委、军政委员会以及东江纵队司令部、政治部、后勤机关等直属队先后进入罗浮山根据地。东纵领导机关抵达罗浮山后，领导部队和群众开展了轰轰烈烈的革命运动，革命火种在罗浮山一带燃烧。当时，罗浮山成为华南敌后抗日游击战争的指挥中心。

——1945 年 7 月 6 日至 22 日，中共广东省临委在罗浮山冲虚观召开了历史上具有重要意义的干部扩大会议，这是继 1944 年 8 月土洋会议之后召开的又一次重要会议，史称"罗浮山会议"。会议学习和贯彻了党的"七大"决议及党中央 7 月 16 日的指示，总结了抗战以来的经验教训，并讨论了部署进军粤北、开辟五岭根据地以及建立党的广东统一领导机构等议题。

喋血罗浮，罗浮地区军民抗日的贡献远远不止这些。

……

虽然，广东人民游击队在 1938 年冬至 1945 年秋，对日作战的次数和歼敌的人数不多，但从反击日本侵略的战略上看，它却是华南抗日武装斗争"大围棋"中不可或缺的重要棋子。

回顾半个多世纪前的那场血腥之战，笔者力图透过七十多年的历史风云，对仍然健在的为数不多的抗日战士进行采访，并通过他们提供的线索，及浩如烟海的历史资料，寻找罗浮地区抗日游击武装，以及在他们背后默默地作出牺牲和贡献的千千万万人民群众，以纪念他们在这伟大抗争中所作的不可磨灭的历史功绩。

七十年过去了，许多人在当年的残酷战争中，已化为泥土，历史的风雨虽然磨蚀了无数可歌可泣的英雄事迹，然而，英雄的灵魂一直在感召着后人，那些难忘的记忆依然刻骨铭心。

2015 年，是世界反法西斯战争暨中国抗日战争胜利 70 周年。我们为先烈默哀，向他们致敬！我心怀崇敬坐于电脑前，随着手指起落，筑起一个也许是小之又小的纪念碑，以纪念所有在罗浮山地区为抵抗日本法西斯作出贡献的爱国将士。愿以这册薄薄的书，编织一个雪白的花圈，祭奠所有抗战时期为国捐躯的烈士。

目　录

一　惊涛拍岸浪滔天

南方的十月，秋高气爽，阳光明媚。

然而，在广东大亚湾，每当老人谈起七十六年前的这一天，他们的表情大概都相同：摇头，叹气。

1938 年 10 月 12 日，大亚湾海域的天气一改往常的风和日丽，而是阴雨绵绵，雾霾笼罩。

从这一天开始，日军大举进攻华南。

这一天，日军登陆大亚湾。

日军为什么在大亚湾登陆？

历史在这里似乎只有惨淡的记忆——

暗流涌动

大亚湾，也称拜亚士湾，位于邻接英国租借地圈内的大鹏湾之东，比大鹏湾宽些，是南中国海众多海湾中一片神奇的海湾。湾口的东部有小星山岛及其他数岛，西部是三门岛、陀淳岛等岛并列，湾内还有几个小岛。由湾内北岸到东岸有范罗港、稔山、碧甲、平山、龙冈、黄冈、大鹏等诸小村一点一点地排列着。

"拜亚士湾"是英国人命名的，后来蒋介石恢复大亚湾之名。大亚湾自古以海贼根据地而闻名于世，在这附近徘徊着的渔船和帆船全都是海贼船。大海贼船还装备了步枪、机枪和旧式五米到八米的大炮等在海面横行。海岸边则是渔村，其建筑物从各方面看，恐怕都是海贼聚居的小村。大亚湾是相当深的海，适于登陆。海岸的右方排牙山上有炮台，海岸一带有碉堡。

大亚湾三面环山，一面是滩，海面宽广，水平如镜，底宽流缓，航行条件极佳，舰艇便于展开。湾内有非常弯曲起伏之地，澳头至淡水、惠州有公路可通，进军便利，且地形不太复杂，适于大兵团活动。

1937 年"卢沟桥事变",日本帝国主义发动了全面侵华战争后,为切断中国南方物资补给线,摧毁华南抗日根据地,实现其封锁中国南大门和进占东南亚各国的目的,从 1937 年 8 月开始,就接连不断地对广东全省特别是大亚湾实行反复疯狂的遍地轰炸,企图以此"摧毁中国的抗战意志"。

当时担任惠州、平山、淡水和大亚湾沿海守备任务的是国民政府军第一五一师,师长莫希德。该师辖两个旅,温淑海旅驻龙岗、深圳和广九线上;何联芳的第四五一旅守备惠州、平山、淡水、澳头,该旅罗懋勋团团部和两个营驻淡水一带,澳头驻一个营,营部驻亚妈庙;土湾驻步兵第八连,连长姓凌;黄鱼涌的禾里巴驻一步兵连,连长刘金山;禾堂头驻机三连。

由于大亚湾设防程度不高,容易得手,而且进军便利,毫无疑问,日军进军华南选择了大亚湾登陆!

"波"号作战

1938 年 7 月 31 日,日本大本营制定了《以秋季作战为中心的战争指导要纲》,决定配合武汉作战实施广东作战,明确规定:"广东作战的目的,是切断蒋介石政权的主要补给线,并挫败第三国,特别是英国的援蒋意志。"为实施广东作战,日本大本营下令编组第二十一军,下辖第五师团、第十八师团、第一〇四师团和第四飞行团等部队,特别决定起用熟知华南情况的侵台日军司令官古庄干郎中将和参谋长田中久一少将分任第二十一军司令官和军参谋长。

田中久一在日本接到任命,当天下午即于设在福冈的右翼团体偕行社本部召集各兵团参谋会议,研究广东登陆作战细则。

1938 年 9 月 7 日,日军大本营御前会议制定了《"波"号作战计划》(亦称《"波"集团作战计划》,简称《"波"号作战》),所谓《"波"号作战》,就是由日军代号为"波"集团的第二十一军执行。

同日,担任作战的日军第二十一军下达了动员令。决定对广东大举用兵,其主要目的就是要封死华南地区的进出口渠道,同时也可以策应武汉会战。

日军第二十一军司令官当时尚在台湾,田中久一遵照古庄干郎的指示,9 月 16 日在日本组成该军司令部,用 10 天时间赶写出《第二十一军作战计划》,规定广东作战分两期实施:第一期从 1938 年 10 月 12 日开始,"波"主力部队在广东大亚湾登陆,经淡水向惠州推进;第二期任务为等后续部队抵达后,兵合一处突破东江(惠州)防线,向广州北方推进,进攻广州;另派一支部队在海军配合下,进攻珠江口虎门要塞。

1938 年 9 月 19 日，日本大本营下达了第二十一军（代号"波"集团）的战斗序列：

第二十一军司令部：军司令官，古庄干郎中将；

军参谋长，田中久一少将。

其兵力为：

1. 第五师团：第九和第二十一旅团等部；师团长，安藤利吉中将；

2. 第十八师团：第二十三和第三十五旅团等部；师团长，久纳诚一中将；

3. 第一〇四师团：第一三二和第一〇七旅团等部；师团长，三宅俊雄中将；

4. 第四飞行团等部：团长，藤田朋少将；

5. 野战重炮第一旅团。

另有军直属部队的指挥系统。

同时，海军为了展示自己的力量，派遣了盐泽幸一中将为长官的第五舰队作为支援。海军以"Z"为行动代号，兵力编成是：

重巡"妙高"（旗舰）；

轻巡"多摩"；

第一航空战队："加贺"航母及驱逐舰 2 艘；

第二航空战队："苍龙""龙骧"航母及驱逐舰 4 艘；

水上飞机母舰"千岁""神川丸"；

岸基航空兵第十四航空队和高雄航空队；

第十战队：轻巡"天龙""龙田"；

第八战队：轻巡"鬼怒""由良""那珂"；

第二驱逐舰战队：轻巡"神通"及第八和第十二驱逐舰大队 7 艘驱逐舰；

第五驱逐舰战队：轻巡"长良"及第三、第十六、第二十三驱逐舰大队 10 艘驱逐舰；

第一炮艇队：改装炮艇 5 艘；

第二巡防队：潜艇母舰"迅鲸"及其他船艇 18 艘；

第十一扫雷艇队：扫雷艇 6 艘；

横须贺海军陆战队第 3 大队等。

参战各部统归第五舰队司令官盐泽幸一海军中将指挥，共有飞机 150 架，舰艇七十多艘（不含运输陆军的船只）。

日军为拿下广州，也是豁出了老本，如此多个陆军师团，如此强大的海军力量，也是各战区唯一能抽出的战略预备队。打无战略预备队的仗，在战争史上是罕见的。日军在中国战场的攻势，此时已达巅峰。

田中久一的作战计划经日本大本营批准后，他于9月26日以军参谋长的身份下达侵粤军事行动第一号命令：陆军第二十一军第五师团、第十八师团、第一〇四师团分别从青岛、上海、大连起航，于10月7日前到达澎湖列岛的马公湾集结。他自已也率领第二十一军司令部从日本门司起航，经旅顺、上海，于1938年10月2日到达马公岛。

10月4日，田中久一在马公岛下达《"波"集团登陆计划》，对参战各兵团下达向广东进军命令。

写到这里，必须向读者交代一下田中久一的情况。

田中久一是日本兵库县人，为日本陆军士官学校、陆军大学的高材生，又被选派到美国考察研究军事，回国后青云直上，到1937年已由步兵大佐、步兵联队队长升为陆军少将，1938年提升为侵台日军参谋长，疯狂地镇压台湾人民的爱国斗争，以屠杀台胞赢得"镇台之宝"的称号。

田中久一野心勃勃，他虽人在台湾，心却早已飞往中国大陆，特别是对华南地区的军事地理更感"兴趣"，时刻注意着日本向华南的侵略动态，暗中搜集华南的军事情报，迫不及待地希望日本把侵略战争扩大到华南，多次要求率军进攻华南，实现他征服华南的梦想。

机会来了。

9月24日，军部作战参谋野崎吉太郎等四人受派于田中久一少将，到香港以南40公里的万山群岛进行战前侦察。侦察过程中，发生了一件鲜为人知的事——一个极其荒唐的插曲。

野崎吉太郎等四人到万山群岛后，突遇台风，狂风暴雨，电台由于受潮发生故障而无法使用，和军司令部失去联系。军情不能等待，田中久一久等不见音讯，便亲自带5名侦察人员，化装成渔民，赴万山群岛察看地形。

田中久一一行抵达万山群岛后，因地形不熟而迷路，且电台信号时断时续，无法向司令部求援。在问路的过程中，被当地民团逮住。当地民团被田中久一那些不咸不淡的中国话所迷惑，把他们当作"台湾渔民"于当晚护送到香港，田中久一在香港的特务机关的安排下，乘坐飞机返回日本。

田中久一返回日本后，就加紧大亚湾的登陆准备，以早日实现他那春秋大梦。

喧嚣的马公岛

一场台风，让美丽的马公岛显得有点杂乱、烦躁。

马公岛，澎湖列岛中面积最大的一个岛，海域辽阔，烟波浩渺，一望无垠。

海岸线上，停泊着大大小小的战舰，战舰上的膏药旗（日本国旗），迎着咸涩的海风猎猎作响，无数的军械、粮食，还有军队，源源不断地登船。

岛上，街头巷尾，穿着黄色服装的军人，熙熙攘攘，川流不息。架着机枪的军用卡车、摩托车在公路上来回奔跑；一队队头戴钢盔、肩扛三八式步枪的日本士兵正步走向码头。

严肃紧张的军事会议在"大义宫"召开。

马公岛是台湾最早的汉人聚落所在地，在清朝前期旧称为"妈宫岛"，1921 年被驻守的日军改称为"马公"。这里习俗和闽南相近，尤其和东山岛一样，大都尊崇关公，岛上关帝庙、堂随处可见，而且香火很旺，最大的一座关帝神庙是"大义宫"寺庙。

"大义宫"，依山傍海，坐北朝南，由武成殿、崇先殿、大义宫三座并排的庙宇组成，均为三进，建筑面积一千三百多平方米。"大义宫"装饰讲究，精美的木雕、石雕和泥塑，屋脊剪瓷龙雕，造型各异，其间配有花鸟走兽，具有闽南古建筑的艺术风格，可以见得是出自大匠之手的杰出建筑。

"大义宫"大门前旗杆上的日本军旗迎风飘扬，大门右侧的石柱挂着"日本帝国南支派遣军司令部"的牌匾，门前台阶两边，左右两排卫兵荷枪实弹，戒备森严。

宫内正殿供桌上的神像不翼而飞，取而代之的是一座黑铮铮的船形刀架和三把寒光四射的武士刀。

殿内宽敞明亮，右侧墙上挂着一面 4 米长的日本国旗，一幅巨大的南中国海军事地图挂在左侧墙上。殿的中央是一张白布遮盖的长方形桌子……两边是各部指挥官，个个正襟危坐，神色严峻。

"司令官……"

传令声还没"到"字，"咔嚓"一声，全体军官挺胸昂首，就地肃立。

司令官古庄干郎，早年毕业于东京帝国大学，参加过日俄战争，陆军大学校第 21 期（55 人中首席）学生，陆军省兵务课长、军事课长。对源远流长的中国文化情有独钟，特别是对《孙子兵法》熟稔于胸。此次日军用兵华南，可谓用心良苦，主要目的有三：一是打通南中国沿海一线，特别是为占领广州铺平道路；二是将华南作为大日本帝国侵华的后方基地，可以更有力地支持武汉之战事，更可作为华北、华中一带物资和兵员补给之重要基地；三是可作为建立"大东亚共荣圈"的枢纽，为日后攻取中国香港、新加坡和泰国等东亚地区做好准备。对于率兵一事，生性好斗的古庄干郎求之不得。此时，他在指挥船上利用会前的点滴时间在研读《孙子兵法》，可见，古庄干郎对中国军事文化研究几乎到了痴迷的境地。

中等身材，干瘪消瘦的古庄干郎，大步走向长方形桌子的上方。站定后，他环顾四周，眼睛闪着幽光骨碌碌地转来转去。然后，脱下白色的手套扔在桌上，举起右手，示意众将领坐下，坐稳后，左手半握成拳放在嘴边，干咳了几声。

"诸位……诸位！"古庄干郎尚有点气紧。

他再次半握拳头，放在嘴边使劲咳嗽几声，右手伸入裤袋中掏出来一条白里透黄的手帕往嘴里一抹，"咔咔"几声后，将包裹着黄痰的手帕塞回裤袋里面。

古庄干郎开门见山地把战场形势摆在参会的军官面前，哑着嗓子低沉地说："诸君，自昭和二十六年以来，我大日本帝国所向披靡，无坚不摧，尽管我们还没有迫使支那政府屈服，但是支那的抵抗力量已被皇军歼灭殆尽。近卫相虽然提出有限度的和平战略，但是，这并不意味着我们这些军人可以懈怠了，征服支那不仅是明治天皇和多少前辈们的梦想，也是我们大和民族最终的目标！"

说着说着，古庄干郎拿起茶杯，"咕咚"地喝了两口。

会场显得异常安静，连蚊子飞过的声音也都能听得一清二楚。

众军官挺胸抬头，神情严肃地接受长官的训示。

古庄干郎接着说："为了配合进攻武汉，速战速决占领全中国，（1938年）9月7日，大本营御前会议作出进攻广州的决定，制订了代号为'波号作战'的计划。为此，大本营决定将第五师团、第十八师团、第一〇四师团，编成第二十一军，并配有第五舰队、陆军航空兵和海军航空兵一部，总兵力七万多人，舰艇和木船五百多艘，飞机二百余架，组成'南支派遣军'，并在南中国海登陆，迅速攻占广州，切断国民政府从港澳地区的外援通道，控制整个华南地区。本人受天皇之命，担任这支部队的最高指挥官，负责'波号作战'攻略广州计划的实施。希望各位义不容辞，为效忠天皇陛下、效忠大日本帝国立功，甚至献出自己的生命。下面由参谋长宣布作战命令。"

田中久一部署作战方案。

田中久一长得牛高马大，满脸络腮胡子，古铜色的肤色镶嵌着炯炯有神的两眼。他身佩战刀，脚蹬马靴，挺胸昂首地走到军用地图前，拿起指挥棒在地图上一边指点，一边说道："前不久，我军已经占领广东沿海的蒲台、担杆、南澳和三灶等岛，并在这些岛屿修建机场、建筑码头，封锁广东沿海。目前，广东沿海的海防线，虽然有兵力把守，但是，广东军事当局错误判断我军的作战意图和主攻方向，低估了我军的作战能力，军事布防不合理，沿海的惠（阳）宝（安）地区设防兵力非常单薄，没有空军的支援，没有成规模的炮兵和装甲力量，他们的武器五花八门，他们的后勤保障极其原始……因此，根据'波号作战'的第一号作战命令，我现在正式下达作战……"

"命令"两字还未出口，"啪"的一声，众军官笔直地站起来，个个表情庄重，目视田中久一。

田中久一庄重地宣读《"波"集团登陆计划》（亦称《"波"集团作战甲字第 1 号命令》），其主要内容：

"集团为迅速攻占广州，在白耶士湾（即大亚湾）登陆，一举前进至东江之线，准备尔后会战。"

"及川支队（由第五师团第九旅团团长及川源七所指挥的支队）击破当面之敌，迅速从平山圩方面向横沥圩附近东江右岸地区推进，为本集团渡河确保该江渡河点。登陆地点：虾涌圩（今霞涌）地区及亚铃湾。"

"第一〇四师团击破当面之敌，从平海——平山圩道方面进入西江右岸，在平潭圩附近集结兵力，准备随时前进至横沥方面及惠州方向。登陆地点：玻璃厂北方地区。"

"中路军在虾涌圩登陆后，沿永湖、马安，向惠州进攻。左路军在岩前、澳头、小桂登陆后，沿淡水、镇隆向惠州攻击。右路军在平海的玻璃厂登陆后，经稔山、平山到达平潭。及川先遣支队则沿横沥、杨村、公庄、平陵、龙华、永汉、正果、派潭，直取从化，迂回广州北面，配合正面部队进攻广州……"

……

语速缓慢，读得深沉……

"第一次登陆时间预定为 10 月 12 日晨 5 时整。第十八师团长统一指挥本师团及及川支队登陆。"田中久一扯高了嗓门。

在田中久一部署作战任务的时候，古庄干郎正在擦拭他的军刀。这是一把以精钢为原料，锻造及淬火工艺十分精良的西洋式指挥刀，刀刃锋利，削铁如泥，波浪形的刀纹清晰可见，刀鞘及护手的外形精美，只见刀背上樱花纹饰清晰可见，长长的刀刃显着蓝幽幽的光。这是他接受使命时，日本天皇亲自赐予他的宝物，是权力与地位的象征。

古庄干郎看着军官们，振奋地说："各位，登陆能否成功，在此一举，各位务必精诚团结，奋勇杀敌，若稍有懈怠，军法处置!"他站起身，后退两步，挥起军刀在空中划过一道白光，然后将刀尖对准刀鞘口，"啪"的一声，军刀入鞘，动作很流利。

"嗨!"众军官立正敬礼，纷纷离去。

10月10日晚，一支百多艘舰艇组成的庞大舰队，行驶在波涛汹涌的海面上。这支舰队载着日军第十八师团、第一〇四师团三万余人。而机械化装备的第五师团，此刻正在青岛集结待运。

在浩浩荡荡的舰队中，重巡"妙高"旗舰（指挥舰）趾高气扬地行驶于舰队的中央。

"妙高"是日本海军第五号重巡洋舰。于横须贺海军工厂动工，1927年4月16日，举行下水仪式，昭和天皇亦有出席，于1929年服役。其命名取自新潟县的妙高山。

"妙高"级重巡洋舰是日本海军在签署《华盛顿海军条约》后完成设计及建造的第一种万吨级巡洋舰，一度被西方认为是最强大的"条约级巡洋舰"，"妙高"级完工时携带8条小艇，后来增加至10条，作为舰队旗舰时会再增加一条指挥官专用艇。

这时，"妙高"号旗舰甲板上有两个人在频频举杯。一个是古庄干郎中将，一个是舰队司令盐泽幸一。

他们时而抬头望天，时而望着层层密布的舰群，一口酒一段话，哈哈大笑，得意忘形。

古庄干郎："盐泽君，舰队何时能驶入大亚湾海域?"

盐泽幸一："阁下，近中国海了。天亮时，舰队就能进入大亚湾。"盐泽幸一呷了口酒，问古庄干郎："阁下，此次行动的规模如此大，胜算的把握有多大?"

古庄干郎用手压了压被风吹偏的军帽，趾高气扬地说道："这个你放心。大日本帝国不能输，不会输! 对付中国军，哪有输的道理。"

"听说盐泽君几年前曾在上海与中国军队交过手。是吗?"

古庄干郎话中有话，像一把盐直撒在盐泽幸一的伤口上。在1932年淞沪抗战中，蒋光鼐、蔡廷锴的十八路军和张治中率领的中央军曾使盐泽幸一的海军陆战队大吃苦头。盐泽幸一在那场战役中作战不力曾被撤换。他最不愿意提及那段往事。

盐泽幸一把酒杯往桌上一顿："没错！我是领教过支那军的韧劲，别忘了，冈村中将在武汉方面就是被一支支那广东大军拖住的。你不要高兴得太早，广东军在等着你！"

说完，转身向舱内走去。

甲板上，古庄中将在踱步沉思。舰队那昏黄的灯光摇曳在黑沉沉的大海中，显得有点尴尬和不协调。此战，结局如何？中国人打仗有经验了，他心里没底。这毕竟是场偷袭战，偷袭不成又会是个什么样子呢？难道是中国人所讲的，偷鸡不成蚀把米？

他不愿想下去。不管怎么说，东京的天皇和大本营把这重任放在了他的肩上，再艰难他也要设法拿下广州，作为一名帝国军人，他的唯一信念就是，不辱使命。

庞大的舰队犁出道道波浪，向着漆黑的前方驶去。

1938 年 10 月 11 日黄昏，日军战舰抵达大亚湾口，当晚 23 时陆续到达预定抛锚地。

惊涛拍岸

广东大亚湾，美丽的海湾，已经在黎明中苏醒了，在乳白色的晨光里，旷阔的海面隐隐约约透出灰绿色。太阳在慢慢升起，大海在晨光里泛起金黄色的波浪。

10 月 12 日清晨，连夜从淡水指挥部赶来的罗懋勋团长已经到达粉石坳阵地，他要在这里召开战地会议。当太阳升起丈把高的时候，全团的几十号连长来了不到一半，他们列队正准备接受长官的训话。

这天是农历八月十九，中秋刚过，惠淡守备区的军官们，从香港、广州等地已返回大亚湾驻地。

"都回来了！目前战事紧张，日本仔很快打过来，闲话不说，希望兄弟各位要检查防御状况，巩固阵地，从现在开始，从长官到士兵不准离开碉堡，没有回营房的长官要立即归队，否则军法重处！"

随后，参谋长作了战事部署。

罗懋勋，字德燊，广东高要人，黄埔军校第四期毕业，第九〇一团团长，惠淡守备区政治部主任。

此时的罗懋勋，内心忧困……

他担心的是，上层决策失误，大亚湾设防程度不高。

当时，中国政府和军事当局作出了错误的判断，认为广东毗邻香港，日本因避免与英国冲突，不会在广东从事大规模的军事行动，把广东国民党军六个师和几个补充团调去淞沪、南浔、河南等战场，调出部队占广东驻军总数50%左右，致使广东防务空虚。第四路军驻粤四个军七个师和二个旅，共八万余兵力，担负广州和沿海地区防御的驻军有第一五一师驻大亚湾、惠阳地区；第一五三师驻深圳、樟木头地区；第一五七师驻潮汕地区；第一五四师、一五二师、一五八师及独九旅驻广州附近。虎门要塞有守备部队和海军防守，珠江口有七艘军舰扼守。

蒋介石的国民党广东军事机关首脑余汉谋对预测日寇登陆地点摇摆不定，误认日军的兵力部署，以虎门为主要攻击目标，而大亚湾只是佯攻。根据这一错误判断，余汉谋执行了"以确保广九线为目的"之作战计划。对保卫广州的防御战略与兵力部署，采取了前轻后重的策略。

本来防守惠州、大亚湾地区兵力就不足，但余汉谋又把第一五一师的一个旅调驻广九铁路附近，驻守惠州和大亚湾沿海防线的兵力就更加薄弱。

惠（州）、平（山）、淡（水）、澳（头）的守备由国民党第八十三军副军长兼第一五一师师长莫希德负责。该军编制只有第一五一师，辖两个旅和一个补充团，每个旅有两个团。补充团驻博罗城；温淑海旅驻龙岗、深圳和广九线上；何联芳旅守备惠（州）、平（山）、淡（水）、澳（头）一线，该旅罗懋勋团团部和两个营驻淡水一带，一个营驻澳头亚妈庙，下辖三个连，分驻澳头土湾、霞涌等地，防守新桥、粉石坳、黄鱼涌、土湾、石岩仔等海防线。

对敌军的主攻方向判断失误造成布防兵力不足，是后来大亚湾仓皇失守的重要原因。

对此，罗懋勋心知肚明，只是不敢苟言而已。

其实，罗懋勋是在余汉谋的口中得知"日寇即将大举向广东进犯"的消息。

黑森森的大海狂风呼啸，咆哮狰狞，呼啸的风，撕扯着呼啸的浪，拍击着海岸嶙峋的礁石，几米高的浪花冲天而起，有如卷起千堆雪，激荡震撼。罗懋勋团长在随从副官的陪同下检查了粉石坳、黄鱼涌、土湾、石岩仔等海防阵地。每到一处，他都会说上一句："兄弟，留点神！"像是与部下作最后的道别。

1938年10月12日，历史瞬间在这里定格。

凌晨，"嘭!""嘭! 嘭!"大亚湾海面上连续炸开照明弹，惨白的死光一下子洒遍海岸——日寇进攻了，就在凌晨大家最困的时候!

不久，一阵阵刺鼻的汽油味从大海的深处飘来，"嗡嗡"的轰鸣声隐隐可闻，灯火点点像魔鬼的幽灵在海面游弋。

接着，海面在涌动，大地在颤抖。贴着红膏药的日本飞机，摆开三个"人"字队形从云层钻出，气势汹汹地向着大亚湾猛扑过来；"突突突……"一艘艘飘着日本国旗和军国主义军旗的军舰，跳出了海平面，浩浩荡荡地向大亚湾驶来。

号叫的机群遮天蔽日。

呼啸的炸弹密匝匝压下。

天崩了，地陷了。

轰炸过后，停泊在下冲港至盐灶背、船澳的港湾——"亚婆角"的日舰打下了底舱，无数小艇向几处海岸接近，日本兵跳上沙滩，如狼嚎叫，架起大炮向大鹏湾（大亚湾）的中国守军阵地猛射，炮弹呼啸，山崩海裂。

鬼子来了

日寇在大亚湾登陆。

人们在睡梦中惊醒。

中秋刚过，善良的老百姓以为战事在北方，华南沿海能偏安一隅；乘着八月十五的节日余兴，家家门前摆上桌子，剖柚子，剥花生，吃月饼，家长里短，谈古论今。盐灶背港居民黄姓大族正在宰猪，准备十八日秋祭祖坟……正当他们甜睡的时候，风平浪静的海面突然翻起了大浪，日军飞机分批轮番向登陆地点霞涌、岩前、澳头一带扫射轰炸。

驻防部队的阵地被炸得稀巴烂，罗懋勋一个营被摧毁，守军撤离时，进入村庄大声地喊："日本仔登陆了，快跑!"一人传一人，一户传一户，一村传一村，民众扶老携幼，纷纷向山里逃难……

12日凌晨2时45分，日军第十八师团、第一〇四师团和及川先遣支队等部4万余人，分三路在大亚湾登陆。

担任右翼的是第一〇四师团和及川先遣支队，这一部队分两支，一支在平海的碧（毕）甲沿海沙滩登陆，到稔山后沿西北方向进攻平山，沿途未遇抵抗；另一支在霞涌鱿鱼湾登陆，遇中国驻军海军陆战队一个营在沙公坳抵抗。第一〇四师团于12日上午10时主力登陆完后，顺利北进占领白芒花，配合从稔山来的日军。是日 18 时，日军占领平山。

左翼和中路是日寇主攻部队第十八师团。

第十八师团，这个师团曾参与南京大屠杀，其野蛮凶残列各侵华部队之首。

第十八师团右翼（中路）队是主力部队。第二十三旅团团长上野龟甫少将指挥的步兵五十六联队、独立机枪第三大队、山炮第一一一联队为基干登陆后，立即向北方进犯，进入通湖圩（今惠东县蒲田以南）地区，遭中国守军第一五一师四五一何联芳旅的阻击。几小时的激战后，四百余中国守军后退。14 日 13 时 30 分日军占领了横沥圩，支队主力当夜集结在横沥圩。

第十八师团左翼队（步兵第三十五旅团团长桑田照贰少将指挥的步兵第一一四联队、独立机枪第二十一大队、野炮兵第十二联队为基干，在岩前港东西海岸、澳头圩西南约 5 公里的倒装湾小桂）登陆，以一部兵力占领北方高地，以主力向淡水追击，攻击淡水东北高地中国守军七百余人。

日军第十八师团判断，澳头是中国军队驻守的重要港口，不仅有炮台设备，防守还十分森严，故特意令野炮联队避开此处，在岩前登陆。野炮联队作为左路部队，从岩前登陆后，发现没有能让火（山）炮通行的道路，根据高空摄像，得知从澳头港到淡水有一条汽车道，于是，派出兵力护送火（山）炮，从岩前回到澳头港。登陆时间为 21 时 50 分。防守澳头的第一五一师罗懋勋团的一个营因众寡悬殊，在敌海陆空军强大火力的压制下，伤亡惨重，不支溃退。随后，日军各队直接从澳头港登陆，所有车辆都由澳头进发。

至此，日军在大亚湾登陆完毕。

在数百架飞机的掩护下，多路日军从不同的地点长驱直进惠州。

日军在大亚湾登陆后，除在一线以上四处遇到激烈抵抗外，二线的阻击战亦非常激烈。

淡水附近原驻有四五一旅和罗团团部及两个营，在敌人尚未逼近时，稍经抵抗即溃退。

——13 日凌晨 2 时，日军第十八师团左翼队小龟山向淡水急行前进，主力在淡水南面高地遭我守军增援的机械化部队一千余人的攻击，激战一小时后，守军不支，向西北撤退。

——13 日凌晨 2 时，日寇占领惠阳县重镇——淡水。

——13 日下午，日军由淡水侵占永湖、三栋进抵冷水坑附近，直向惠州追进。

——13 日晚，日寇第一〇四师团和及川先遣支队利用民船在平山圩附近渡过西江，昼夜连续行军途中，与我守军（何联芳旅）发生激烈战斗。

——14日清晨，由冷水坑及陈江向惠州进攻的两路日寇，已直扑城郊。另一股由永湖侵占镇隆、陈江再即北窥惠州。

这样，日寇就从三面形成对惠州的包围。

日军登陆后见人就杀。

中路的日军刚在霞涌爬上岸，遇上一个从香港回来探亲的陈姓商人与几个伙计在逃难，该商人自以为是大英帝国的臣民，蛮有优越感，所以遇见日军，倒也不是很慌张，笑嘻嘻地把帽子摘下来，向骑马的军官侧身微微点头示好："Hello，Sir。"看来他对自己这个礼行得满意之极，不亢不卑，既潇洒又有分寸，极具大英帝国绅士的风度与气质。问题是日本军官不讲什么文化，不懂欣赏优美的国际礼仪，反而嫌他腰弯得不够低，于是刀光一闪，鲜血如注，人头落地。

中路日军继续往左走，企图会同在澳头登陆的本部人马一同攻击淡水。当走到岩前村时，又碰上捕鱼回家的兄弟俩刘玉宣和刘茂宣，哥俩看见有军队路过，也没问什么，天刚蒙蒙亮，看不清楚是哪里来的部队，便走在队伍的后头。走了一段路，带路的汉奸发现了他们，问他们是何人，刘玉宣看着周围的军人，以为是支援澳头的国民政府军队，于是一挺胸膛："抗日后援会的。"还拿出"后援会"的铜质证章，汉奸很奇怪地看了看，便向旁边的日军军官嘀咕了一阵，日军军官挥起东洋刀，刀光一闪，人头落地。刘茂宣见势不妙，钻进路旁的树丛中逃脱。

血染青山

反抗！日本人用血改变了一切。面对侵略，选择并不多，热爱祖国和民族的他们，选择反抗。

反抗，是人受到攻击时的本能反应。

反抗，只要有一点血性的人都会选择反抗，何况是在落后就要挨打的中国。

位于南边灶村（澳头街道南边灶村）西北面的新桥，又名钳口，是座石筑三孔拱桥，一米多宽，二十多米长，桥下水流湍急，桥东一片田野，桥西岸是悬崖。

新桥是通往淡水的必经之路。过了桥三四十米远有座小山叫龟地垅，山麓有一座水泥碉堡，两条战壕从碉堡两侧延伸，桥头有几个单人作战掩体。

粤系地方守军罗懋勋团第八连王排长率领部分士兵在这里防守。

日军在这里一脚踩响了第一颗"地雷"。

10月12日凌晨5时左右，逃难人群已进入深山，岩背村黄怀、黄金保、陈远新三个青年路过新桥准备进山，正在桥头休息。当他们你一言我一语地谈论中国守军撤退的狼狈样子而唉声叹气时，突然一道人影直奔过来。"谁?"黄金保正打算站起来看看是谁，却还没等他站起来分清楚是什么人的时候，夜色中的这群人便露出了狰狞的面孔!

七八个穿着土黄色军装的日军狞笑着猛然扑上来，"扑哧"几下，黄怀、黄金保猝不及防当场被刺刀刺倒。

"啊!"一声惨叫，黄怀倒在血泊中。

"不好! 日本仔!"陈远新当过几年兵，手脚灵活，端起十三响（土枪）向敌射击，糟糕的是枪哑了，一瞬间，几把刺刀向他刺来。陈远新左闪右躲，虽未被刺中要害却也被刺破了好几处。陈远新忍着伤痛，身体一蹲跳入桥下灌木丛，并大声喊:"日本仔来啦!"

"砰砰砰……"原本用刺刀的日军就是为了偷袭，结果被陈远新这一喊就没法保密了! 恼羞成怒的日军向他逃走的方向放了几枪。

喊声、枪声，唤醒了桥西的中国守军。

在睡梦中惊醒过来的士兵抓起武器跳出掩蔽所，钻进战壕迎敌。

这时，十几个日军已踏进桥中。

王排长下令:"打!"

"打!"怕听不清，王排长又大声喊了一声。

一声令下，步枪、机枪一齐开火，手榴弹也飞了过去。

桥中的日军倒了一大片，没有死的或困在桥中，或向后奔逃。

后面的日军反应也极快，他们迅速地组织了火力对着对面守军的阵地便是"突突突……"的一阵猛射，那些被困在了桥上的日军趁机撤了下来。

当时天尚未亮，日寇因对桥西的防守情况不明，不敢轻举进攻，只能多次组织骑兵向桥面冲锋，几次怪叫着"杀击击"的冲锋却都被守军打退。恼羞成怒下，日军调集来火炮对着新桥便是一阵猛轰!

天亮后，日军几乎气歪了鼻子，就那么几十条破枪烂命，居然把上千人的大日本帝国军人挡在桥这一边，立即呼叫航母舰的飞机在新桥上空轮番俯冲扫射，掩护其步兵冲锋、骑兵冲击。

"啾啾……轰! 轰!! 轰……"守桥的将士们怒吼着和日军的炮火对抗，竟然无一人退却半步，子弹、手榴弹像雨点一样扫向日军。

"哒哒哒……"人高马大的王排长,拿起一挺轻机枪对着向空中俯冲的敌机射击,掩护其余士兵阻击日寇步兵。

那些日本骑兵在这窄小的地段根本就没有办法发挥骑兵的优势,只能再次退了下来……

"开炮!"敌指挥官命令炮兵开炮。

炮弹伴随着尖利的啸声,落在守军阵地上。炮声一响,山体一阵颤抖,树上的叶子急雨般落下,整个阵地都被硝烟和扬起的粉尘笼罩着。

"弟兄们!跟着老子打!!"却见王排长赤红着眼,对着奔袭而来的日军怒吼着。"哒哒哒……"王排长扣动着扳机!而这挺轻机枪,却是守军最强的武器了……

炮火中,弹雨里,守军伤亡过半。

正当王排长用机枪对空射击的时候,一块飞石砸在了他的头上,他摇晃了几下倒下去。

"王排长!"一个士兵紧紧抱着昏迷的王排长大声喊着。

炮击之后,日军再次发动了袭击!数十个日军在"突突突……"的重机枪掩护下,顺着桥面匍匐前进!

在巨大的枪炮声中,王排长醒了。他将只剩下半截身子的弟兄眼睛合上,然后缓缓地放下了机枪,抓起了身边的手榴弹猛然拉开,向迎面冲来的日军甩了过去……

至此,44人的中国守军,能够站着的不到十人。依然寸土不失。

日军不耐烦了,再次呼叫海军飞机轰炸。

"嗡嗡嗡……"战斗机的轰鸣声响起,盘旋在守军阵地上空。"突突突……"又一阵疯狂的扫射,几个守军被打成了筛子。

"打!"王排长怒吼着,赤红着眼抓起了机枪对着那飞机便是"哒哒哒……"的一阵狂射!

飞机立即拉高,躲避开了射来的子弹!而桥面上的日寇趁机冲了上来,此时守军阵地上仅仅有三个活人!

一个肚子被打穿了的士兵,左手捂住流了出来的肠子,右手抱着一捆手榴弹跃出战壕,扑向了日寇……一声号叫,一声巨响,地动山摇。那扑上阵地的十余个日寇被炸飞了出去!

守军阵地只剩下一个老兵和奄奄一息的王排长。

又一批日军端着刺刀,"呀呀"叫着冲了上来。

那老兵用尽自己仅剩的一丝力气,"扑哧"地一刀刺倒了一个日本兵,自已却被七八把刺刀猛然刺进了胸部……

战争年代，不管什么原因，丢失阵地，没完成任务，就是最大的耻辱。"拼了！"醒过来的王排长大声吼着，"哒哒哒"操着机枪向扑上来的日军便是一顿狂扫！

"咔咔……"子弹已经打空了。"噗！噗！"几把刺刀刺进了王排长的身躯。王排长的身体猛地一震，机枪从手中滑落。他艰难地一边转身一边拔出手枪，对着敌人"砰砰砰"便是几枪。几声惨叫，一个日本兵的脑袋被打破，脑浆喷了一地！

"噗！噗！"又有几把刺刀刺中了王排长。

王排长的眼睛，渐渐地失去了神采。然而，他却未倒下。几个日本兵怪叫着扑上来，举起枪托"砰"地一下朝着王排长的身躯砸过去！

终于，这位守备着新桥的排长，躺在了地上……

清晨7时多，新桥失守了，守军全部壮烈牺牲。

"八格！"赶上中国守军阵地的日军联队队长，对着大队长破口大骂。

他怎能不恼火。几十个中国守军，一处简陋的防御工事，竟然阻挡了一千多人的进攻，还动用了飞机和大炮，死伤百余人。想不到一登陆就踩响了"地雷"，更想不到的是为夺取一座小小的桥竟要付出如此惨重的代价。

"八格！"

"啪！啪！"随着咬牙切齿的骂声，日军联队队长给了大队长两个耳光。

"嗨！嗨！"众目睽睽之下，大队长跪倒在地，叩头谢罪。

"该死的中国人！把他的肚子给我剖开！吊起来！我要让那些该死的中国人知道，抵抗帝国的军人会是什么样的下场！！"怒火中烧的大队长指着王排长的身躯狰狞地嘶吼道。

"嗨！嗨！"几个日本兵进行着惨无人道的变态杀戮。

日军笑嘻嘻地拿着刺刀挑开了王排长的腹部，剖开胸腔，挑出肠子，掏出心脏，割下头颅……随后用绳子捆住王排长那没有头颅的尸体挂在了桥头的老树上……

与此同时，粉石坳也在激战。

粉石坳在新桥的右后侧两公里处，相隔三个山头，有一条山路绕向淡水镇。粉石坳坡陡路窄，逶迤曲折。罗懋勋团第八连的连部就在这里，凌云连长带着八连的大部分士兵在此守扼。

日军在马涌一带登陆的同时，又派一支队伍从土湾的雷头湾登陆，以避开土湾河经粉石坳从另一方向进攻淡水。

天刚蒙蒙亮。凌云连长整理好军装，佩带好心爱的驳壳枪，手提司登冲锋枪，准备奔赴战壕杀身成仁。

伙食房的官兵们，同往常一样准备好了饭菜。不同的是，连长把保存好的好酒拿出来，给兄弟们一人斟上一碗，凌云连长一口气把酒喝光，将碗往地上一摔。

"从今往后，不求同年同月同日生，但愿同年同月同日死！"

太阳刚刚钻出东面山坳的丛林，日军便向晨雾弥漫的粉石坳展开了猛烈的炮击，从山上往下看，只见灰蒙蒙一片，分不清是硝烟还是晨雾，在阳光的透染下，那暗淡的紫黄色彩，让人心情抑郁。

八连的士兵迅速进入阵地，等待着出击的命令。

日军飞机一阵轰炸后，整个阵地被浓烟和大火笼罩吞噬。凌云连长和守军刚从泥土堆里爬出来的时候，一股日本兵向阵地冲来。

"哒哒哒……"连队唯一的重机枪开始怒吼，整片整片的日军倒下，日军整整三个波次的进攻组合彻底被击溃，号称钢铁意志的武士们撒腿就跑……

日寇退了，强横的进攻硬是被更强横的阻击打退了！八连士兵每个人脸上那层厚厚的泥灰都被泪水流出道道白痕……

然而，日军倒下了一批，后面又冲上来一批，打不死似的，打不完似的。

"日军火力很猛，这里人手不足，要派兵来加强防守。"凌云连长用电话报告敌情。

"日军多路进攻，无法调动部队增援，守得住要守，守不住也得守！"对方的语气十分强硬。

刚打完电话，几发炮弹就在凌云连长身边爆炸了，震得电话机一蹦老高。十几分钟后，炮声戛然而止，烟雾开始飘散，黑压压的日寇朝守军阵地蜂拥上来。藏龙卧虎的山，沉默着。

智勇双全的凌云连长，机智地隐蔽在悬崖边的岩石旁，怒目圆睁盯着步步逼近的敌人。"叭！叭！"随着凌云连长手中的枪声，几个日本兵从山坡上滚下。敌人还没弄清是怎么回事，山头上便爆发出一片喊杀声。战士们从壕沟一跃而出，将一枚枚手榴弹和一梭梭子弹打向敌群。顿时，敌人被打得像从山顶倒下的一筐土豆，纷纷滚下山去。

很快日军改变战法，由轮番攻击改为集体冲锋。集中所有火炮，在山脚下向山上急速发射，炮弹从四面八方飞上山头，直打得岩石开花，树枝横飞，烟火腾空。不一会儿，山顶就像剃了个光头。日军满以为我军被其炮火消灭了，成群结队地涌向守军阵地。

劈头盖脑的是从天而降的手榴弹。

战斗打得非常惨烈，守军一百三十多人的连队，连火头军和马夫都上了！现在阵地仅仅剩下不到三十人。日寇在进攻中也伤亡惨重。

战斗在僵持着。

一边是，为了天皇和大和民族的野心罔顾生死的日本侵略者，成群结队拼了命往前冲。

一边是，英勇不屈的八连坚守官兵，愿与阵地共存亡，拼死抵抗决不后退一步！

天亮。黑压压的日军士兵，潮水般地凶猛扑来。

"连长！撑不住了！再没有援兵，咱们就要葬身在这里了，撤吧……"副连长对着凌云连长呜呜地哭道。

"军令如山，军令就是天命！"凌云"呼哧呼哧"地喘着粗气，拿着一把司登冲锋枪红着眼回到了指挥部里打电话要求团部援兵……电话摇把松弛，话筒没有电流声。

凌云狠狠地一把将电话听筒"啪"的一声砸到了电话机上。

一会儿，不知从哪里冒出来的飞机在守军阵地上空呼啸盘旋，进行猛烈的扫射和轰炸，凌连长"突突突"地扣动着扳机试图将飞机打下来！

阵地上还剩下多少弟兄，他没有去计算。他怕算了自己会心疼！

"突击！！"日军再次冲锋。几乎要杀到战壕了！

一个只剩一条胳膊的伤兵跌跌撞撞地站起，扯开胸衣，露出伤痕累累的胸膛，操着一口客家口音嘶哑地大声冲着天空怒吼："孙子！有种冲阿公来！"

一个，两个……越来越多的伤兵眼含着悲愤与热泪，喊着"拼啦！"抱着手榴弹冲向敌群……

"轰隆！轰隆！"一声声炸响，伤兵瞬间就在爆炸中凭空消失了，硝烟吹散后那一块地上横七竖八地趴着躺着几具日寇的尸体……"轰隆！"又是一声巨响，守军阵地上简陋的野战工事被炸塌了一片，密密麻麻的尸体摊满了工事……

日军再次对守军阵地进行炮轰。

"杀击击……"随着日寇的冲锋号，日寇潮水一般涌上来。一颗弹片击中了副连长的胸部。副连长让人找来了凌连长，咳着血苦笑道："连长……我不成了，带着……带着咱们的弟兄撤吧……"

"至少……至少为咱们八连，留点种子啊……"副连长拉住了凌连长的手，呼出了自己的最后一口气……他，没有豪言壮语，没有遗言，用尽了最后的力量杀了他所能杀的日寇。

缓缓地合上了副连长那死不瞑目的眼睛，看着身边那十余个满身硝烟、黑不溜秋的汉子，凌连长哽咽了，跪在了副连长面前，他嘶吼了一句："撤！"

12日早上7时多，粉石坳阵地失守。守军第八连除凌连长带领十位战士冲出了重围向大芒方向撤退外，上百名八连爱国将士全部牺牲在阵地上。没有人知道他们的名字，以至没有人知道他们来的地方的名字：开平、新兴、罗定、英德、连县……大亚湾血战的第一个晚上，南粤子弟的热血染红了海边的青山！

攻破粉石坳守军的日军，经新娘间到禾堂头（禾里巴），因黄鱼涌守军已全部进入石岩仔一带防御工事，日军沿途未遇抵抗。约上午10时，日军到达了禾堂头（禾里巴）。

企岭路段是下斜坡路的单边路，非常险要，可谓"一夫当关，万夫莫开"之势。我方守军在路对面一座山上筑有几座坚固碉堡，控制着企岭这段险路。当日军下到半山腰时，遭到守军猛烈火力的阻击，下山的日军全部倒在这段山路上。日军又以飞机掩护地面部队进攻，守军战士跳出碉堡，托起机枪对敌机射击，还有的爬上松树用步枪射击，从中午战斗至下午14时左右，日军多次组织冲锋，除丢下大量尸体外，无法前进。但是，由于守军孤守无援，只好撤出阵地向双罗溪方向撤退。在双罗溪，国民政府守军再次与日军交锋，战斗持续到晚上20时，守军战死过半。

下午18时，一支日军乘小艇在澳头圩登陆，被防守的民众自卫队击毙五十余人。

在这几处激烈的战斗中，大部分的守军将士都壮烈牺牲。敌人大兵团过后，逃难群众陆续下山。经过烈士殉国的地方，心地善良的乡亲们含着眼泪用客家话给战士们召唤魂魄，收拾遗体……

敌众我寡，敌强我弱，至12日上午8时，大亚湾登陆之日军侵占了楼下、澳头、沙鱼涌等（或沿海）阵地。随即敌军向淡水进犯，另一小部渗入龙岗警戒；其他步兵、骑兵、炮兵、工兵、机踏车队、战车队等亦陆续登陆，至下午16时日军完成了全部登陆任务。日军登陆后，先头部队即向西猛冲，至官溪从新村经大蕉园、青山排过凉帽坳出大门埔直扑淡水镇。

惠淡失守

日寇在大亚湾登陆后，除在以上四处遇到激烈抵抗外，不到24小时，就占领了从平山至淡水的大片登陆场。日军随后派飞机大炸淡水镇，城内火光冲天，淡水镇几乎化为废墟……

淡水守军罗懋勋的一千余人，在该镇南面高地与日军激战1小时不敌，向西北方向（惠州）撤退。

淡水、澳头，溃退的国民党士兵夹在慌乱的难民中纷纷撤退。逃难的百姓携老带幼，潮水般向西、向北涌去，凄惨无比。父母呼唤着儿女，儿女在喊着父母……

呼唤和孩子的哭声此起彼伏。

加上连日来的狂轰滥炸，横尸遍野，妻离子散，亲人不能见，有家不可归，村无人住，路无人行，荒野凄凄，鬼哭狼嚎，一片人间地狱的景象。

日军占领澳头、淡水后，不待休整，也没按广东军事当局研判的那样，从樟木头方向沿广九线上攻广州，而是以疾风骤雨之势兵分两路扑向惠州：一路从稔山经平山，进发惠州；一路从淡水，直奔惠州。

惠州，位于广东省中南部东江之滨，珠江三角洲东北端，南临南海大亚湾，是粤东军事重镇，咽喉之地，易守难攻。自元朝至今七百多年来鲜有破城记录，后虽在国民大革命时期被东征军首破于1925年，但东征军伤亡惨重，还死了不少黄埔一期的宝贝，蒋介石心疼得直掉泪。

兵临城下！日寇压境！

10月14日10时，日寇师团迫击炮队进入惠州南侧地区，准备攻城。

日寇第十八师团长久纳诚一决定于14日15时攻击惠州城，部署如下：

第一，上野支队［上野少将指挥的步兵第五十五、五十六联队（缺第二大队）、独立机枪第三大队，山炮兵第一一〇联队、迫击炮第二大队为基干］从东江以西（东面）攻击惠州。

第二，右侧支队（步兵第一一四联队第三大队为基干）从东江右岸地区截断惠州附近之中国守军背后。

是日傍晚，日寇侦察知道守防惠州的是国民党军第一五一师的一个团及装备较好的独立第二十旅之一部，师团长久纳诚一估计中国方面会再向惠州增调部队，便决定让先到达的上野支队的步兵第五十五联队（第二十三旅团）即向惠州发动进攻，并命令在淡水桑名少将指挥的左翼队（第三十五旅）火速赶至。日军两支部队当晚乘雷雨天气开始攻击惠州城。

天上雷鸣电闪，地上炮火连天。

惠州城乱成一锅粥。逃难的民众惊慌失措，扶老携幼，拖儿带女，潮水般向外逃跑。

中国守军第一五一师第四五一旅的官兵，并不是孬种。他们面对强大的日军，并不是人们所传的像兔子一样飞快地逃跑，而是选择了抵抗。

敌强我弱，敌众我寡。不经攻击的中国守军，凭借飞鹅岭附近挂（高）榜山的简易堡垒进行抵抗。

挂（高）榜山是惠州的制高点，日军利用夜色的掩护，乘胜发起冲击。日寇突击队依靠强大的炮火支援，沿着陡峭的山坡，一步一步地向前攀爬。

"打！"一阵激烈的排枪声，日军纷纷退下。

日军指挥官怒了！

排炮怒吼！乘着炮弹和炸弹升起来的泥土，日军端上了上刺刀的步枪，腰间挂着生红薯和手榴弹，一窝蜂朝守军阵地冲来。

又一阵激烈的枪声和手榴弹爆炸声。

日军又退了下去。

"毒气！鬼子放毒气啦……"一个运送弹药到阵地上的守军士兵被烟幕弹呛了一口猛地喊了起来向后便跑，他的慌张带动了几个士兵离开了射击位置，刚走几步，送弹药的士兵就倒在地上……

"弟兄们！别慌！现在大北风的，鬼子从南边过来他们敢放毒气弹吗!?"一声破锣般的吼声传来，一个中尉军官出现了，他的枪还指着另外几个想撤退的士兵道："就算是毒气弹咱们也不怕，也要顶住，谁他妈敢后退半步老子就地正法，回去把他祖坟也刨了！"

所有的士兵都回到了自己的位置上，那个倒在地上的士兵尸体就被遗弃在一旁，没几分钟就被泥浆覆盖了，不注意根本看不到他的存在……

10 月 15 日凌晨，日军在小挂榜山用毒气弹毒死中国守军 40 人。

中国守军挡不住日军潮水般的进攻。

15 日凌晨 3 时许，阵地被突破，守军向博罗撤退，所有大炮等重兵器、车辆等，尽落敌手。

凌晨 4 时左右，日军追击队第五十五联队进占惠州南门，上午 8 时许，日军步兵第五十六联队第三大队突入东门。

战至上午 11 时许，日军第十八师团占领了惠州全城。

右侧支队在第五十六联队第三大队的配合下，于 15 日 7 时攻占惠州桥东县城。[步兵第二十三旅（上野支队）于 16 日黄昏以一部兵力占领博罗] 至此，惠州城失陷。

惠州之战，中国守军第一五一师的一个团和独立第二十旅的一部有微不足道的战绩：打死日军 19 人，打伤 61 人，虏获山炮 11 门，卡车 61 辆。

惠州的城头，第一次出现了血一样的太阳旗的阴影，它像一把尖刀刺进惠州人民的心！

惠州蒙受屈辱。

当然，在大亚湾失守和惠州沦陷的问题上，历史不会忘记这两个人：莫希德和温淑海。

接到余汉谋死守惠州的命令，守将莫希德（国民党第八十三军副军长兼第一五一师师长）当场就哭起来。他负责的惠（州）、平（山）、淡（水）、澳（头）的守备，编制只有第一五一师，辖两个旅和一个补充团（驻博罗城），而第一五三师几千人（还有温淑海旅），呆在东莞常平那边，搬出小板凳眼睁睁地看着惠州、博罗失陷，说是防止敌军主力从虎门登陆，结果白白坐等三天，日军也没从左边的虎门那里爬上来，反而是第一五三师被右边澳头过来的日军一冲，溃散了一部分。

他没兵了，又不能像孙大圣那样，拔根毛就变出兵来。第一五一师一师两旅，一个温淑海旅被大头鱼（余汉谋）调去西边，另一个何联芳旅罗懋勋团被打残，剩下的一个团被敌快速部队沿途穷追，不敢沿公路退回惠州城，而是跑上了山。另一个补充团在博罗驻扎，都是新兵，有些连枪都还不会开，根本没战斗力。整个惠州城只有罗懋勋团的残兵及师部直属队，想打也打不了。

当日军在大亚湾平海、稔山、澳头、霞涌强行登陆，进犯惠州时，莫部守军部分官兵离防外出广州。12 日日军攻下淡水。13 日日军从淡水、澳头、稔山三路进攻惠州。莫部守军钟冠豪营及佛子凹炮兵指挥部均闻风撤退。14日莫部何联芳旅及师直属队撤往博罗，惠州沦陷。21 日广州陷落。11 月 15日，蒋介石以莫希德作战不力，丧师失地，予以撤职查办，并下手谕："着将莫希德一名枪决。"后经军界人物出面周旋，处分由枪决改为判刑，再改为保释。民国三十年（1941 年）冬，莫希德出狱，出狱后回武平岩前老家闲居。

再说温淑海。

历史有这样的记载：敌第一八师团及第一〇四师团分别攻占平山至淡水、澳头一线，打下了一块稳定宽阔的登陆场。但登陆仍是先头部队，兵力仍不算厚实。可惜历史在这瞬间开了一个玩笑，广东军事当局，优柔寡断，遇敌无策。国民党第一五一师旅长何联芳部，退出淡水向龙岗、青溪，沿广九铁路旁撤退。当时淡水守军罗懋勋团的两个营，经不起敌之优势炮、空火力之轰击，仅作了两小时的抵抗就溃败，淡水遂告陷落。驻龙岗、坪山一带的第一五一师旅长温淑海部，被由坝江、小桂港登陆的一支日军向叠福出沙鱼涌侧面包抄。温淑海本人闻风飞跑向英界沙头角逃命，被英兵缴械。所部星散，无人指挥，四处抢劫难民。其中有一位朱营长竟在坪山属的"马栏头"地方杀害两难民，劫夺了财物逾万元。温淑海所部，有小部分士兵和官佐是本地人（温亦是距淡水30里的镇隆村人），携械逃回老家，利用地形熟悉，在惠州甲子沙镇隆一带出没，美其名为"打游击"。

温淑海逃到香港，到处被港人鄙视讽刺，无地容身。后温探知日军占领广州后，在惠州东江一带，只守各县镇重要据点，乃潜回老家收集残部，在惠属一带活动。这位不战而逃入英界，毫无军人气节的将军，后来竟被拔升为师长，成为失守广州的余汉谋的爱将。

二　调兵遣将方阵乱

日军在大亚湾登陆，以排山倒海之势，向广州进发。国民政府最高领袖蒋介石，广东军事当局最高统帅余汉谋，乱了方寸，调兵遣将为时已晚。惠州沦陷了，广州沦陷了，中国历史记载了他们那些鲜为人知的过往。

中正慌了

心慌了！在汉口专心地指挥长江前线作战的蒋介石。

1938 年 10 月 8 日，就在蒋介石殚精竭虑地琢磨着如何才能使薛岳在万家岭取得突破性进展，歼灭日军第一〇六师团时，一个意外的情况又搅乱了蒋介石刚刚稍微平复的心和绷紧的神经。

"报告！"

午夜，刚入睡不久的蒋介石被侍从长林蔚从梦中叫醒。大脑，昏昏沉沉的；眼睛，迷迷瞪瞪的。

"广州急电！"侍从长神情慌张。

广东省吴铁城在急电中称："据香港英军情报机关消息，敌拟派四师团一混成旅团大举南犯，或在本月真日（11 日）前发动……"

蒋介石阅着电文，神情慌张，不知所措。

读罢电文，他吩咐林蔚道："叫军令部徐永昌部长马上来一下。"

说罢，蒋介石起床漱口、更衣，等待徐永昌部长的到来。

手攥电文不放的蒋介石，手在微微颤抖，额头上都渗出了细密的汗珠，内心充满着焦虑和惶恐。

他有些怀疑这份急电的真实性。自 9 月以来，广东方面时有消息传来，说日军有可能在华南登陆，切断中国与海外的联系。论战略价值，他相信日军有可能会偷袭华南。抗战以来，粤汉铁路已为中国各战场运兵二百余万，物资 50 万吨以上。尤其在上海沦陷后，广州、香港地区成了国际上向中国内地输入战略物资的唯一地区，80% 的物资都要靠这根大动脉向中国战场输血。从这点上东京是不会放过广州的。

但日军陈重兵于华中、华北地区，手中哪还有战略兵力？台湾方面充其量不过才有一两个师团，华北各地日军又正与中共八路军和一些地方游击军胶着着，而且困境重重，裕仁怎敢于此时开辟新战场？再说香港、广州地区是英、法两国利益核心，东京敢冒触怒西欧列强之险来进攻广东？

越想他心里疑团越大，他甚至认为这可能是东京在分散他的注意力，以便在武汉战场上占得便宜。

中正的心似乎有点淡定。

一阵急促的脚步声打断了蒋介石的思路。

军令部长徐永昌迈着矫健的步伐进入厅内。

"太突然了！这是真的吗？"蒋介石把电文扔给徐永昌。

徐永昌迅速看了电文，深沉地说："白纸黑字，不容怀疑！"

"该死的日本军。"

"大事不妙！"看完电文稿，徐永昌说道。

蒋介石："日本人不会冒军事上分兵之险，岂敢在英、法强国的头上动土，这是日军的反宣传，我们要内紧外松！"说罢，他在电文的右上角签了"反宣传"的批示。说道：

"形成文件，下发各部门。"

"是！"徐永昌晃晃脑袋。

徐永昌应该知道，日军阴谋进犯华南的计划由来已久。实际上在 1938 年初就开始了。日军参谋本部在 1938 年 1 月 30 日制定的战争指导计划大纲草案里面的战略指导要领的甲点就有明确的进犯广州的目标，甚至在福建外海已陈兵列舰。但日本空军在长江上炸沉英、美两国军舰一事，引来了两国政府的抗议。日本向美国方面进行了道歉，并决定赔偿美舰损失，还把一名海军少将撤职查办。所以，日本参谋本部担心这种恶劣形势下再在英美殖民地的大门口作战，有可能引火烧身，就上报天皇终止了登陆计划。

进犯华南的计划流产丝毫没有动摇东京军部开辟华南战场的决心。尤其在看到上海沦陷，广州日夜向内地抢运战略物资的情形后，日军大本营更是下定决心要攻下广州，卡住中国得到外援的大动脉——粤汉铁路。

徐州会战后，日军在定下会攻武汉计划的同时，决定分兵占领广州。后因天皇顾虑兵力分散和运输器材不足，决定等拿下武汉后再向广州进军。

1938 年 6 月 12 日，日军大本营以命令的形式将此计划昭告前线各地将领。

1938 年 9 月底，英国首相张伯伦、法国总理达拉第、纳粹德国元首希特勒和意大利首相墨索里尼在德国慕尼黑举行关于割让捷克斯洛伐克的德意志族聚居区苏台德领土给德国的四国首脑会议。德国觊觎捷克斯洛伐克很久，1938 年，德国武装入侵了捷克斯洛伐克的苏台德地区，面对纳粹德国的扩张野心，英国、法国政府推行绥靖政策，企图牺牲捷克斯洛伐克国家利益而将德国的侵略矛头引向东方，以缓和与德国的矛盾，维护自身安全。为达此目的，英、法政府首脑张伯伦、达拉第的绥靖政策，使英、法两国对德步步退让，终于演出了"慕尼黑协定"这一幕丑剧。

捷克斯洛伐克被出卖了！

这条震惊世界的消息从慕尼黑传遍地球各个角落。

日本军方从慕尼黑风云中，马上嗅出了国际形势的剧变。色厉内荏的英、法居然连毗邻的盟邦都能出卖，那么遥远东方的香港、广州又能怎样？更何况只要日军暂不攻香港，仅取道法国租借的广州湾水域，张伯伦、达拉第绝不至于联手对日作战。微妙的关系一经窥破，便再简单明了不过了。广州，已失去一个月前还存在的一道光环的庇佑，在日军的眼里已经不再耀眼了。

当冈村宁次第十一军在长江南岸空前血战，部队被围，伤亡惨重，陷入困境的消息传到东京，引起极大的震动。在中国战场上，凡日军集结重兵攻取某一要地，还从未有过数个师团打不开局面的情况，军部板垣征四郎、多田骏等将军利用这意外情况，又加紧了向海外增兵的步伐。

御前会上，天皇这次比决定攻占武汉果断了许多。诸多利益实实在在地打动了裕仁的心。他垂涎广州已久，计划一拖再拖他也实在难忍。他的手一举一落，牙缝里蹦出了四个字："攻打广州！"

东京军部，立即投入了高效的运转之中。

9 月初，海军上层力主进攻广州的意图已经被福建、广东外海的日本前线海军获悉。在尚未接到东京指示的情况下，他们便开始了广州湾里毫无顾忌的活动。

日本海军明显的活动征兆和四方得到的情报，引起了广东省政府主席吴铁城的注意。

吴铁城是蒋介石插在广东的一颗钉子，虽与军事长官余汉谋深为不合，但他有自己的情报网。他的特务组织，经常得到消息比军方还快。

9 月 7 日，正是东京御前会议定下战攻武汉的这一天，吴铁城电告蒋介石，称："日军在攻打武汉的同时，拟同时进犯华南，其登陆地点似将在大亚湾。现敌已派前驻瑞士公使矢口到香港筹备南侵计划，并派舰在该湾海面追毁我渔船，以防其行动为我察觉。”

在这白纸黑字沉甸甸的电文面前，骄傲自信、眼里容不得沙子的蒋介石，已经没有一意孤行的本钱了，更没有理由怀疑吴铁城前后两份情报的真实性。

……

1938年10月12日，古庄干郎给蒋介石当头一棒。大亚湾原本就不太平的海面似乎注定要充满激流险浪。这使他再一次认识到：对东京，对日军人，是不能用常理估论的。

13日，蒋介石发电文给第十二集团军，称：“敌已在大鹏湾登陆，我军应积极集中兵力，对于深圳方面尤应严密布防，料敌必在深圳与大鹏二湾之间，断绝我广九铁路之交通。此为其唯一目的，亦为其目前最高之企图。故我军不必到处设防，为其牵制。先求巩固该处已设防线，一面多构预备阵地，以备节节抵抗，一俟兵力集中，再图出击。以敌军全部兵力之统计，决无大举窥粤之可能。”

这天，蒋介石一个人关在房子里，前后思量。在事实面前他完全弄清了日本人的狼子野心。他在日记中写道：

日寇在大亚湾登陆之目的：

（一）表示其非达到使中国屈服不可。

（二）对英国示威，欲使中国不借重英国而向其屈服。

（三）希望分化广东，不加抵抗。

（四）至于截断广九铁路之目的犹在其次。

注：《蒋介石日记（1915—1949）》

事不宜迟。

蒋介石立即电令广西、湖南、江南各省驻屯部队火速增援广州，之后，16日亲自带幕僚在九架战斗机护卫下飞抵衡阳。几乎同时张治中也来了，到达大本营指挥所。

军事会议在南岳半山亭磨镜台召开。

磨镜台位于南岳衡山半山亭，因中国南禅七祖怀让以磨砖作镜之举使江西马祖道一顿悟故名。唐代宰相裴休亲笔手写“最胜轮塔”。磨镜台后有七祖塔，系怀让墓。塔后有“怀让路”，有206级石蹬。附近有龙舒桥、观音桥、麻姑桥等遗迹。登磨镜台远望，南岳景色尽收眼底，台旁古松盘桓，台前壑谷幽深，盛夏在此小憩，暑气顿消。

“九一八事变”后，国民党第九军区军事委员会及其机关搬至南岳，在此兴建了著名的别墅，并配套挖建了一个防空秘密山洞。抗日战争爆发后，国民党北方战场连败，蒋介石于是频抵南岳，先后多次在山洞召开秘密军事会议。

蒋介石："武汉保卫战已开展四个多月，歼灭大量日军，阻滞敌人西进，消耗敌军实力，准备后方交通，运输必要武器，迁移我东南和中部工业，集中我东南人力物力于西南诸省，以进行西南之建设，以坚持持久抗战，奠定了十分重要的基础。"

"但是，今天战事发生了重大的变化。"蒋介石的"但是"，习惯性地停顿了约十秒钟，黯然无光的眼神，如衰弱无奈的呻吟，在众人面前掠过。

"日军在大亚湾强行登陆，威胁粤汉路南端，武汉及粤汉铁路中段已经失去防卫意义，我们的策略应要实行撤退即放弃武汉。"

武汉撤退是必要而及时的，是抗战时期摆脱战略牵制的一个典范。这与上海、南京之撤退形成鲜明对比。因此，蒋介石在 10 月 23 日的日记中写道："此时武汉地位已失重要性，如勉强保持，则最后必失，不如决心自动放弃，保全若干力量，以为持久抗战与最后胜利之根基。对于敌军心理，若其果求和平，则我军自动放弃，反能促其觉悟，并可表示我抗战之决心，与毫无所求，且亦所不惜，使其不敢有所要挟。否则，如果我军冀其停止进攻，则彼更将奇货可居矣！故决心放弃武汉。"

会后，蒋介石在致第五、第九战区的电报中命令，应"于一星期以内变更现在态势"，并重新部署两战区各部队（武汉、广州两方面的防卫作战），还命令余汉谋从中山、琼崖、花县等地调兵增强广州防务。同日，蒋介石电令张治中部预备兵团增援广东。

汉谋乱了

秋日的广州阴雨不断，冬天来得特别早，一夜之间，寒气铺天盖地地卷过来，寒风萧瑟，太阳还有丈把高，商铺关门，路上行人稀少。

大亚湾失守，日军并未向广九铁路方向进犯，而分三路向惠州逼近。

"日本仔要攻打广州了！"

广州市，街谈巷议，人心惶惶。

广州市乱了，蒋介石心慌了，余汉谋心乱了。他们心里像有一堆蚂蚁在没头绪地四处爬行，抓不到，撵不走，躁得不得了。

余汉谋分析了敌情，毫无疑问，日军向西经惠州、博罗、增城进犯广州。

余汉谋，1896 年 9 月 22 日出生，字幄奇，广东高要人。早年入读黄埔陆军小学，之后到武昌升读陆军预备学校，保定陆军军官学校六期步科毕业。之后于北洋军内任排长、连长。1920 年入粤军，任营长。1925 年秋，任国民革命军第四军第十一师（师长为陈济棠）第三十一团团长，后任副师长，同年参加粤桂战争。北伐时随第十一师与李济深留守广州。1931 年 5 月，陈济棠等反蒋，在广州另立国民政府，余汉谋任广州政府军事委员会委员，兼第一集团军军长。广州政府于"九一八事变"后取消。1934 年至 1935 年余汉谋率部参与围剿江西红军。

"七七事变"后，烽烟四起。时任第四路军总指挥的余汉谋，也是广东的最高军事长官。1937 年 7 月 15 日，余汉谋就卢沟桥事件发表《告将士书》："当此民族战争开始发动之时，我们当前的急务惟在如何淬厉奋发，加紧抗敌的准备，期以我们的最后一滴血，为国家民族挥洒于战场，收复东北失地，打倒帝国主义，完成国民革命。"余汉谋是第四战区的副司令长官兼第四路军总指挥，辖领广东、福建两省。

面对日军在大亚湾登陆的事实，余汉谋心急如焚是事出有因的。

1938 年 4 月上旬，广东当局接到军事委员会关于日军在台湾集结兵力向广东进犯的情报，这对当时的广东当局确实产生不小的震动，一方面组织人力物力在翁源构筑地下防空室，准备第四路军总部和广东军政府迁至翁源；一方面遵照蒋介石的作战战略，做好军事部署。

决定在沿珠江口东岸自番禺至东莞、宝安，沿大亚湾海岸至淡水、惠阳、增城、从化各地布防，部署军队如下（资料来源：《广州文史资料》1961 年第 2 辑之《从蒋、余矛盾说到广州弃守》）：

以莫希德的第一五一师师部和直属队驻惠阳，温淑海旅分驻龙岗、深圳，何联芳旅分驻澳头、淡水、惠阳；

以张瑞贵的第一五三师师部和直属队驻公平（宝安县属），陈耀枢旅分驻宝安、乌石岩、西乡，钟芳峻旅分驻沙井、新桥、楼村；

以曾友仁的第一五八师分驻新塘、乌涌附近；

以王德全的第一五六师驻增城；

李振的第一八六师驻从化；

梁世骥的第一五四师（缺一团）驻花县；

张简荪的独立第九旅驻中山；

陈勉吾的独立第二十旅驻佛山；

陈崇范的炮兵指挥部（不足两个团）、余伯泉的战车营和一些直属部队驻广州近郊。

这一军事部署，除王德全的第一五六师于9月间奉调鄂南，增城由李振的第一八六师接防之外，其他基本上没有改变。

此外，第四路军还成立了国防工程委员会，向香港采购大量钢铁、洋灰，在各阵地构筑防御工事，广东省政府也发行了300万元国防公债，广东省动员委员会还发动中等学校以上学生各回本乡半月去宣传和组织群众，俨然是准备抗战的样子。但事隔不久，军委会又发来一次情报，说日军已经改变战略，将四个师团改调长江地区作战，准备先打下我们的心脏——武汉。这样一来，广东军、政当局就开始松懈下去。

论理，广州是华南国防前线重镇，也是抗战初期的国际交通要地，日军进攻广州只是时间问题。然而，在日军登陆之前，蒋介石还死抱"日本因避免与英国冲突，未敢侵犯广东"的迷梦，因而不重视广东的军事防务，把广东部队如第一五四、第一五五、第一五六、第一五九、第一六○、第一八七这六个师和几个补充团调去淞沪、南京、南浔、河南等战场。当时原驻广东的部队共有十二个步兵师和两个独立旅，调出的部队占总兵力百分之五十，以致广东兵力空虚。同时，蒋介石过低地估计了日军的兵力，以为敌方只有海军、空军和陆战队，兵力不会很强。因此，他放松了广东方面兵力的加强，反而到9月还把王德全师调走。至此第四路军在广东的部队仅得六万人左右，如此薄弱的军事力量，防守在长达300公里的战线，要面对强大敌人海、陆、空军的联合进攻，是不容易抵挡的。

根据这样的判断，蒋介石早就以确保广九线为他的作战的主旨，一再指示余汉谋切实执行，不许擅自变动。

蒋介石的命令就是圣旨，余汉谋岂敢不执行？

1938年10月4日，余汉谋接到军委会的情报说：日军在台湾集结陆军两个师团，海军舰艇约30艘，空军各种飞机七八十架，即将向广东进犯。

11日晚上，敌方全部陆、海、空军都集中到这个海面，并完成强行登陆的各种准备。

12日凌晨，日寇在大亚湾登陆了。

13日，日军直向惠州迫进。

狼真的来了。

……

余汉谋住宅，十多平方米的客厅坐满了人。烟雾缭绕，灯光昏暗。有的大口吸烟，有的在窃窃私语……

他们有总部参谋长王俊、第一五四师师长梁世骥、第一八六师师长李振、独立二十旅旅长陈勉吾、第六十五军兼广州警备司令部参谋长曾其清等十余人。

"好啦！静一静，诸位同僚，今天召集各位来，想必大家明白，大亚湾失守，日军西犯，危及广州，形势严峻……"

余汉谋的开场白，慢条斯理，不慌不乱，娓娓道来，全面颠覆了铿锵有力、快节奏的语气，不难看出他是在掩盖内心的恐慌。他那一时不知所措的惊异、惶恐、无助、紧张的神色在他发黑的面庞上一一掠过。

"今天（10月13日）国民党中央发表《告广东全省军民书》，号召一致抗击日军保卫广东。第四战区司令长官部也发表《告广东同胞书》呼吁保卫广东……"

"报告！"参谋秘书大步走客厅。

"蒋委员长急电！"他吁吁地喘着气。

"念！快念！"余汉谋有点紧张，语速变快了。

参谋长王俊宣读了蒋介石给国民党第四路军命令的电文："敌已在大鹏湾登陆，我军应积极集中兵力，对于深圳方面尤应严密布防，料敌必在深圳与大鹏二湾之间，断绝我广九铁路之交通。此为其唯一目的，亦为其目前最高之企图。故我军不必到处设防，为其牵制，先求巩固该处已设防线，一面多构预备阵地，以备节节抵抗，一俟兵力集中，再图出击。以敌军全部兵力之统计，决无大举窥粤之可能。"

一片寂静！大家无语。

余汉谋双眉紧锁，陷入了进退两难的境地。

他那颗烦乱、失意的心恨透了所有的人，他恨蒋介石，更恨他自己。作为广东最高军事长官，不管有千条万条理由，他都必须为大亚湾的失守负责。

他准备为此而承担一切，但他绝不想再听蒋介石远在武汉的遥控指挥。

唯一目的，想得倒好！如今日军登陆部队有4万之众，就为切断一条广九铁路？！

他想不通委员长为什么老是这么感觉良好，这么充满信心！

"再听他的，我非把部队、地盘丢光不可！"

又一次错误的判断，蒋介石这盘棋输定了，余汉谋在想。

寂静过后是一片喧哗！

"老蒋傻啦，还死守深圳？"

"是呀，都听到枪炮声了！"

"快打到广州了，我们要调兵到罗浮山阻击。"

"把深圳方面的部队调过来。"

众将军七嘴八舌。

"他妈的！"余汉谋按捺不住了，手一挥即站起身，把叼在嘴上的香烟往地上一摔，说："日军快到惠州了，向增城来了，还说要死守广九铁路沿线。"最后用手指点了一下王俊："参谋长有何高招？"

"敌已登陆的部队有三个师团的主力，又配合空军和特种兵部队，力量是不能轻视的，我们使用的兵力是不够的。且李振、梁世骥两个师都是新编成的，装备不全。总的来说，我们是居于劣势的。不如把全部兵力投入增城战场，以陈勉吾旅死守增城正果，阻止敌人渡过增江；李振师固守增城腊圃；莫希德师位于增城东面钟落潭附近负责策应；梁世骥师仍在福和附近设防；张简荪旅出太和以东；曾友仁师向大埔推进；张瑞贵师向中新推进；黄涛师出响水截击敌人归路；陈章师为总预备队，位于沙河附近。"

王俊得意扬扬地对着余汉谋道："这样就可以布成一个袋形，让敌人进入我们的袋里，就会成为皮球一样，我踢、你踢、他踢，四面八方都向它踢，结果一定会被我们踢破，达成我们预期的目的，即将敌人歼灭于广增之间！"

王俊，别名王钦宪，字达天，号履明，广东省澄迈县文儒镇排坡园村（属今海南省）人。从小酷爱读书，聪明过人。先后在河北清河陆军第一预备学校、日本士官学校中国队第十四期工科、日本陆军大学第五期毕业。时任国民革命军第四路军总司令部参谋长。他有野心，他想把广东的军权拿到手里，也不是一天两天的事情了。还没回来广东之前，他就在南京组织了其与郑介民为核心的海南系秘密九人团，这个九人团打算逐步掌握广东部队，运用以军夺政的手段，最后夺取广东政权。

今天，他又出高招了？

但他的话刚刚说出来，下面一堆的反对意见也就出来了。

"看似头头是道，却又是纸上谈兵！"一个余汉谋的师长沉着脸道："我且问你！陈旅、李师、莫师正向增城西北溃退，现在位置不明，怎能要他们固守正果、腊圃、钟落潭等地？！"

"就是！陈章师先头部队才到广州，大部分尚在恩平、阳江间；黄涛师先头部队才到紫金，大部分还在揭阳附近，在时间上空间上都是来不及参加广增间的会战的！你这是瞎指挥！"

"应把防守向东面推进，留有余地……"

王俊被骂得脸色铁青，但事实上他还真不知道现在余汉谋粤系部队的各个师的所处位置！即使是他所给出的这份计划，也不过是南京国民政府的产物。

余汉谋心里明白，站起身嘻嘻哈哈地打着圆场，王俊的脸色很不好看。这时候有人道："应把防守向东面推进，留有余地……"

"我觉得我们可以在广增公路两侧福和、石桥和石滩以北之线布防，以阻击向广州进犯之敌，并掩护市民撤退……"

亦有人补充说："要派重兵在正果阻击从龙门过来的敌人……"

这些提议一提出来，所有人顿时都点了点头。至少这看起来还比较切合实际，比起王俊的来可是实在了不少。最重要的是，这样就算有问题自己也有撤退准备的时间。

这一个提议经讨论后取得了余汉谋的同意。他当时就用口头命令分配各师、旅、团的任务，要他们马上行动，各向指定的位置出发，准备迎击进攻的日军。

"好了，诸位！战况已经明了，老蒋的命令不符合实际，难以执行，必须改变战略。此外，日军装备精良，战术死板，一般采用中间突击，两翼包抄，三路合击战术，所以，我部选择有利地形开战场，阻击日军。"余汉谋果断地把防守重点进行了战略性的转移，重新调整部队：

独立第二十旅在增城正果利用增江河两面高山的有利地形阻击日军。

第一八六师遣一个团占领增江右岸已设阵地，驱阻敌人。

第一八六师再派一个团在增城以东的福田配合第一五三师钟芳峻旅阻击日军。

第六十三军第一五三师钟芳峻旅在罗浮山南麓，并指挥第一八六师在福田一个团（叶植楠团），利用罗浮山上两侧有利地形侧击惠广公路前进之敌。

第一五四师一个团集结于福和附近为总预备队。

第一五八师、第一五二师（由海南岛开广州行动中）、独立第九旅、张君嵩之税警团为第二线兵团，集结于广州附近。

第一五七师（在汕头）应取捷径迅速向紫金、河源集中。

"总之，一切均仰仗诸位精诚团结，协同作战，为党国大业献身出力，乃千秋之荣也。"余汉谋提高了嗓门似乎在喊叫。

"死保广州，为党国成仁。"

余汉谋的战略调整，为蒋介石以"作战不力"而撤职埋下了祸根。

开完会后，余汉谋独自坐在客厅里，心里依然烦躁，心乱如麻！烟一根接一根地抽。

此时，已是 14 日凌晨，三路日军抵达惠州城外。

10 月 14 日，惠州沦陷。

第四战区司令长官部于同日宣布封锁珠江口，并限令广州市民老、幼、妇、弱及公务员家属于两日内疏散。国民党中央和余汉谋亦分别发表《告广东全省军民书》和《告广东同胞书》，呼吁广东同胞一致奋起抗日，保卫广东。但由于国民党军事当局缺乏足够的准备和部署，军队组织松弛，虽调兵遣将，但为时已晚。

三　金戈铁马气恢宏

罗浮滴泪，东江淌血。

抵抗！坚决抵抗！

面对凶狂的侵略者，中国人以最大的努力抵抗着。

上罗浮，登绝顶，这是有志者所为。古人说"会当凌绝顶，一览众山小"，古人又说"登山不到罗浮巅，举足万里空徒然"。站在飞云顶上的那一刻，面对大海，俯视群山，壮美的河山尽收眼底，澎湃的内心涌动着不息激情。

紫色的罗浮山在绿色的山丘上耸起，整个像浮着的样子。

罗浮，如一颗巨型的宝石屹立在广州的东面，绵绵不断的山脉伸向大亚湾海峡。罗浮，缚娄古国的所在地，是广州通向粤东的重要门户，战略位置十分重要，历来是兵家必争之地。

日军要得广州必经罗浮山。

罗浮山，无疑成为日军和中国守军的相争之地。

罗浮山，短兵相接，兵戎相见，血流成河。

血溅罗浮

日军侵占惠州后，立即在惠州东江架浮桥，10 月 16 日拂晓过江。

在江北，第一五一师特务营稍与日军接触，即向博罗响水方向撤退。

古庄干郎根据中国军队在罗浮山地区设防情况，令第十八师团集中一万余人，分三路向广州进击。

右侧支队一部沿惠州、河源方向出龙门永汉包抄中国守军侧翼。

右侧支队另一部经响水、横河、龙门麻榨向增城正果进发。

中路为主力部队，沿惠广公路分两路向增城进击：一路由博罗，经湖镇、长宁，直趋增城；一路从博罗，经义和、龙溪，攻取增城。

10月16日黄昏，日军步兵第二十三旅（上野支队）以一部分兵力占领博罗，博罗沦陷。

10月17日，日军主力部队第十八师团长接军部命令，派先遣部队（骑兵第二十二大队主力，步兵第五十五联队第一大队，独立轻装甲车第十一、第五十一中队为基干）一千余人，在空军的掩护下，沿博罗至增城公路搜索前进，沿途未遇大的抵抗，长驱直入。

敌军进入罗浮山南麓腹地，敌情已明确。

期间，中国军队也在紧急调动。部署在罗浮山南麓的福田至长宁的增（城）博（罗）公路堵截日军主力部队。

10月16日，中国军队第六十三军军长张瑞贵接到命令，率领第一五三师（师长由第六十三军军长张瑞贵兼）钟芳峻旅火速到罗浮山阻击日军。

原来防守广东前线的第一五三师担任由虎门至宝安这一带防线。陈耀枢的第四五七旅分驻宝安、乌石岩、西乡一带；钟芳峻的第四五九旅（以下简称"四五九旅"）分驻北栅、居奇、沙井、新桥、楼村各地。第四路军总司令余汉谋命令：陈耀枢旅在宝安不动，师长张瑞贵率钟芳峻旅向博罗方面进发。钟芳峻旅所辖之第九一六黄志鸿团，第九一四之张孚亨团，于10月16日由宝太公路经宁步、大朗、石马、常平，张瑞贵军长率领直属部队经石龙向罗浮山开进。

10月17日上午，四五九旅渡东江经苏村到达博罗罗浮山南麓福田，布防于惠广公路沿线，第一八六师也派出叶植楠团至福田之西布防。18日早上，张瑞贵军长率领直属部队经东莞石龙镇到达博罗九子潭坐镇。

10月17日13时，日军第十八师团先遣队从博罗出发，沿增博公路西犯，18时进入湖镇，遭中国守军阻击，入夜，与在显岗阻击的中国守军第一五三师一部对峙。

18日拂晓，增博公路灯火闪烁，响声轰隆，日军一个联队（即团）以坦克开路，骑兵为前导，掩护步兵行进。

日军自澳头登陆以来，沿途未受到强有力的抵抗。一路上，日军洋洋得意，坐吉普车的、骑马的军官不时在吹着口哨，扛着枪的士兵边走边打瞌睡……"突突"的坦克声，伴随着他们那松散的行程。

他们完全不知道中国守军在前面为他们挖好了坟墓。

准备好了，中国守军！

第四五九旅的黄志鸿团、张孚亨团，武器精良，骁勇善战，所占阵地在地形上也较有利，他们将以生命的代价死守这块热土。

"嗵嗵嗵……轰！轰！！轰……"炮声隆隆，机枪、步枪、迫击炮一时并发。响声震天，山谷雷鸣！虽然已经是深夜时分，但天是红的，被炮火映红；地是红的，被炮火烤红！

正在山下行军的日军猝不及防被打了个正着！已过头的坦克调头回来作战，被日军马匹、尸体堵塞，进退两难，乱作一团。

"砰砰砰……哒哒哒……"双方立即对战起来，可毕竟日军突然遭袭所以损失较大，只能勉强地抵御住中国守军的进攻。

这里是罗浮山福田战场，在此处和日军交战的，正是陆军第六十三军第一五三师四五九旅少将旅长钟芳峻的两个团。

但这支日军也不弱，立即按照日军的战术条例寻找隐蔽并向着火光处射击，并不发起冲锋。

的确，一开始因为是埋伏，第四五九旅还算占了一些便宜，日军被堵上了。

可接下来，一旦天亮了，日军的后续部队上来了，第四五九旅随即有陷入被动的可能。

清晨，罗浮山晨雾缭绕。山坡隐约可见，华首台的寺塔也露出塔身。

这是增博公路最窄的路段，道路两侧都是山坡，在一处较高的山坡上，钟芳峻旅长拿着望远镜：路的东面，一路战车，依稀可见，一群蝗虫正在蠕动，一座座火炮往制高点挪。钟芳峻旅长的脸色不由自主地沉了下来……

敌人的后续部队陆续开到，激烈的战斗展开了。

"嗡嗡嗡……"日机向第四五九旅阵地扑来。战斗机在俯冲射击，投放炸弹，侦察机在空中盘旋，侦察地形。

中国守军也不甘示弱！轻重机枪的火力交织在一起，对着空中便是一阵狠扫！

在一处炮兵阵地上，戴着耳机的炮兵军官接到侦察机观察员报出的距离，立即熟练地用射表游尺标出了野炮的射击距离和角度。接到命令的炮手随之调整野炮的炮身，利用直瞄镜瞄准数公里外的那片已经被飞机轰炸过的阵地。

炮位后的两名弹药手分别托着一颗榴弹交给装填手。

"咣！"随着炮栓被打开之后装填手拖着炮弹，将其推入炮膛后随手关闭炮膛。

"开炮！"左手扶着耳机的军官这时一摆右臂大声吼了出来。

随着军官的吼声，这处炮兵阵地上的十二门一〇五毫米榴弹炮随即发出怒吼，整齐的炮声伴着猛烈的后坐力撼动着大地，如雷鸣般的炮声又撕破了刚刚沉寂下来的阵地，天空中夹杂着炮弹尖锐的破空声直飞向数公里外的第四五九旅阵地。中国守军阵地上立即闪现出团团夹杂着黑白色的爆炸的气体，这种气体和炮兵阵地上那些闪动着橘红色火光的炮口一起交织成一片，雷鸣声响起，双方阵地上空便连成了一片密不透风的死亡地带。

暴风雨般的轰炸后，等待的是双方血战。

"突击击！"日军的阵地上传来了一声尖啸，两翼日军骑兵"隆隆隆"地向着阵地杀来。

那些原本领着士兵匍匐前进的日军指挥官也大叫一声"突击击！"，所有的日军立即挺起刺刀向着中国守军的阵地冲了上来。

日军凭借着兵力的优势杀到了中国守军阵地上。

大刀、枪托、刺刀交织在一起，双方剿杀作一团！

"突突突……哒哒哒……砰！砰……"枪声在阵地上交杂错乱！

"丢你阿妈！"的怒吼在阵地上不断地响起！

在怒吼声中，"杀！"一个日军跃上了战壕，留着胡子的粤军老兵的一个拼刺，日军"啊"的一声倒地。"哇呀呀……"几个日军围了上来，几把雪白的刺刀刺进了老兵的胸腹……

但这几个日军随即被身后怒吼着"杀啊"的将士刺翻砍倒！

这样的情形，不断地在阵地重复上演！无数的鲜血，洒遍了整片阵地！

在平地上用火力对射的战斗向来是日军的强项，日军竟然把中国守军进攻的部队攥回两边丘陵高地上，甚至好几处的前沿阵地被攻陷下来，双方形成了犬牙交错的混乱交战锋面！

一攻一守，第四五九旅占了一些便宜。

双方都因伤亡惨重、筋疲力尽而无力进击，战事呈胶着状态。

"杀击击！"一拨又一拨的日军向两边夹击的守军部队发起反冲锋。

敌我双方打红了眼，第四五九旅旅长钟芳峻在一线指挥。

"给我冲！警卫连当先锋，都给我冲！"钟芳峻发了疯似的只会喊着冲锋，已经忘了其他的命令……

日军一次次往前冲，又一次次退下去。

但随着那火炮再次疯狂地怒吼，漫天飞舞的日军战机再次俯冲，浓烟和火光将四五九阵地完全吞没了。

飞机和火炮轰鸣声结束后，坦克开路，日军再次发动了更猛烈的进攻。

阵地上伤亡惨重，第四五九旅的将士们却无一人后退！他们如猛虎下山，对日军进行反击，打退了日军一次又一次的疯狂进攻。

国军连续几天的急行军，疲惫至极，加上空着肚子，在阵地上跟敌人拼了几个小时，体力渐渐不支。随着战斗的持续，伤亡惨重，人数越来越少，战斗力不断在下降……

"我黄志鸿同你决一死战！"

"团长来了。"听到这个声音，将士们不由得心中一暖！顿时士气大振！高呼："人在阵地在！"

原来黄志鸿见已无部队使用，毫不犹豫地亲自率领特务连向敌人冲锋。

敌人集中火力，向他射击，黄志鸿左胸中弹，怒吼一声翻滚到山坑，卫兵数人将其救起，因流血过多，昏死过去。

"团长！团长！"将士在呼唤着。

醒来后，部下劝他退下，他笑着说："敌我胜负，取决于片刻，何能因余受伤，而败全局。"伤口包扎好后，继续指挥部队作战。

事实上，黄志鸿已经身受重伤，鲜血拼命往外涌，但他还是咬着牙对着士兵们露出笑容，为的就是稳定军心。

日军，再次退去。

众将士围着受了重伤的团长黄志鸿，所有人都在低声地抽泣。

"号个屁，我还没死呢。"黄志鸿大口地喘着粗气，对着团副徐毅民大声道："老徐，我指挥不了部队的时候你替我指挥！记住，没有命令不允许退后一步！"

"是！"团副徐毅民红着眼睛。

随后黄志鸿慢慢地从衣袋里拿出自己的私章交给了徐毅民，这是一个简单的指挥权交接。

"快！来人！把团长抬走啊……"团政治指导员肖秉钧怒吼着，军医主任蔡景忠随即喊来了几个人将黄志鸿放到了担架上抬下了战场……

战至下午 14 时，四五九旅弹尽粮绝，给养中断。官兵饥渴交困，又因被火炮、敌机轰炸，部队凌乱不堪。

旅长钟芳峻没有回天之力了。

"敌强我弱啊！撤吧，旅座！"

参谋主任陈荣枢摇着头，显得无可奈何。

他是日本士官学校毕业生，对日军的军事力量和战术大概了解。没有了空军，火力不足，加上单兵素质的差距和仓促上阵，岂不惨败！

高地指挥部，用望远镜看着自己的部队被打得稀里哗啦的旅长钟芳峻，满脸通红，气得要吐血，几乎一口血就要喷出来。这可是几千人的一个旅啊，竟然被对方打得如此惨烈。

旅长钟芳峻见部队伤亡殆尽，孤军作战，后援不继，三面被围，潮水般涌来的日军越来越多，实感无奈，即下令撤退。一部撤往公路以北的罗浮山，一部撤往公路以南的石龙、石滩。

兵败如山倒，只见无数的人群像没头苍蝇一样，在旷野乱窜。

敌机趁机狂轰滥炸……

两个团，几千号人，就这样彻底地被打垮了。

钟芳峻看着被抬下来浑身绑着绷带的黄志鸿，黯然无语，他心酸极了。站在钟芳峻身边的参谋主任陈荣枢则是摇头叹息。

"这些钱，你拿去转交团部军需，作为部队伙食之用，好好护送黄团长赴后方疗养……"钟芳峻拿出了一卷钱，交给了肖秉钧吩咐道，然后让他带着卫兵撤离。

日军突破中国守军阵地后，继续向长宁、福田推进，遭第一八六师叶植楠团阻击。

18日14时，日军以坦克掩护步兵冲击，第一八六师叶植楠团稍加抵抗后，向增城撤退。

18日16时，日军先遣队进入福田圩。

双方交战的阵地满目焦土。充满诗情画意的田园风光、高山流水变成了地狱，仅用"血流成河"或"流血漂橹"已经丝毫不能形容了。被炮弹刨开土层的地面，几乎被人的断臂残肢盖满，这些断臂残肢和人体内脏，混在焦黑的虚土中，令人不忍直视。

无数的生命在一瞬间成为尸体，开始还能装上运棺材的汽车或大板车，后来不少无人认领的尸体被丢弃在荒野，盖着当地好心人铺上的破席，散发着臭味，酱黑的血水在半腐的尸体下流淌……

再说张瑞贵军长率部的情况。坐镇在博罗九潭圩的第六十三军张瑞贵军长和第一五三师彭智芳副师长，一直在离四五九旅阵地十多公里的九子潭圩炮楼观察敌情。战区那密集的枪炮声和杳无音信的战况，让他心神不定，坐立不安。随着时间一分一秒过去，他的紧张心情已经到了极度。时过中午，派去联络的人亦不见回来，枪炮声暂沉息，战况不妙。张瑞贵下令部队在九子潭圩场整装待发打增援。正当要出发的时候，前线的士兵像潮水般向九子潭圩涌来。

一副担架停在张瑞贵面前。躺在担架上的黄志鸿团长满身污垢，头上白色的绷带被鲜血浸透了，他寂然无语，有气无力地举起右手，似乎在说"撤退吧"。

"报告军座……"站在担架旁边的副团长徐毅民向张瑞贵行了个带颤抖的军礼，他说："日军火力太猛了，部队打散了。"

"撤！"眼前的一切，让张瑞贵倒吸了一口冷气。没等徐毅民具体汇报军情，便下了军令。

是夜，张瑞贵率部向西转移，渡过增江在三江圩宿营。

再说钟芳峻率部撤退的情况。

18 日晚间，部队到了石滩的时候，一路上一言不发的钟芳峻忽然走出营地，面向天空，放声狂笑。部队战败，后援不继，请缨再战，又无可能。身任统率数千之众的他，今得几人，焉能复命，大败之罪，恐难赦免，不如自杀，免得受辱。

"吾等军人，保家卫国，血流沙场。然，今日却撤离战场任由国土沦陷！可耻啊！可耻！"说着，猛然间钟芳峻拔出手枪对着脑门上开枪。"砰！"的一声枪响，枪被卫士夺了下来，子弹穿过耳朵飞上天。

"旅座！你不能这么做啊……"

钟芳峻看了看自己的卫士，惨笑着不说话，也不包扎伤口，就默默地走回营地。

当夜，传来增城失守的消息，钟芳峻思前想后，不胜悲愤，他以死谢国的决意已定，见卫士离开身边，他身着戎装踏入珠江河……战事未死，举枪自尽未成，这位旅长，选择了投入粤府男儿的母亲河中，以性命洗刷此无法保家卫国之耻……钟芳峻伤后淹水，无人及时拯救，等被发觉时，业已死去。

钟芳峻，又名钟秀峰，粤军第一师学兵营肄业。1898 年夏出生在广东省原河源县黄村区宁山一农民家庭。父亲是个铁匠，钟芳峻在家时帮助父亲干活，学得一手铁工技艺。少年时期就读于家乡的崇伊中学。1920 年，钟芳峻加入粤军。他先后参加大小战斗数次，屡立战功，历任班长、排长、连长。1926 年任国民革命军第四军第十二师三十一团副营长、营长。1929 年任广东编遣区第六十师独立旅第三副团长。1934 年任第一集团军第三师上校团长、参谋主任。1936 年任第六十三军第一五三师第四五八旅副旅长。抗日战争爆发后，任第一五三师第四五八旅少将旅长。

当人们把他的尸体打捞上来的时候，只见他军容严整，双目张开，拳头紧握。他死得从容，死得悲愤。

经地方民众备棺，埋葬在石滩。后第一五三师师部于 1939 年春派原四五九旅旅部军官程琦前往石滩，寻觅钟旅长尸首，重备棺殓，将灵柩运回河源原籍安葬。

其誓死抗敌、视死如归的精神，感染了很多将士。在其事迹传到家乡河源时，河源人在县忠烈祠专门开追悼会，会上有人撰挽联如下：

> 气吞河岳，日寇长蛇遭痛创
> 长留忠骨，槎城各界奠英灵

有史料记载，旅长钟芳峻"在增城（福田）阻击日军战斗中牺牲"。史学界有学者认为钟芳峻是日军入侵广东后第一个牺牲的少将，也是广州会战中唯一牺牲的高级将领。

钟芳峻逝后六年，即 1944 年，国民党政府在从化良口镇修建一座公墓，将国民党六十三军钟芳峻（钟秀峰）等抗日阵亡将士骨骸集中安葬。墓园里有一小小碑石，就是为了纪念他，上刻"钟旅长芳峻"，两边则有"精忠报国，百世流芳"对联。1985 年，从化县政府重修公墓，邀请钟芳峻亲属参加竣工典礼，并把公墓列为县级保护文物。

增城失守

增城，位于罗浮山西麓，西距广州六十多公里，是广州的东大门，其战略位置十分重要。

从 1938 年 8 月开始，日军轰炸机就开始轮番轰炸增城至广州一带。

惠州失陷后，日军一连数天派遣飞机狂轰滥炸增城，县城大部分店铺、民房被炸毁，增城东门桥被炸断，正果、新塘、石滩等圩镇也遭重大破坏，老百姓扶老携幼往四乡逃难。

10 月 19 日下午，日军先头部队到达增城东面之荔枝坳，与中国守军隔江对峙。

当夜，日军一联队在增江下游偷渡。

余汉谋判断：明日拂晓，日军必将集中兵力全面攻击增城。于是，令第十二集团军所有装甲战车、第一五七师和第一五四师第九二二团开赴增城增援，第一五三师、独立第二十旅分别向敌侧背出击，协同第一八六师作战。

余汉谋的判断非常准确。

10 月 20 日拂晓，日军先以空军和炮兵向中国守军猛烈轰击，继以坦克和装甲车掩护其步兵冲击，沿着增博公路扑向增城。

上午 8 时，日军第十八师团第五十五联队以飞机、坦克作掩护，沿交通线两侧采取快速进攻、猛追猛打战略，突破中央，强渡增江，突破增城第一八六师防线。

9 时 30 分，日军占领黄紫峰。

10 时，日军占领增城以西的钟岗，切断中国守军退路。而杨村的中国守军第一五七师车辆不足，独立第二十旅和第一五三师受敌牵制，均未能按计划行动。

下午 14 时，日军步兵在航空兵、炮兵协同下，扩张战果，进至石桥圩，围攻中国守军第一五四师第九二二团。

其时，第一五六师李振师、陈崇范的炮兵指挥部和中央由湖南方面调来增援的一个重炮兵团俱已到达，各级将领同时督率官兵拒敌。但日军炮火占优势，仍被炸得一塌糊涂，连大炮、战车都不能动，而在坑贝附近的总预备队的第一五四师梁世骥还来不及增援。无奈，李振师向钟落潭方向溃退了。

战至下午 16 时，第一八六师第五四七旅之谭瑞英部被突破，第一八六师陈绍武旅之潘标团和唐拔旅之黄岂团各抽一部阻击无效，且死伤很大。

日军此次进攻，系以飞机、坦克掩护，沿交通线两侧采取快速进攻、猛追猛打、中央突破战术，因而我陈、唐两旅被隔开于两侧的山地。

形势危急，前敌指挥官是第六十五军军长兼广州警备司令李振球，亦无济于事，更无回天之力。

据历史记载，关于增城作战的前敌指挥机构也是拖延许久，直到作战前一天才确定下来的。

日军登陆大亚湾后，余汉谋等人才意识到敌人的主攻方向不是虎门，其目的也不仅仅是切断广九线，还要占领广州，遂决定在博罗至增城一带阻击日军，以掩护广州的大撤退。并调原驻宝安的第一五三师钟芳峻旅到福田，原驻东莞的陈勉吾独立第二十旅到增城东北的正果圩，还有一些炮兵也被调来以增强火力。但是，这些兵力再加上原驻增城的第一八六师，相对于日军来说仍然是很单薄的。余汉谋不敢亲自去指挥这次作战，其他官佐也相互推诿，原拟定他的前任参谋长调任总参议的缪培南担任"前敌总指挥"，在缪坚决推辞之后，余汉谋于手慌脚乱中任命了第六十五军军长李振球为前敌总指挥，但事实上总指挥部也来不及组织起来，战斗序列也没有确定，甚至连与各部队联系的通信设备也没有。李振球在乱糟糟的局面下，便急急忙忙地带了几个参谋副官和一个警卫排，于 10 月 19 日赶到增城朱村设指挥所。情况尚未弄清楚，仅半天时间，作战部队已全面崩溃。

入夜后，指挥所绕道太平场沿广从公路回广州。第一八六师经太平场到钟落潭收容，第一五四师撤良口布防，第十二集团军总部由 21 日起陆续向清远撤退，第一五二师师长邓琦昌旅向源潭撤退，第一五八师向化县撤退，独立第九旅向清远撤退，税警团向三水、四会撤退，炮兵指挥官陈崇范指挥部队及炮兵沿广从公路到翁源。

10月21日，广州沦陷。

余汉谋见势不妙，令第十二集团军主力逐次向横石、佛冈、从化、新丰转移，留独立第九旅防守龙眼洞、萝岗，税警总团和宪警部队守备广州市区，余本人于当晚乘车至清远。

增城已失，而广州报纸却登载敌已被击退，大吹大擂蒙骗人民，所以广州市民镇静如常，待到敌临城下，始仓皇外逃。西濠口河畔，行李堆积如山，无法搬运。向珠江方面逃难者，争相登船，秩序混乱，竟沉拖渡一艘，溺毙数百人。向广花公路逃难市民，又被敌机整日低空扫射，尸骸枕藉，惨不忍睹。

浴血正果

再说正果圩的战况。

正果圩地处罗浮山西北麓，位于增城东北十六公里处，东北与龙门县交界，西接小楼、派潭圩，南邻增城，增江河从北至南流经这里。正果圩是增城通往龙门主要通道，也是重要的战略屏障。

当得知日军调整作战计划（右侧支队从响水、龙门、正果、派潭、从化至花县，向广州作大迂回行动），余汉谋便急令正欲开赴武汉参加作战的独立第二十旅（旅长陈勉吾）向正果推进，以阻日军之迂回行动，并掩护增城之左翼。

独立第二十旅全旅将士，于10月11日夜晚，在广州附近集中完毕，正整装待命北上武汉参战。12日拂晓，日军在大亚湾登陆。第四路军总司令余汉谋，才命令独立第二十旅停止北上，在广州附近待命。

陆军独立第二十旅于1938年3月在广东肇庆成立。旅辖三个步兵团及一个特务营。第一团团长是张守愚，第二团团长是陈杰夫，第三团团长是张琛，旅参谋长是陈克强。

该旅旅长陈勉吾，原名陈伟，广东丰顺人。毕业于保定陆军军官学校第六期及陆军大学第十一期。曾任黄埔军校潮州分校少校骑兵教官。历任排长、连长、营长、团长、第一集团军参谋处处长。曾得到余汉谋的宠信。

独立第二十旅全是新兵，入伍一般都是半年左右，少的仅有三个月，最少的不到一个月。因士兵刚入伍，训练时间极短，有些士兵还没有进行过实弹训练。

独立第二十旅在装备方面，按当时的标准是比较好的。计每步兵连有轻机九挺，每营有重机枪四至六挺，每团有八二迫击炮四至六门。在通信方面，步兵营有交换总机，有线通信可直达至步兵连。这在其他单位，当时还是未能完全做到的。此外，旅部还配有大小汽车及摩托车等作为指挥及运输的工具。

10月17日下午，独立第二十旅奉命渡过增江，比日军抢先到达正果阵地，严阵以待。

19日上午，进犯广州的日军右侧支队（以步兵第三十五旅团团长所指挥的步兵四个大队、独立机枪第二十一大队为基干）接近正果。

19日下午，独立第二十旅第三团第二营前哨侦察部队向前搜索时，发现敌人前卫尖兵——步骑兵联合部队。中国守军立即迎头阻击，敌人突然受阻，未能前进。

日军遭中国守军阻击，陈勉吾即向余汉谋夸大为击破敌主力之战绩。余在广州得到陈勉吾的捷报后，于当晚与参谋长王俊、参谋处处长赵一肩等赴增城召集前线高级军官开会，除对福田与正果的中国守军传令嘉奖外，还以为这次战斗之胜利是国民党军转败为胜的关键，是彻底歼灭日军的好机会。

此时，余汉谋以为"为党立功"的时刻已到，竟麻痹轻敌，不自量力地将部队作了转移攻势的新部署：正面固守，左右两翼同时出击，要将日军聚歼于增博公路的罗浮山下，以达到保卫广州之目的。

正果的战事一触即发。

敌飞机在正果附近地区频繁地进行侦察、轰炸。

19日上午，日军三千多人的步炮联合队伍，向正果方向前进。当时第四路军总部和独立第二十旅在正果集结后应如何行动，意见不一。总部要求独立第二十旅留下一个团阻击正果东南地区进犯的日军，其余两个团于20日晨沿正果西南方向小路向增城以东增江左岸进发，攻击日军之侧背。面对日军三千多人的步炮联合队伍，陈勉吾认为用三个团的兵力吃掉它没有问题，如分兵则会被敌人分割歼灭……一头是上级的命令，一边是来势凶猛的日军，陈勉吾心中无比纠结，他在衡量得失，权衡利弊。

"打！不能分兵作战，集中兵力歼灭当前的敌人。"

10月20日上午7时，旅长陈勉吾下达作战命令：

（1）第一团为右翼，布阵马鼻岭东西之线，并派一个营从右侧后包围日军。

（2）第三团为中翼，连接第一团的左翼，布阵于正果的白面石、黄沙凼坳、老虎石山一带，（展开于福田通正果道路的两侧高地）迎击日军。

（3）第二团为左翼，连接第三团左翼，在麻榨圩布防，在日军的右侧打击敌人；并派出一个营向红庙方向前进，威胁日军右侧背。

（4）旅配属的山炮连在第三团阵地后面布阵，主要支援第三团的作战。

（5）特务营布防小楼附近对公路警戒，掩护旅后方的安全；其军士连于增江左岸正果北侧布防，对龙门永汉方向进行警戒，掩护司令部。

（6）平射炮连在小楼附近布防，迎击南北两侧公路附近的敌人坦克进攻。

（7）旅指挥所设在正果圩东南侧第三团后的无名高地上。

20日凌晨5时许，日军第十八军团右侧支队数千人在飞机、坦克、装甲车的掩护下，向中国守军阵地大举进攻。由于日寇步炮火力强，射击又准确，中国守军又没有阵地掩护，所以伤亡逐渐增多。迄上午10时左右，第一、第三两团已重伤甚至阵亡几个连长，而排长级干部及士兵伤亡更多。

此时，中国守军指挥所静得离奇。旅长、参谋长、参谋处处长和几个参谋都一言不发。第一、三两团招架不住，向旅指挥所请求派兵增援，旅部没有预备队可以增援。第二团因与旅指挥所距离远，其电话迄未架通；旅部与永汉圩方面独立第一团的无线电联络亦中断；这两个团的情况不明。而日军的枪炮声却愈来愈近，都在旅指挥所上空呼啸而过，形势十分紧迫。

如果永汉有失，则旅的左侧背受威胁，厄运难逃。

陈勉吾心慌了，他向陈克强说："旅指挥所须迅速向后撤退！"

"再等几分钟看看，"陈克强回答道，然后对参谋处任作战参谋黄韬远说，"你带个卫士迅速到前线，找到第三团张琛团长，向他说明当前形势，务必要他多坚持一些时间，待第二团到达后，情况就会改变。"

陈勉吾点头表示同意。

黄韬远受命后立即带着一名卫士，持着驳壳枪跑步下山。将近到山脚，就见前面的部队像潮水一样纷纷溃退下来。

见此形势，黄韬远心里十分焦急，认为正面垮下来，必然会引起全旅的崩溃。他想回去指挥所请示报告，但觉得时间已来不及，于是继续向溃退的士兵群跑去。首先见到救护兵从火线上抬下第三团受重伤的一些连长、排长，他们痛苦难忍，有些还要求黄韬远补他一枪。黄韬远下不了手，心里却很难受，只得安慰他们几句即叫抬到后方去。随后黄韬远在路边，见到第三团中校团副张树森，他垂头丧气一声不响地坐在小树下。

黄韬远："张琛团长在哪里？"

张树森："张团长已绕道向后方跑了。"

黄韬远："旅长要你们团无论如何要多支持些时间，以待第二团到达。团长不在，那就请你指挥吧！"

张树森："部队已被打散，我指挥不了。"

"放屁！"黄韬远大骂一声。

为挽救危局，黄韬远撇开那位张副团长，带着卫士，向前沿阵地跑去。

这时，炮兵连的队伍正向后撤退。

黄韬远对该连连长吴膺朝说："旅指挥所就在后面，旅长现在叫我来指挥，任何人都不能退。"

吴膺朝："是！"

黄韬远："你连还有没有炮弹？"

吴膺朝："有！"

黄韬远："那好，炮连就在前面选择阵地，准备射击。我将重新组织士兵反击敌人。你连必须以猛烈的火力向敌射击，与步兵配合作战！"

吴连长同意了，随即整顿队伍并选择阵地。

黄韬远继续上前，先制止那些奔逃的队伍，然后集合那些军官对他们说："我奉陈勉吾旅长之命令指挥作战，谁要是退却，就执行军法。"

"我已叫炮兵连组织炮击，掩护你们反击。我和大家一起，坚决不退。打败敌人，才有生路；如果再退，全旅覆没，必死无疑。谁在战斗中牺牲了，谁就是民族英雄！"

"对，不能退！"众将士异口同声。

黄韬远："敢不敢和日寇拼死活？"

"敢！"众将士一致高声赞同，表示要与敌人血拼到底。

黄韬远心里有说不出的兴奋。于是，编整队伍，排兵布阵，向追击中的日军用最猛烈的火力进行反击。

与此同时，日寇正向第三团败退的队伍进行追击，来势很猛。黄韬远立即叫炮兵连集中火力，向隘路中的日寇开炮。日军由于正在隘路中行进，两边不能展开，受到中国守军炮火准确而迅猛的射击，无处可逃，死伤甚大。至于火线上追击中国守军的日军，由于受到步、炮兵猛烈火力的回击，不明情况，亦不敢再前进了。

日军的追击纵队，自从被我军猛烈炮火连续命中，受到杀伤后，早已停止了追击。此时敌人的火力亦有所减弱，而且中国守军两侧展开的包围部队，亦予敌以威胁，因此敌逐次向后退走。

陈勉吾见此形势，就下令追击。

守军正面部队的官兵士气非常高涨，以排山倒海之势追击日军，给予更大的杀伤。正果之敌，被击败后，在中国守军撤出时，他们还不敢出兵反击。

至下午三时半左右，陈勉吾得知增城失陷，永汉的情况又不清楚。于是下令停止追击，部队撤回正果圩吃晚饭，以待后命。

本来陈勉吾当日知道第三团团长张琛，在败退时丢弃队伍，自己绕路向后方逃走，甚为愤怒，曾声称要枪毙他。以后又知道第二团团长陈杰夫带领队伍迷失方向，致未能及时到达预定的位置，亦十分不满，说要严办。但由于取得小胜，他心里高兴，所以情况就缓和下来。

其实，残酷的战斗考验了中国军队。

这是一幅惨烈厮杀的画面。

独立第二十旅第三团第二营黄植虞和他的战友死守白面石阵地及三〇二高地，用鲜血和生命书写了抗日战争史上极为浓重的一笔。

三团二营，近四百人，中校营长黄植虞，武器装备较好，其中一个连配备有六挺重机枪，为重机枪连，其他每个连配备有九挺轻机枪，弹药也相对充足。

白面石阵地及三〇二高地的防守成功与否，关系到主阵地的安危，必须坚守。

战斗一开始，白面石阵地及三〇二高地首当其冲，阵地上炮弹呼啸而至，爆炸声震耳欲聋。

10月20日，天露曙色，敌机就飞临上空，投下一批又一批炸弹及燃烧弹。顿时阵地周围火光冲天，硝烟弥漫，随后数不清的敌军向阵地扑来。为了出其不意打击敌人，待到日军离阵地几十米时，黄植虞才下令全营开火——打！狠狠地打！几十挺机枪、几百支步枪一齐向敌人扫射，手榴弹铺天盖地飞向敌群。

激战一个小时后，二营重机枪连连长卓斌阵亡，第四连连长劳中逸、第五连连长张任君受伤，排长、班长、机枪手也伤亡过半。副营长韦贯虹利用指挥所居高临下的有利地形，拿着受了伤的轻机枪手的机枪向敌人猛烈射击，予敌更大伤亡，全营士兵士气大振。

激战至上午9时，日军大量伤亡，又大量增援，利用山谷起伏，死角掩蔽，利用小钢炮、机枪轮番向二营阵地猛打猛攻，多次冲进二营黄沙凼坳，第五连伤亡惨重。然而，在轻重机枪猛烈火力的压迫和第六连预备队的勇猛出击下，日军无法占领阵地。

随着战斗的深入，中国守军伤亡惨重，撤退的士兵如决堤的洪水向后方奔泻。

友邻部队或撤走了，或溃散了。由于通讯电话线早就给炸断了，黄植虞无法跟团部联系，对周围发生的情况都不知道。到下午，发现敌人越来越多，围着自己阵地打，才觉得不对路，急忙派通讯兵去联系，才从友邻部队的散兵口中得知整个二十旅除二营外，上午已全部撤走了。

黄植虞拿起望远镜看后方，倏地瞪大了眼睛——部队已无踪无影，只有几个受伤的士兵在相互搀扶跛行着。

"他妈的！"黄植虞很恼火，本官带兵在白面石和三〇二高地阻滞日军，是为了掩护全旅的进攻；但旅长、团长跑了，也不通知本官。

黄植虞："兄弟们！他们溜了。现在我们不能溜，如果三〇二高地被日军占领，我们就无法退却，全营就有被歼灭的危险。"

"打！不退。"

他们要独自面对十倍于己的敌人。

这里没有逃兵，所有人都在挥舞着拳头呐喊，他们知道要珍惜自己的荣誉，他们是中国军人！

"历史可以被篡改，但永远不会被彻底湮灭，真相会在人民的心底留存，会在适当的时候绽放！你们的功绩，你们为国死战的壮举一定会被我们的子子孙孙记住，会被传扬，会流芳百世！"一位知名人士曾经说过。

孤军作战的黄植虞率领全营官兵，利用有利的地形、新修的工事，居高临下沉着应战，连续打退敌人四次进攻。

阵地被烟雾笼罩着，视线模糊。

中午，在炮火的掩护下，又一批日军向阵地扑来。

同样的迫击炮轰击，同样的机枪火力压制；照样硝烟弥漫，照样扬尘遮目……不知是白天的缘故还是黄植虞因为已经经过了战火的洗礼，他这次既没有感觉到眩晕，也没有感觉到害怕或者紧张；甚至他可以透过那一片灰蒙蒙从隐约的身影中判断出日寇的大约距离。

营部传达兵黄标、张得胜两人请示营长："敌人已经逼近了，要使用密集的机枪火力，集中投掷手榴弹，才能遏制敌人的进攻。"

黄植虞知道，在视线模糊、大家互相捉迷藏的战斗中，手榴弹就是最好的武器，他们可以躲在掩体里等待敌人摸近再像鳄鱼一般发起奇袭……黄植虞收集五百多枚手榴弹，准备由黄标、张得胜投掷。

20 日下午 14 时，日军分五路强攻白面石阵地，攻击前，敌人首先出动飞机，然后以大炮密集轰击。敌人快要冲上来了，100 米！50 米！30 米⋯⋯

"一、二、三、四、五！"数到五时，黄标、张得胜把一束束手榴弹扔出去，手榴弹像棒球那样平飞过去，刚好飞到敌人丛中在空中爆炸。"轰、轰、轰⋯⋯"爆炸声此起彼伏连片响起，阵地上已经在人数上占优势的日寇顿时被炸倒了一地。

"一，二，三，扔！"第二轮手榴弹铺天盖地落下——

在爆炸的一瞬间，号兵吹起冲锋号。"与阵地共存亡，杀呀！"营长一声怒吼，抱起一挺机枪冲入敌群狂扫，全体士兵跃出战壕，扑向敌人。"杀！杀鬼子！"山呼海啸般的呐喊声汹涌爆发，这些呐喊声不是来自冲锋的队伍而是来自那些老百姓！他们看不清整个战场的情况，但是他们看到国军在冲锋，子弟兵在冲锋，父老们呐喊助威，一时国军声势大盛。

阵地上的肉搏达到了白热化，双方的士兵缠在一起格斗、撕咬；步枪、刺刀、大刀、石块、拳头、牙齿⋯⋯身边一切可以用上的东西和身上的器官全部成了杀戮武器；不时有人拉响手榴弹，随着一声声沉闷的爆炸烈日下血肉横飞⋯⋯双方的重机枪阵地都在互射压制和封锁对方进攻的线路，机枪扫射的轨迹在烈日下依然可以发亮地显现出来⋯⋯

日本人拼刺刀不讲"规矩"，在拼刺刀的过程中，中国守军很多人是死在日军机关枪的扫射之下；他们总在侧后方悄悄地布置一两挺轻机枪，然后由士兵冲上来拼刺刀，中国守军英勇的士兵端着枪迎战时，就倒在了敌人的机枪下。

"瞄准机枪手打！"营长又一声吼叫，瞬间，敌人的机枪哑了。一场激烈的肉搏战又开始了。中国军队勇不可当地猛扑上去，用大刀把日寇的头砍下，用刺刀把鬼子的身体刺穿⋯⋯凶猛的日寇不要命地向上冲，前面的倒下了，后面的又冲上来。

情况十分危急。"呀！去死吧！"在拼杀中，中国战士冲到敌人群里，拉响手榴弹拖着几个敌人去死，都知道拼刺刀拼不过，这样打最占便宜⋯⋯

敌人如此轮番冲锋、拼杀，都无法攻破二营阵地。

战至下午 16 时，久攻不下的日军竟然使用燃烧弹，顿时，阵地变成了一座火焰山。敌人趁着烟火，展开合围式进攻。由于敌人众多，二营几次被日军撕破阵地冲了上来⋯⋯于是，一场规模更大的肉搏战，在百多平方米的山顶阵地上再次展开。不同语言的喊杀声，手榴弹的爆炸声，机枪的狂叫声，刺刀的碰击声，乒乒乓乓地汇成一片。硝烟弥漫，血肉横飞，极其惨烈悲壮。

子弹打光了，就拼刺刀，刺刀弯了，又抢起枪托，打退了敌人一次又一次的进攻，把敌人赶到山脚下。阵前丢满了一具又一具敌人的尸体。

战至黄昏，二营人困马乏，弹尽粮绝，饥肠辘辘。黄植虞见周围友军的阵地已被敌军占领，坚守已无实际意义，便命令一个排殿后，趁夜色降临，摸索突围出去，向派潭、从化方向转移。撤退时，第四连留一个班在黄沙凼坳，第五连留一个班在老虎石山，第六连留一个班在营指挥所，由第四连一个排长统一指挥，把全营剩余的弹药集中留给留守部队。布置就绪后，便集中火力，佯攻敌人。留守掩护撤退的三个班和两个传达兵，他们大部分壮烈牺牲，撤退到梅坑的只有三个士兵。

近十个小时的拼杀，敌我均伤亡惨重，仅白面石阵地日军死伤 164 人，阵前遗尸 40 具；中国守军二营官兵伤亡二百余人。

当地村民对中国守军的英勇杀敌行为，大为钦佩。战役结束后，当地百姓为纪念阵亡将士，在爱国人士王雁门等发动下，在白面石村前的老虎石岗顶建抗日阵亡烈士墓，殓葬国军阵亡将士，并在黄沙凼坳建抗日阵亡烈士纪念亭。王雁门还亲自题撰"黄种图存，群英抗日；沙场战死，烈士留芳"一副对联刻于亭内的石碑上，这一纪念亭至今还保存着，对联上的字还清晰可辨。

正果阻击战，拖延了日军攻占广州的日程。后来，日本广播电台也曾广播说："皇军此次从澳头、淡水登陆，进攻广州，如入无人之境，只是在增城正果附近被蚊子咬了一口。"

"好样的！我旅个个都是好样的！"旅长陈勉吾为此骄傲了一段时间。

正果战后，由于陈勉吾满意于当天抗击了敌人，取得小胜，却忽视了永汉方面的敌人。当日晚饭后，他口头命令各团渡过增江，向派潭、从化方向前进，以便相机参加广州外围的作战。但他却没有派出有力的掩护部队，而仍由原来对龙门永汉的警戒部队即特务营及其军士连担任掩护。在渡河时却受到永汉方面日军南下骑兵的冲击，以致部队在渡增江时，遭到意外的损失。

陈勉吾又是幸运的。

本来余汉谋为推卸广州失守的责任，是要追究陈勉吾违抗军令，不率领旅主力进发增江左岸，攻击日寇侧背的罪责的。但由于日寇的广播，说"皇军此次从澳头、淡水登陆，进攻广州，如入无人之境，只是在增城正果附近被蚊子咬了一口"。这样独二十旅就是在广增战役中曾打败过敌人的队伍，而陈勉吾当然就成为第四路军中，唯一打败日寇的指挥官；不但可以不追究其抗命之罪，而且属有功的将领了。但由于正果之战是违背余汉谋的意旨来打的，因此余总部亦不愿宣传这次战斗所起到的作用——使占领增城之敌不敢迅速进入广州。

不久陈勉吾调广东省军管区做参谋长，独二十旅改为普通旅，编入第一五一师建制。

21 日 6 时，已占领增城的日军分两路进军，一路攻进从化，另一路向广州市区进逼。8 时，日军与守萝岗的独立第九旅开战，守军退到太和。15 时 30 分，日军的独立轻装甲车中队冲进广州市。17 时 30 分，龙眼洞的守军被击溃，随后日军攻进沙河，广州遂告失守。

10 月 21 日下午，日军侵占了广州市区。广东省政府主席吴铁城、广州市市长曾养甫早在五天前逃跑了（曾养甫逃到四会后，曾自封"八属军总指挥"，以张君嵩的两个税警团为基础，大事扩编军队，并擅将第四路军第一八六师各单位向四会疏散的枪弹服装收为己有）。负责保卫大广州军事责任的余汉谋总司令，也在当天凌晨跑掉。广州市人民从此开始沦陷后的苦难岁月。

广东人民和海外广东籍华侨对广州的不战弃守十分愤慨，中外各界人士反应强烈。国民党文武官员，尤其是广东籍官员，闻此噩耗，愤怒非常，伤心落泪。"余汉无谋，吴铁失城，曾养无谱（'谱'字是'甫'的谐音，广东话'无谱'即荒唐之意）"的民谣也从此不胫而走。在军委会会议上，不少人向蒋介石提出一连串问题，要求查办不战而退的将领。蒋介石无言回答，一筹莫展，只是笼统地说，对失职人员一定查办不怠。但此话也只是说说而已。人们说的"铁城无城，汉谋无谋"，就是讽刺当时的广东省政府主席吴铁城与广州守军余汉谋。广州迅速沦陷是荒谬的。

失利原因

大亚湾失守，广州沦陷，天下震动。

是悲歌，是壮歌，对此，历史评论的空间无限之大。但笔者永远不会忘记：

在新桥，有宁死不惧的守军士兵和他们的王排长。

在粉石坳，有与阵地共存亡，智勇双全的凌云连长。

在福田，有千多名为国捐躯的官兵。

在正果，有死守阵地，以二百条生命为代价的黄植虞营。

还有"以死谢罪"的旅长钟芳峻。

他！他们！数以千计的将士。

一条条宝贵鲜活的生命，谱写出一曲曲雄浑悲壮的史诗。

一场场惊心动魄的战事，展现了一幅幅气壮山河的画卷。

或历史的原因，或人们的惯性思维所致，在日军于大亚湾登陆、广州沦陷这段仅仅不到十天的历史的问题上，有着不同的定论。有的在谩骂中国守军贪生怕死，有的在责备中国政府的无能。

大亚湾失守、广州沦陷的原因，是一个永远谈不完的话题。

这里既有客观因素，又有主观原因。其客观原因是敌强我弱。日本是东方头号帝国主义强国，又做了长时期的侵华准备。而中国是一个半殖民地半封建的弱国，加上国民党政府没有进行认真的备战。敌我在军力、经济力和组织力的对比上，日本都占有较大的优势。

其主观原因有五个。

对敌情的判断错误

敌情判断错误，是失利的重要原因。

在日寇进攻广东之前，国民党军事委员会就获得《"波"号作战计划》的情报。说日军在台湾集结了四个师团，即将向广东进攻。然而，蒋介石对敌人可能进攻的战略方针却一直作出极其错误的判断，对当时英国力量也作了过高的估计，以为日军虽企图向华南进犯，但对英国有所顾忌，可能不敢过分威胁香港。他因此判断敌人如果向广东侵犯，其目的只不过在切断我军广九线深圳至石龙一段的陆上交通和宝安至太平这一段的海上交通，敌人的主力必然使用在虎门要塞地带进攻，而在大亚湾附近只是一种佯攻，以牵制我兵力而已。在敌人兵力方面，蒋亦以为敌方只有海军、空军和陆战队，兵力不会很大。根据这样的判断，蒋介石早就以确保广九线为他的作战的主旨，一再指示余汉谋切实执行，不许擅自变动。

等到 10 月 4 日，蒋介石又接到军委会转来情报，日寇在台湾集结好两个师团曾以 83 艘兵舰和运输舰组成舰团，在台湾海峡海面准备完毕，以升火待发的姿态，但去向还不明白。这时余汉谋和他的参谋长王俊，以及第十二集团军总部作战机构，对敌情未能作出正确判断，甚至还有错误的是：①以为这批舰团，可能北调增援我国的东北，以威胁苏联；②可能北调华北，加强已侵略的地区兵力，借以巩固侵略势力；③可能调派华中，直捣武汉心脏重镇；④可能侵占福州与华东各地联成一气；⑤可能南侵，以扩大日军在南洋各地的侵占和取得战略资源；⑥余以为要打广东，必先侵占汕头，然后再进攻广州，因汕头地区兵力少，防御工事差，较易得手。同时认为如果进攻广州，可能登陆地点：一在大亚湾，一在唐家湾。进攻这两个地区的日军船团，都要经过我国领海与香港地区的公海海面，那就违犯了公海的公法。余以为有此凭借，广州可以高枕无忧了。（参见侯梅：《余汉谋在广州沦陷时的表现》，载 2008 年《广州文史资料存稿选编第 2 辑》，第 416～417 页）

按道理，日本人是不可能不攻取广州地区的，否则我国就可以从香港、澳门源源不断地进口军需物资进行输血。问题是蒋介石害怕日军，在侥幸逃避心态的影响之下，总是选择性地听信幕僚胡说八道，认为华南地区是英国佬的商业传统市场，日本人总要给几分薄面给当年扶持他的阿哥，不好意思打爆英国佬的钱包。

狼来了，蒋介石却仍做"日本为避免与英国冲突，未敢侵犯广东"的迷梦。他还认为日军就算攻打广东，也只是意图切断广九线及珠江口航线，兵力不会厚实，等他们爬上岸了，我们再反击他们下海喂鱼虾。

所以，蒋介石不但没有加强广东守军兵力，反而把广东部队如第一五四师、第一五五师、第一五六师、第一五九师、第一六〇师、第一八七师六个师和几个补充团先后调去淞沪、南京、南浔、河南等战场。当时原驻广东的部队共有十二个步兵师和两个独立旅，被调出的部队占总兵力的一半，使驻广东兵力大大削弱，致使广东兵力不足，招致失败之局。

战略方针上的失误

于敌情判断错误，在战略指导方针上也犯了很大的过失。

1938 年 10 月广州沦陷前部队防地如下：

第一五一师，师长莫希德，所辖温淑海部驻宝安龙岗，所辖何联芳部驻惠州澳头、淡水；

第一五三师，师长张瑞贵，驻防宝安、深圳一带；

第一五八师，师长曾友仁，驻防新塘、乌涌一带；

第一八六师，师长李振，驻防龙门、永汉、增城一带；

独立第九旅，旅长张简荪，驻防中山，后调回广州；

独立第二十旅，旅长陈勉吾，原驻佛山准备调往武汉，因日军在大亚湾登陆，临急调往增城正果；

第一五四师，师长梁世骥，驻防花县；

第一五二师，师长陈章，驻防海南岛，后调回紫金；

炮兵旅，旅长陈崇范（两个团），驻防广州市郊夏茅；

战车部队一个营，驻防燕塘；

高射炮部队，第一连驻广州市漱珠岗，第二连驻肖岗，第三连驻黄花岗；

独立炮兵第一连和高射炮机关枪营，驻石龙、石滩铁桥；

独立第二团，驻广州沙河；

税警总团，驻广州市河南一带。

在大亚湾兵力部署上，澳头、淡水、惠阳（州）、博罗将近百公里长的纵深战线，只驻有三个步兵团的兵力，而在增城也只控制着一个步兵师的兵力。

上述布防的特点——散！

这样的布防显而易见是建立在对敌情的错误判断上的，以为敌人不会大举进攻，在蒋、余的心目中，这样布防有利于节节抵抗。实际上适得其反，正给敌人以各个击破的大好机会。这样在日军优势兵力的突破下是无法形成有效的阻击的，而且这也是一种消极的防御方针，是单纯的阵地防御战布局。这种兵力部署和调动没有从整体考虑，因此处处陷于防守、被动挨打的境地。这几个阻击战的失败，军事上的一个重要的共同的错误就是消极地分兵把守、固守一隅。由于兵力分散，又缺少强大的预备队，一旦被敌突破一道防线，就会引起全线的动摇和崩溃。历史毫不客气地为他们写下了失败的记载。

战术上的失策

首先是一线军事"准备"不足。一线是指大亚湾、惠（州）、博（罗）防区。

第八十三军军长兼第一五一师师长莫希德，在平时所属部队就无作战准备，对防御工事又无注意维修和加强，思想上对敌戒备是极其松懈，而且对敌动态多不了解，士无斗志。迨至日军在大亚湾登陆，该部便发生全线动摇，且无激烈战斗，就全部向惠阳县外围撤退。而在惠阳县附近防守地区，也没有什么激烈战斗，该部又一哄而散，溃不成军，分别向河源、龙门、新丰等地逃窜。既不能阻碍敌人前进，又将在广州、增城国防前线的大亚湾至惠阳城再至增城的战略要线和在这条线上的淡水及惠阳外围马鞍山等各战略要点过早放弃，使我方作战准备陷于绝对不利，反而给敌以极有利地向我方进攻的形势。致使广增国防线（当时是这样命名的）上的会战，仅一昼夜的时间，即告全线溃败，因而断送了广州。

其次，二线的战术布阵过失。二线是指广（州）增（城）防区。

兹将二线主阵地战线正面和兵力部略分述如次：

主阵地战线正面，从增城县的三江圩至增城县城，猪牯岭、正果、永汉主线。战线正面的前方，则以罗浮山附近地区，为该主阵地的前进阵地，形成球状阵地。

主阵地右翼，以三江圩至增城县城附近地区之线，以第六十三军第一五三师（军长兼师长为张瑞贵）防守该右翼阵地的部队（该部原驻宝安县公平圩，在情况紧迫时，急速调守该线，但未到达指定地点，而主阵地的正面，就遭到日军的猛力攻击，第一五三师未能协同作战，致被敌各个击破）。

主阵地正面，由增城县城以右约2公里处（衔接第一五三师阵地），经增城县城至猪牯岭之线（全正面宽约40公里）以第一八六师为防守该线的主力部队（师长是李振球），该线正面为广州、增城、博罗公路直通干线，为日军重点指向方面。

主阵地左翼，由猪牯岭（衔接第一八五师阵地）至正果圩亘永汉圩之线，全正面宽约50公里，以独立二十旅（旅长陈勉吾）为守备该线部队。

以第一五四师（师长梁世骥）为第十二集团军战略预备师，位置于莲塘、中新圩附近地区（离增城县城约15公里）。

以李振球为前敌总指挥，总部位置于莲塘圩后方约10公里的公路附近。

此外，另以第一五八师（师长曾友仁）守备新塘—石牌之线，又以独立第十九旅（旅长张简强）守备石滩要点，以掩护主阵地线的右侧为其主要任务。（参见侯梅：《余汉谋在广州沦陷时的表现》，载2008年《广州文史资料存稿选编第2辑》，第416~417页）

二线布阵，似乎很多部队参与，实际上只有一个步兵师的兵力。这种球状阵地分布，在蒋、余的心目中，以为这样有利于节节抵抗，实际上却使得日寇可以各个击破。

深圳方向的第一五三师加上被余汉谋调过去的一个旅还有七八千兵力，要是与第一五一师能收拢残部，以惠州为核心死守阵地，第一五三师外围牵制捣乱，和日本人搅在一起打烂仗，让其不能全力攻城，就可以磨上三五天，利用防守惠州的时间，潮汕黄涛师和琼崖陈章师就可以赶回广（州）增（城）一线集结了，广（州）增（城）再顶他一个星期才撤退。这样十天半个月的时间里，从湖南回援的粤军就是瘸了一腿也该爬回来了吧？最后利用广州东郊龙洞有利的地形，又延缓了几天，让广州城撤空。广州放弃是肯定的，但不锯日本人一条大腿就轻易退让，广东人咽不下这口气。第二线广（州）增（城）国防线的作战指导方针和兵团部署，均犯极大错误，在战略上完全处于守势防御，并没有丝毫的攻势防御的念头和必要的准备。兵力分散，处处薄弱，未能集中优势兵力，使用于决战方面，而且将所有兵力胶着在阵地上，不能逾越一步，完全陷于被动地位，造成挨打局面。

兵力调动混乱

10 月 11 日晚上，当大亚湾海面发现敌海军舰艇数十艘集结时，莫希德就判断敌人必在澳头附近强行登陆，当即用电话请余汉谋准将何联芳旅全部调往澳头附近，以加强第一线兵力；将温淑海旅全部调往淡水，以加强第二线兵力；另请调得力部队防守惠阳。余汉谋即据此转报远在武汉的蒋介石核示，但蒋都未批准，着余仍照原来部署进行防御，只指示可将张瑞贵师钟芳峻旅相机调往广九线常平附近以为策应。

至 12 日淡水失陷后，莫希德又请求调温淑海旅向淡水之敌反攻，亦无结果。蒋介石于战局危急时才同意将远处漳州和琼崖的黄涛师和陈章师等部队调回来。但由于战争形势急速逆转，远水难救近火，这些部队事实上都不可能及时赶到增援。本来当敌军占领淡水继续向我腹地进犯之际，驻深圳的温淑海旅和驻宝安的陈耀枢旅还拥有七八千人的兵力，大可以转用到惠阳博罗方面作战或调到增城去加强我军的后备力量，但由于余汉谋优柔寡断，在战争进入紧张阶段时，仍让这两旅待在敌人的后方而毫无动作。

惠阳失陷后，探得敌人并未分兵向我樟木头、横沥、石龙等处进犯，对这些地方只派了一小部分兵力作警戒，而在集结兵力，有向我博罗、增城进犯的模样。此时余才急令钟芳峻旅再由常平出苏村，待机推进增（城）博（罗）公路的福田附近，令李振派叶植楠团亦进至福田附近，共同阻止向增城进犯之敌，并令陈勉吾旅由青溪向增城推进。10 月 14 日，由惠阳溃败至博罗的莫希德师何联芳旅，在敌空军飞机袭击下有如惊弓之鸟，渡过东江继向增城溃退，驻博罗的林君绩补充团又因钟冠豪营擅自脱离建制，向河源方面逃跑，因此博罗形成空城，又不得不放弃，而向福田转进。

敌自突破增城、正果阵地后，广州首当其冲，裸露在敌人面前，整个战局急转直下。

派系斗争

国民党内部派系分歧，明争暗斗。就整个广东的党政军之间的情况来说，余汉谋、吴铁城（广东省政府主席）和曾养甫（广东财政厅厅长兼广州市市长）三"巨头"是同床异梦，各自为谋的。余汉谋自以为是大权在握的"广东王"，应该支配一切；吴铁城则以"老前辈"自居，有孙科为后台，且兼握国民党广东党务大权，高唱"党权高于一切"滥调，以压制余汉谋；曾养甫则恃有张静江、宋子文的支援，对余、吴都不放在眼中。他们之间常因争夺权力问题而互相攻讦。余、曾间的矛盾，不仅为此，到广州沦陷后，还一再发展没有休止。曾养甫野心很大，有取余汉谋、吴铁城的地位而代之的欲望。他联系陈诚的嫡系广东保安处处长邹洪为声援，以军统特务头子张君嵩、李崇诗为心腹。

除余、吴、曾之间的互相倾轧外，就余汉谋第四路军本身也是派系分歧，有"嫡系的一军系"和"杂系的非一军系"之分（余汉谋原是第一集团军总司令陈济棠部的第一军军长，陈部当时有三个军和几个独立师。余倒陈后，取而代之，改番号为第四路军，所以有"一军系"和"非一军系"之分）。较为明显的，就是缪培南、李汉魂、邓龙光等"旧四军系"和余的"一军系"的斗争，后来演变为张发奎、余汉谋间的长期斗争。

就"一军系"本身来说，其内部也是派系分歧，绝不团结的。如李振球、叶肇、张瑞贵、李煦寰等之间是勾心斗角的。李振球、叶肇之间的斗争尤为激烈尖锐。李振球、叶肇、张瑞贵都是拥有实力的军长，固是互相排斥，互不相谋，李煦寰虽然没有实力（他担任政治部主任），但最得余汉谋宠信，对李振球、叶肇、张瑞贵是分庭抗礼，绝不让步的。又如广州的宪兵司令和警察局局长同是"一军系"的得宠干部，他们对打击缪培南是一致的，但在广州沦陷前不久，敌海空军向虎门攻击，情势紧急那天，因权力纠纷，他们竟在广州陈兵相对，如临大敌，视同寇仇。当时情景，有一位新闻记者讥为"巷战演习"，的确令人可恼亦复可笑。（参见曾其清：《抗战中的惠广战役》，载郑洞国、萧秉钧等著：《粤桂黔滇抗战》，北京：中国文史出版社，2013年，第9～11页）

在战术问题上，余汉谋是有一番打算的。余汉谋深知蒋介石对自己的"杂牌军"软硬兼施的两面手法，更看穿蒋介石"借刀杀人，排除异己"的毒辣阴谋，凡是非蒋嫡系的"杂牌部队"尽管积极抗战，但实力消耗到一定程度时，蒋就加以"作战不力"的罪名撤销其职务，甚至予以"扣留查办"，以消灭之。相反，如能保存实力，就是对抗战消极，蒋不仅不敢加罪，还会给予晋级。因此，余汉谋自始至终不肯把全部力量投入战场。如防守惠州沿海前线的第一五一师莫希德部是余汉谋的嫡系部队，余是靠这支部队起家的，为了保存这个实力，他在电话中要莫希德相机撤退，造成初战即告崩溃的局面。

四　山河破碎尽飘摇

对于人类来说，任何一场战争都是灾难！

1938 年至 1942 年期间，日军在罗浮地区狂轰滥炸，大肆烧杀抢掠，奸淫妇女，犯下了惨绝人寰的滔天罪行。

哀鸿遍野

南海之滨——惠州，位于广东省中南部东江之滨，珠江三角洲东北端，南临南海大亚湾，毗邻深圳、香港，北连河源市，东接汕尾市，西邻广州市。

秦始皇三十三年（前 214 年），惠州境内设有博罗县；隋开皇十一年（591 年），岭南设有广州、循州（今惠州）两个总管府统领诸州；唐代时粤东只有潮、循二州；五代南汉乾亨元年（917 年）为祯州治所，宋真宗天禧四年（1020 年）为避太子赵祯讳，改"祯"为"惠"。元代置惠州路，明、清为惠州府。

惠州是广东省历史文化名城，在隋唐已是"粤东重镇"，一直是东江流域政治、经济、军事、文化中心和商品集散地，素有"岭南名郡""粤东门户"之称。

1938 年 10 月。秋色如画，天气晴朗，风和日丽，正当市民沉浸在秋高气爽、暑威尽退的时光时，灾难突然降临了。惠州城上至政府官员，下至黎民百姓，都经历了一场突如其来的战争浩劫。日军的残忍天性在古老的鹅城演绎得淋漓尽致。

轰炸——

"轰隆……""哒哒哒……"日寇飞机俯冲下来，直接就往居民区里扔炸弹并扫射！大街上，无数市民倒在浸染了血泊的大街当中，滚落一地的民众惨呼不绝，民居倒塌，妇儿哭叫，建筑燃烧……烈火在西沉的阳光中分外刺眼，火光中却是一片惨绝人寰的景象。

从 1938 年 10 月 1 日开始，日军每天出动飞机 60 余架次，对惠州城进行狂轰滥炸，延续 10 天之久。

惠州城变成废墟。80% 的房屋被焚毁，被炸死四百多人，炸伤一百多人。成千上万人无家可归，流离失所。

城东的水东桥被炸成两段，高高地翘往上空，露出水泥钢筋像伸出切齿痛恨的长牙。

10 月 12 日，日军机十多架次轰炸淡水，大和街、三盛街、灯笼街、下鱼街、杂货街、横头街等处落弹十多枚，其中投下的燃烧弹使数百间房屋着火，死伤四百多人，东门梁屋和新围仔何屋炸死一百多人，何达记一家十三口全被炸死。淡水河边，躲避在竹林中的民众，被炸死二十多人，淡水河变成血水河……

日军飞机轰炸惠州城时，位于桥东黄家塘的教会医院——若瑟医院，成了许多惠州人的避难所。《惠州市志》记载，当时若瑟医院院长玛丽说，这是意大利人办的医院，德意日是同盟国，医院挂有意大利国旗标志，不会受炸，要到医院避难者，每人收 5 角至 1 元，于是市民纷纷逃入医院避难。谁也没有想到，日军飞机竟将炸弹投向了挤满百姓的若瑟医院，二百多人当场死亡，伤者数十人，意大利籍主教玛丽亦被炸死，避难成为死难，医院成为"死人院"。医院房屋、设备、药械遭严重破坏而暂时停办，而若瑟医院也因此成为日军血腥暴行的见证者。

就是这条最繁华的街——水东街，几间煤油店铺中弹后，所贮煤油燃烧爆炸，火焰升腾，黑烟布满天空，一条街波及全城，整个县城织成一层乌黑的网……一栋栋民房被火舌舐光了，人们在火光中跳了出来，抱着被褥，拖着孩子，一只鞋在脚上，另一只抓在手里。那些无助的老人弯躬的背上压着沉重的包袱，一些妇人还抢出了锅碗瓢盆，毕竟他们还要继续生活下去。

被毁房屋的瓦砾中，埋了三十余具尸体，已挖出的凄凉地搁在路旁，从覆盖着的芦席里看到那全是赤脚劳动者。

一张破席躺着两名小孩的尸体，旁边坐着他们的母亲，满身满脸尘土，这种从未体验过的痛苦经历惊骇了她。好不容易从震塌房屋里拖出了重伤的丈夫，却失去了两个孩子。

有人失去了头颅，失去了双腿，仅剩下一段肌肉在颤抖着……

一个少妇，躺在地上，被炸掉的左腿挂在大榕树的树丫上，失去生命的幼儿伏在她的身上……

空气中还弥漫着浓烈的硝烟味，四处硝烟弥漫。在树上常常掉下一截爬满蛆虫的手或腿。一具具裂胸破肚的尸体，肠子和血流了一地，场景十分恐怖。而死者的亲人跪在旁边，号啕大哭……那些失去主人的狗，叼着一块块血腥腥的肉块四处乱转，不时地狂吠哀鸣。

一时之间，惠州城的棺材都卖断了货。那些无人认领的尸体被丢弃在路旁河边，酱黑的血水在尸体下流淌，散发出阵阵恶臭。好心人拿着破席铺在尸体的上面……

……夜色苍茫了。惠州被陷在黑暗中，街头、巷尾、路旁、江边新添了无家可归的人群。

郊区农村，日本兵闯进村里，拿着火把烧房子，整个村子浓烟滚滚，一片火海。衣服、家具、粮食全被烧光了。

其惨状与"重庆大轰炸"有过之而无不及，令人震惊与痛恨。

借用郭沫若为"重庆大轰炸"而作的《惨目吟》诗，来形容其惨状也不为过，诗曰：

渝城遭惨炸，死者如山堆。

……

骨肉成焦炭，凝结难分开。

呜呼慈母心，万古不能灰！

枪杀——

日军入侵惠州的前夕，整个惠州城笼罩着战争气氛，市民不愿在日本的太阳旗下，当亡国奴，做顺民，多数市民在黑夜中向郊外乡村逃跑。日军入城一无所获，遂到郊外乡村实行地毯式搜劫，在蓬瀛村屠杀村民及避难市民四百多人。

在府城，日军抓到二百多人，拉到五眼桥东江河边，用刺刀一个个捅死，然后一个个抛入东江河。

又是在同一天，日军在县城桥东抓到三百多人，用铁线捆绑双手，拉到县城烽火台，用刺刀捅死后，将一具具尸体往下抛。尸体堆积如山，层层叠叠一大片，血像小河似的一股股地向东江河里流。

十里东江洒下了千百人的鲜血！

江面殷红一片，分不清哪些是血，哪些是江水。

随着滚滚的江水，尸体一直向下游漂流。

田头地尾，日本兵手执长枪，将在做农活的百姓打死。这种现象屡见不鲜。

鸡舍里，几个日本兵在拼命地争抢着一只母鸡，开枪把旁边的主人打死。

日军在大亚湾登陆后，被炸死、活埋、枪杀、刺死、用狼狗咬死的无辜百姓有一千多人……

强奸——

奸淫妇女，这是日军的暴虐天性。毫无疑问，日军攻陷惠州城后强奸与淫杀妇女的行径，是极其罕见的，其奸淫之广、淫杀之残暴，骇人听闻。

淡水沦陷，日军掳获妇女600余人，每日轮奸，稍不遂意，即遭枪杀。

住在惠州府城金带街陈家祠28岁的陈晚嫂，被8个日军轮奸后自尽。

不论是六七十岁的老妇还是十二三岁的幼女，只要日军兽性发作，无一幸免。

住在惠州府城金带街二号60岁的陈娣，一连三天遭日本兵轮奸，每天晚上十多次。

在郊区小金、下黄等村庄，日军强奸妇女64人，其中老妇54人、幼女7人，有8人被轮奸致死。

居住在柏子树下的30岁的东莞籍女人，被10个日本兵排队轮奸。

就连住在府前横街十五号瘫痪的"陈六娘"，日军也不放过，被轮奸致死。

烧掠——

除了飞机轰炸烧毁房屋外，日军所到之处只要不顺眼，就点火燃烧房屋。10月19日，纵火于水东街、塘下等商业区，大火十天不熄，被焚商铺、民居两百多间。此外，西湖周围的栖禅寺、水福寺、元妙光等名胜古迹也被焚毁，这是惠州有史以来最大的文化浩劫。

日军进占惠州五十多天，纵火烧毁残存的商店两百多间，惠州附近农村被日军烧毁房屋有两千余间。

日军撤出惠州后，仍然占据东江下游地区的部分城镇，并常常派出队伍对乡村进行骚扰和掠夺，或杀人，或放火，使民众惶恐不安，居无宁日。一次，日机对东江江面停泊的木船，先用机枪扫射，继而低空投弹轰炸，江面上运载煤油的木船中弹着火，浓烟滚滚，火焰冲天，停泊于油船附近的木船也顷刻起火，化为灰烬。

日军撤出惠州的当天早晨，出动数万人，各携燃火工具，分别到水东街、塘下、打石街（今中山西）、万石街（今中山南）等处，纵火烧房屋，一时间惠州府、县各地一片火海，市区80%的房屋被焚毁，成为废墟。

见牛就牵，见猪就拖，见三鸟就抓……这是世界上最凶恶的强盗。

1938 年 10 月 13 日，日军开始对博罗进行空袭。

葫芦岭下，焦土一片，满目疮痍。

事实上，博罗已成为不复存在的城池。这座小小的县城被轰炸得遍体鳞伤，只剩下东江边那座仅存的天主教堂。

16 日后，博罗县城第一次沦陷。日军烧杀抢劫，奸淫掳掠，无恶不作。

日军攻进博罗城后，逐家逐户搜查，见人就杀。近的用刺刀刺杀，远的则开枪射击，近百人被杀。下巷纸扎铺有几个人被用浸透汽油的棉被卷着活活烧死。

日军一面进行惨绝人寰的大屠杀，一面抢劫纵火，从下街到上街，大火三天未熄，烟雾弥漫，残垣断壁，90% 的房屋被烧毁。未被搜出的同胞，又多死于烈火之中。

1938 年 11 月，在罗阳镇虾塱村平顶岭，108 名村民被枪杀（详见本章"虾塱惨案"）。

1939 年 6 月，日军以抓捕游击队为由，袭击龙溪山尾村，杀害苏观如、"水鱼达"（绰号）等 83 人，同时烧毁山尾学校和民房一百多间。

1942 年夏天，为抢救一名国民党飞行员，园洲桔头村招来了杀身之祸。村民谭福球之妻被轮奸，村民谭木灿、谭牛包、谭棋仔之妻等六人被开枪打死或被吊在树上用刺刀刺死……丧心病狂的侵略者烧毁了村庄，大火烧了三天三夜，几百间民房只剩下残垣断壁。

1938 年冬，日军士兵窜进承粮陂仙人井村抢劫，遭村民伏击，被打死 5 人。两天后日军对仙人井村进行报复，杀死村民二十多人，还砍脑袋、割睾丸取乐，手段十分凶残。仙人井、六根松两个村全部房屋被烧毁；大片田、龙窝村、石头园三个村的房屋被烧毁一半以上；茶子园、牛屎坳两村一半房屋被烧毁。日军还把仙人井村的一座石桥炸毁。

在水西村，躲藏在村里的四十多名老人被搜出后枪杀，房屋被烧毁；另有三个壮年躲在东江河的渔船中，也被打死 2 人，一个被打伤后潜水逃脱。

在荷岭村无辜杀害村民十多人，烧毁房屋五十多间。

在金子岭、池头、树下等地被枪杀村民 26 人。

龙窝村村民钟亚容在山上放牛，日军抢耕牛砍人头，用刺刀挑着人头走，钟亚容的女婿找了几天才找到岳父的首级。

小金一个姓钟的 13 岁女孩，被日军轮奸多天，身体遭严重摧残，一生失去生育能力。

在白社村，日军利用汉奸诱骗村民回村，然后架起机枪围捕，12 名青年被杀害，一百二十多间房屋被烧毁。

在鸡麻地，日军将围捕七十多人中挑出 8 人杀死，烧毁房屋 92 间。

在承粮陂，烧死村民 20 多人。

日本兵的残杀手段极为惨烈，还以砍脑袋、割睾丸取乐，残忍至极。

家门难挡日本强盗，佛门道家又能如何？罗浮山有十多名和尚和道士被杀。两个五十多岁的老道姑被强奸致死后，还被日军用刺刀插入其阴部，一丝不挂的尸体被丢在路边……

日军侵华给博罗人民带来了巨大的灾难。

这是一组真实的统计数字：

被杀人数：5 271 人；

烧毁房屋：58 417 间；

被抢耕牛：3 535 头；

被毁山林：23 万亩。

罗浮山西麓的增城亦难免此劫。

增城的上空，日本飞机的轰鸣声春雷滚滚一般，震耳欲聋，雨点般的炸弹，伴随着轰炸机的俯冲，纷纷落下。爆炸声此起彼伏；桥梁被炸毁，城墙被炸塌，城内一片火海。

在同一时间内，日军派出飞机空袭增城，县城大部分店铺民房均被炸毁，东门桥被炸断。增城县立救济院、海康的同仁医院等，都被日机轰炸过。其中韬美医院是法国医院，屋顶上明显地铺有法国国旗，也于 1938 年 6 月 6 日被炸，炸死炸伤医务人员和病人多人。正果、新塘、石滩等圩镇也遭到重大破坏，老百姓扶老携幼往四乡逃难。仅从记录看，全县被烧毁的民屋就达9 140 多间，日军抢走 4 497 担稻谷、猪牛 6 148 头，杀害民众 669 人。

广州沦陷后，日军在增城设立据点，经常进村扫荡，烧杀掠夺，无恶不作。惨绝人寰的"缸瓦窑村血案"和"西洲村血案"（详见本章"缸瓦窑村血案"和"惨遭蹂躏的西洲"），触目惊心，令人发指。

惊天血案

血淋淋的惨案，触目惊心！

虾塱惨案

1938 年 10 月 16 日，博罗城第一次沦陷。

博罗城沦陷，一个中队的日军驻扎在城北的山鸡岭（原农械厂），烧杀抢掠奸淫，无恶不作。一天，几名日军窜到郊区承粮陂仙人井村抢劫，激起了当地村民的极大愤怒，他们手持锄头、铁叉、木棍、猎枪奋起自卫，三名日军被当场击毙，其余的日军拖着伤兵仓皇逃走，行至虾塱村旁时，一名士兵因伤重而死亡。汉奸黄某某便向鬼子告密请功，说士兵的死伤系虾塱村民所为。对此，日军怒不可遏，要向虾塱村报复。虾塱村村民早已提防，纷纷到天上园、莲湖、响水等山区避难，日军围攻虾塱村，屡屡扑空。

一个月后，田里的稻子金黄熟透。村民们担心稻谷烂在田头，更担心日军的突袭，谁也不敢回家下田收割。望着黄澄澄的稻谷，村民只能发出声声哀叹。

日军指挥官趁机使用花招，让当地的伪保长放风，说什么要建立"中日共荣圈"，不算旧账，只要村民办理"良民证"，即可下田割稻。稻谷是农民的根，年关在即，收稻要紧，逃出村子躲避日军的村民纷纷回到家中。

等待他们的却是一场灭顶之灾……

天刚蒙蒙亮，虾塱村那久违的缕缕炊烟又升起来了。正当村民们吃过早饭准备下地收稻谷的时候，日军进村了。人们抬头一看，只见不远处的山梁上日伪军黑压压一片正朝村子涌来，刺刀亮晃晃地闪着寒光。

"各家各户注意了！皇军来了，请各位到村头领取良民证。""领了良民证，以后进城，走亲，买卖，下田割禾，就方便得多了。"

伪保长敲着铜锣喊着，日军逐家挨户用枪托、刺刀把村民赶往村头的云禾岭（平顶岭）。村里乱成一团，鸡飞狗叫。妇女们抱着吓得哇哇哭叫的孩子，年轻人搀着步履蹒跚的老人向云禾岭走去。

村头云禾岭的晒场上，日寇一个挨一个排成一个刺刀胡同。禾塘周围是荷枪实弹，面目狰狞，满脸杀气的日军士兵。人们从刺刀林中穿过，这种严森恐怖的气氛，孩子们哪见过呢。有一个小女孩吓坏了，一边哭，一边后退。日军指挥官一步抢上去，"喀哧"一刀，孩子被砍倒了……

二百多人被困在禾塘。不妙，上当！一场灾难将要降临。村民聂德顺大声喊："日本仔要杀人，大家赶快走。"位于树山旁的聂桂明、聂南庆、聂花仔、聂德顺、聂淑湖等人，见势不妙，一个个闪身钻进树林子里。日军发现后，立刻追击开枪扫射。他们利用自己熟悉的地形地物，躲过一劫。

在逃跑的人群中，不幸的是聂苏发（武秀才的儿子），他腿部中弹，鲜血直流，忍着极大的疼痛，在丛林中奋力挣扎，全身被荆棘刺得血肉模糊。日军就要发现他时，他迅速隐藏在水凼的杂草中，用草帽遮住头。日军往他身上踢了一脚，见他没有动弹，以为他死了，他躲过一劫。后来，腿伤虽然医治好，却落下终生残废。留在腿上的弹头，伴随他度过了几十年，直到20世纪60年代，他才动手术取出。

丧心病狂的屠杀开始了。

日军指挥官一声令下，机枪、步枪一齐开火，随着阵阵的惨叫声，村民们一一倒在血泊当中。

十多个青年从人群中挤出来，想冲出包围圈，刚走几步，就被守在那里的日本兵用刺刀刺杀。

这时，群情激愤，有的喊，有的骂。立时，日军一窝蜂似的冲进来，照准人们脑袋就砍，对着胸膛就刺。有几位老年人挺身而出，从万一的希望里，想唤回日军泯灭了的人性，要日寇放过妇女和孩子们。残忍的强盗手起刀落，砍下了他们的头颅，鲜血直喷出来。日本兵点燃了洒过煤油的柴草，霎时烈焰四起，机枪、步枪子弹像冰雹般袭来，手无寸铁的人们被浓烟、烈火和枪弹吞没。

清净的云禾岭顿时尸横遍野，血流满地。屠杀过后，日本兵又拎着刺刀查看尸体，看着谁还有气就补上一刀或者一枪……

聂国良（聂树稳的父亲）在日军机枪扫射时，冒着枪林弹雨往林子冲去，肩膀中弹，但他终于钻进了树林，侥幸脱险，但左肩从此残废。三十多年后聂国良去世，亲人在收捡他的遗骨时，发现他的右肩骨仍然完好，左肩骨头则不见了。

新婚才一个多月的李林招，因回娘家免遭一劫，大屠杀时，她的家公、丈夫均遭杀戮。她因怀孕回娘家探亲而免遭一劫，直到解放后，她才敢回家。这时，小孩已经十一岁。

枪声中，村民聂德顺看到李林招的丈夫聂绍光在前面倒下了，也顺势倒在地上。枪声一停，聂德顺就叫聂绍光快跑，但聂绍光却一点都没有反应，原来他早已中枪死去。聂德顺只好推开他就往旁边的竹林逃跑，侥幸逃脱。

躲藏在家中的村民聂某，枪声响起时，年幼的孩子吓得哇哇大哭，怕被日本人听见哭声，殃及一家人，父母用被子捂住孩子的口嘴鼻，导致孩子窒息。

另外一部分日本兵，挨门挨户搜捕村民，发现一个枪杀一个。

喋血罗浮

有些没来得及逃走的妇女，遭到强奸或轮奸；抗拒不从的，便惨遭杀害。村民聂德辉和他的父亲均被枪杀，他妻子被日兵抓住后，坚决抗拒日军的强奸，宁死不从，最后惨死在日军的刺刀之下。他全家老少，无一幸存。

聂树稳，被日军从家中搜出后，绑在村前大榕树下，几个日军拿着刺刀，你一刀我一刀地往聂树稳身上狂砍，以杀人取乐，聂树稳被戳得血肉模糊，嗷嗷直叫，惨痛至极。直到半个多小时以后，才被活活折磨死去。

聂玉成，被从家中搜出，当场就被子弹打穿了胸膛，在捱了四十多天以后，才痛苦地死去。

随后，日军将村子的民房浇上汽油一把火点着，顿时烈火冲天，烟尘弥漫。一座座房屋坍塌，墙壁崩裂，仅民房就烧毁三百多间，数日余火未熄。

这次大屠杀，前后长达好几个小时，一直到黄昏时分日军才离去。房屋烧毁，家具被砸，粮食、牲畜被抢劫一空，108 名无辜村民遭日军打死、杀死、烧死，有十余家被杀绝户。史称"虾塱惨案"。

日军离开后，幸存的村民们陆续回村，只见云禾岭尸体纵横交错，堆得有半人高，尸体都被烧着了，蓝色的火苗窜起足有一人高，地上流着一层人油，屋内东一具西一具都是烧得焦黑的尸体，有的烧焦了头，有的烧焦了四肢。二十多具尸体根本无法辨认是谁家的亲人，村民们只好在云禾岭东边，三百米开外的小河边，挖出一个大坑，将死难者集体埋葬，这就是虾塱村百人坑。解放后，博罗县的文物部门还在这里立上石碑。这个地方，现在是博罗县爱国主义教育基地。

缸瓦窑村血案

1939 年初，日军在增城福从公路（福和至太平场）沿线的许多乡村都建立了据点。大塘尾村亦是日据点之一。

同年秋天，日军进驻官塘村后，不分白天黑夜，四处搜索，特别是到大塘尾村附近的缸瓦窑、五担田、山塘等村更为频繁。

农历十二月二日晚，入夜不久，几名日军以检查"良民证"为名，进村挨家挨户敲诈勒索。当日军进入陈屋村敲打陈善林家门时，陈善林一见是无恶不作曾经调戏其妻的日本兵，顿时怒火万丈，抄起七九步枪，开枪击毙一名日本兵。

"打日本仔啦！"随着喊声，村中锣声、枪声齐鸣，日军来人不多，不敢反击，连夜运尸体逃遁。

"惹上大事了，日本仔会回来报复的，不好办！"在老人的劝说下，大多数村民连夜于他乡躲避。

农历十二月五日拂晓，来自增城和本地据点的近百名日军，带着翻译，牵着狼狗，拖着火炮，从东北、西北、东南、西南四面把缸瓦窑包围得严严实实。

此时，乡亲们正在睡梦中。

天刚亮，日军向村内炮击，从梦中惊醒的村民不知所措，哭声、喊声不绝于耳。

早上七八时，日军枪上膛，刀出鞘，杀气腾腾地闯进村来。他们挨门挨户地搜查、抓人，砸门声、吼叫声响成一片。日军把全村男女老幼押到村前一丘有两面高坎的稻田中，并端着刺刀一连在村里搜了两遍，老弱病残不能走路的，就当场杀死。

在村前的稻田中，站满了荷枪实弹的日寇，乌黑的枪口、雪亮的刺刀，一起对着满腔怒火的村民。人们紧紧地靠在一起，表现得异乎寻常的镇定。

不久，日军放火烧房。顿时，烟雾弥漫，火光冲天，房屋倒塌。

眼睁睁地看着家园被毁，村民忍无可忍，怒不可遏。

"同日本仔拼了！"

"冲啊！"

喊声四起。赤手空拳的村民潮水般向日军冲去。

"哒哒……"机枪响了。

人们纷纷倒下。

顷刻，血流成河。

当时，死人堆中一位未中弹妇女，看见自己丈夫中弹死了，放声大哭。有两个只有七八岁的小孩也未中弹，听到妇女哭声也爬起来。这时日军又开枪继续扫射，还对着小孩用刺刀猛刺。小孩被刺得满身血淋淋，昏死过去。这两个小孩，一个叫钟国浩，一个叫钟玉煌，后来经医治痊愈。

日军看到房屋已烧光，人基本杀绝，才收兵返回官塘据点。他们回去时还抢走了牛、猪、鸡、鹅以及其他物资。

村民钟源深和七十多岁的祖父先一日离开缸瓦窑村，而逃过一劫。日军走后，他们赶回缸瓦窑村看个究竟。只见村里村外到处是残垣断壁，一片狼藉，尸横遍野，惨不忍睹，钟源深逐一翻开尸体，细认之下，母亲、妹妹、弟弟等四人都已绝气，老祖母重伤在哀号，小弟弟奄奄一息，爷孙俩扑在亲人的尸体上，呼天抢地，哀号不已，老祖父昏厥多次。当晚，老祖母和小弟弟因流血过多，相继死亡。这样，一家八口人，一天之内死去六个，只有爷孙两人幸免。

在劫难中全家满门遭斩的有钟长叔、陈亚朱、钟永宽和钟朱如等家族。

后来查明，全家被日寇杀绝的共计 11 户 28 人，全村被杀害的共有 128 人，仅 3 人逃生，烧去房屋一百一十多间。因为死人太多，实在无法用棺木入殓，只好就地挖坑草草掩埋。

这场空前大屠杀，实为增城有史以来最大的惨案之一。

惨遭蹂躏的西洲

1938 年 10 月增城新塘沦陷后，日军四处横行，无恶不作。

11 月 3 日，两名日军窜到增城新塘西洲村抢掠，当进到村口时，看见路旁大片橙林挂满金黄色的、又圆又大的果子，垂涎欲滴，随即走进橙林中用刺刀乱劈，顿时橙子掉落满地。事后这两名日军又抓了两个农民强迫他们把橙子拾进箩里，抬着跟随进村。进到村里，两个日军见鸡就打，见鸭就捉，弄得鸡犬不宁，村民见状万分愤怒。当两名日军抢得兴起时，"啪，啪!"从巷中屋角传来两声枪响，一名日军应声倒下，另一名见势不妙，立即夺路而逃，蹚水往东洲跑回新塘。村民把被击毙的日军绑上石块沉到河里。惩罚了日军，人心大快，但也有忧虑。

事隔 5 天，即 11 月 8 日，日军果然出动几百人到西洲进行报复。村民闻讯立即拖男带女四散逃避。村子里只剩下一些老人、小孩和来不及逃跑的群众。日军进村后，开枪乱射，见人就刺，见屋就烧，见牲畜就打，见家禽就捉，见妇女就强奸。

他们从村内搜索到村外，一批批无辜群众被杀害，有的死在稻田里，有的死在蕉林内，有的死在蔗基中。据不完全统计，这次被惨杀的群众达六七十人之多，被奸妇女有二十多名。

日军洗劫西洲村的手段十分残忍，有个 76 岁的老太婆，因儿媳妇刚生小孩没几天，婆媳俩一时走不了。当日，婆媳俩被日寇奸污后，又被当场用刺刀杀害，连刚出生的小孩也不幸免。有两个十七八岁的大姑娘不幸被日军发现，被轮奸后还强迫她们光着身子站在紫薇门楼两旁示众。有个年仅 13 岁的幼女逃避不及，被日军抓了轮奸，因流血不止倒在西寮的一棵榕树下。日军搜索村外时，有个青年妇女被发现，她不愿忍受污辱，只好投河自尽。农民徐福祥之妻伍就兴抱着刚生下几个月的孩子和部分村民一起掩藏在一块稻田里，小孩被闷得哭叫起来。她为了保存大家性命，含泪把孩子闷得窒息而死。日军离村时，焚烧房屋数十间。大街中，小巷里，到处有尸体，一片凄惨景象。

　　日军离村后，村民陆续回村，着急地寻找自己的亲人，妻唤夫，子唤娘，呼唤声哭叫声混成一片。大街前、小巷里、屋门口到处有死尸，村内被烧毁的数十间房屋还冒着烟。入夜，有的人无家可归，有的人为失去亲人而痛哭，村子里一片悲惨荒凉。这是西洲村在沦陷后的第一次大劫难。

　　几年后，日军一艘轮船"经理丸"路过西洲村边的东江河时被抢，西洲村又一次遭劫。

　　1941 年 6 月 9 日凌晨，日军调集大队人马从水陆两路包围西洲村。日军闯进西洲村内，逐户踹门，把村民押到祠堂，强行把一百多个青壮年困入一间四周不通风的屋中，向屋里灌了三瓶毒瓦斯。四个多小时后，大多数青壮年奄奄一息。日军兽性大作，把昏迷的徐晨辉、徐桂庭、刘狄怀等人，抛入河里浸水，然后用锄头砸脑袋，折磨致死。昏死后醒来的徐应琛，被日本兵拳打脚踢，还被举起来往下砸，反复多次……徐进兴和徐刘民的遭遇更惨，日军用凳子架起木梯，下面堆放甘蔗壳，把他们捆绑在木梯上，身上浇上煤油，活生生地烧死。在日军的折磨下，接下来的几天几乎每天都有两三人死亡，有些被日军发现逃跑时被射杀。日军蹂躏了西洲村三天三夜才离开。

五　中流砥柱垂青史

风在吼，马在叫，江河在咆哮！

问苍茫大地，谁主沉浮？

有一个声音在大声回答：中国共产党及其领导的人民武装。

中国共产党，急流勇进，担负起振兴中华的伟大使命……

罗浮大地的抗日烽火在燃烧……

任重道远

繁华的香港，满城尽是广告牌，五颜六色，缤纷异常；柏油马路，车水马龙，人声嘈杂，熙熙攘攘；街道的深处，砖瓦民房，毗邻相接，参差不齐，样式各异。

远处，炮声震耳欲聋。

这里，莺歌燕舞醉人。

这里的夜总会，繁弦急管，灯红酒绿，舞女妖娆。

好花不常开，

好景不常在；

愁堆解笑眉，

泪洒相思带。

……

靡靡之音，不绝于耳。

雨越下越疾。

街道深处的一间平房里，身材敦厚、衣着朴素、表情严肃的中年男子在几平方米的客厅徘徊着……

他，就是廖承志先生。廖承志先生祖籍广东省惠阳县，1908 年 9 月 25 日出生于日本东京。他的父亲廖仲恺先生和母亲何香凝女士，是著名的国民党元老，是孙中山先生的亲密战友。廖承志同志从小受到民主革命的熏陶，在学生时代就接受了马克思主义。1925 年，他在广州参加学生运动、工人运动，投身到大革命洪流之中，同年加入国民党。"四一二事变"后，他即脱离国民党。他，出身国民党元老之名门，却在革命低潮时加入了中国共产党。

抗战爆发不久，为了加强对华南、香港地区抗日民族统一战线工作的领导，党中央先后派廖承志、张云逸、潘汉年和云广英等同志到广州、香港筹建八路军驻广州、香港办事处并开展统战工作。1938 年初，廖承志任八路军驻香港办事处主任，并参加中共广东省委的工作。为发动广大群众参加抗日活动，他常常行色匆匆穿梭于穗港之间。

这天，1938 年 10 月 13 日，日军在大亚湾登陆的第二天。

天还未亮，睡梦中的廖承志被急促的敲门声惊醒。他打开房门看见电报员一脸惊慌地站着。"发生什么事了吗？"廖承志问道。"廖先生！急电！中央急电！"电报员边说边递上电报。廖承志拿过电报扫了一眼，"要在东江敌占区开拓游击区"一行字跳进他的眼中，他神色严峻地说："速回电中央，照办！"

中央来电，喜忧参半，廖承志紧锁眉头，深感责任重大。

廖承志的缜密由此可见一斑。

廖承志通知中共香港海员工会书记曾生立即到中共香港市委书记吴有恒家里开会，研究落实党中央关于开展游击战争的指示。

夜色正浓，星星稀疏。

1938 年 10 月 13 日，吴有恒的家，从夜幕降临的时候就显得非常安静。

一个身穿灰色中山装的中年男子来到吴有恒家门口。

"廖老板，来啦！"没等来人进门，吴有恒急忙上前握对方的手。

"来了，有恒同志好！"

来人正是廖承志。

不久，曾生等人也来了。

十几个身穿西服的人围坐在昏暗的灯下，时而交头接耳，时而亢奋欢呼，时而表情严峻……

小小的客厅坐满了人，有点嘈杂，几声咳嗽声过后，瞬间平静了。

"同志们！开会了！"廖承志主持着会议。

廖承志点燃一支烟，猛吸一口后，神情严肃地说："昨天，日军在大亚湾登陆了，而且来势凶猛，直逼广州。鉴于国民党军队缺乏坚决抗战的意志，估计广东很快就要沦陷，党中央要求我们迅速在东江地区组织人民抗日武装，开展敌后游击战争，开辟抗日根据地。根据中央的指示精神，我们要尽快从香港抽调一批得力的干部，由市委（香港市委）或海委（香港海员工会）带领回去。今天开会主要确定带队的同志。"

吴有恒和曾生听了党中央的指示，都摩拳擦掌，神情振奋。

在讨论到应该由谁带队出征时，曾生和吴有恒互不相让，争着带兵上前线。

"我回去!"吴有恒举起右手站立说。

"我回去!"曾生道。

"我回去!"

"我回去!"

两人争得脸红耳赤，毫不让步。

吴有恒振振有词："理由很简单，我会打枪，曾生不会打枪。"听完吴有恒的发言，曾生无言以对。

廖承志沉吟片刻，然后问吴有恒："惠阳一带是客家地区，你懂客家话吗?"吴有恒感到茫然，摇摇头。

"你在那边，有一个熟人吗?"廖承志接着又问道。

"没有。"吴有恒答道，表情有点尴尬。

沉默片刻，曾生有些激动，他说："有恒书记，别争了，说到回东江打游击我比你合适。其一，敌人在大亚湾登陆，其行径令人发指，东江地区惨不忍睹，我要回乡报仇；其二，我是惠阳人，东江一带的情况熟悉，语言相通，老吴是恩平人，语言不通，人地生疏；其三，我曾在坪山地区进行过抗日宣传活动，团结了一批青年，有一定的群众基础；其四，从组织上来说，惠阳县淡水、坪山地区的党组织是由我们海委会直接领导的，我从任海委组织部部长到任海委书记期间，都负责指导他们的工作，现在家乡沦陷，乡亲们陷于水深火热之中，我有责任回家乡组织群众，保家卫国，开展游击战争。"

曾生，原名曾振声，出生于广东省惠州府归善县坪山乡（今深圳市龙岗区坪山街道）。1929 年，在中山大学附属中学读高中。1933 年 7 月，曾生升入中山大学文学院教育系读书。1935 年 12 月 9 日，北平学生爆发了以抗日救国为主题的"一二·九运动"，中山大学的学生积极响应，在广州发起了数次大规模的游行。1936 年 1 月 6 日，曾生被中山大学师生推选为中山大学员生工友抗敌会执行委员会的主席。1 月 13 日，广东军阀陈济棠对学生游行进行镇压，"荔枝湾惨案"发生，随后陈济棠又对发起运动的学生骨干进行抓捕，曾生也因此受到通缉，并且被中山大学开除了学籍。1936 年 1 月，曾生来到了香港，在新界一间海员子弟学校教书。9月，由于陈济棠已经下台，曾生回到中山大学复学读书。

1936年10月，曾生和钱兴等人在王均予的介绍下，加入了中国共产党。其后，曾生一边在中山大学读书，一边抽时间回香港从事恢复中共党组织的工作。12月，曾生和丘金、叶盘生三人建立起中共香港海员工作委员会（简称"中共香港海员工委"），丘金任书记，曾生任组织部部长，直接受中共中央临时南方工作委员会的领导。1937年7月，曾生从中山大学毕业。8月，曾生卖了家里的两亩地，在香港办了一间招收海员子弟的学校——"海华学校"，并把学校作为中共香港海员工委的联络点。1938年初，丘金被调去延安学习，曾生接任中共香港海员工委书记。一直到1938年底曾生离开中共香港海员工委为止，该工委共发展了300多人加入中国共产党。

曾生话语不多，语不惊人，却铿锵有力，头头是道。

廖承志频频点头，表示赞许。

吴有恒笑了笑，说："我承认现成条件，你比我强，但是抗日武装斗争是打仗的事，这方面我有经验呀。"

"老吴是香港市委书记，香港的工作需要你呀。"曾生答道。

接着，廖承志一锤定音："曾生去。来不及请示中央了，就这么定吧!"曾生紧锁的眉头这时慢慢地舒展开了。

"要不，我们两个人一起回去?"吴有恒苦笑道。

"吴有恒工作能力很强，积极性可嘉，但你们两个人不能都回去，香港的工作也很重要，不能顾此失彼。有恒同志留在香港的担子更重，既要加强香港的工作，又要支持内地的抗日工作。"廖承志背着手来回踱步认真地说。

廖承志比吴有恒年长五岁，廖承志母亲是香港人，少儿时在香港住过。他对吴有恒笑着说："想不到我半个香港人，对香港的情况还不如你这个恩平仔熟悉。"

"是呀，工作的需要让我近两年几乎跑遍了香港的大街小巷。"吴有恒答道。

原来，"九一八事变"时，吴有恒正在广州致用中学读书，他积极参加抗日救亡运动，严词痛斥日本军队占领我国东北三省，因此被学校开除了。于是，他当起了小学教员以此谋生，继续从事抗日救亡活动。1936年，他来到香港参加了全国各界救国联合会，同年9月加入中国共产党。1937年10月，他被任命为中共香港地下党支部书记，同年12月，在中共香港市委成立大会上，由主持会议的中共南方工委书记张文彬宣布任命吴有恒为中共香港市委书记。

"所以，你留在香港工作，大有作为。"

"谈不上大有作为，服从安排为要！"吴有恒向曾生伸手紧握着，开玩笑道，"你看，我这个恩平仔输给你这个客家仔啦。"

接着，廖承志同志分析了开展敌后抗日游击战的有利条件和目前困难。他说："第一，东江地区是土地革命战争时期农民运动蓬勃发展的地区，有革命斗争的光荣传统，而今又有我们的党组织在活动，这是开展好工作的关键；第二，日军在大亚湾登陆后，国民党守军溃败，民众彷徨无主，在这种情况下开展抗日救国斗争，民众必然支持我们，这是开展好工作的基础；第三，日军刚入侵，还没有站稳脚跟，这是开展好工作的有利因素。目前的困难也有三方面：一是没有武器，二是没有经费，三是没有经验。但是办法总比困难多，在共产党的领导下，高举团结抗日的旗帜，只要依靠和发动民众，任何困难都可以克服……"

曾生点了点头，说："老板，我有思想准备。"

经过反复磋商，决定从香港、澳门的 750 名共产党员中，紧急选调一批党员以"惠（阳）宝（安）临时工作委员会"的名义到惠阳一带开展游击战争。

"开展武装斗争是打仗的事，由有军事经验的市委组织部部长周伯明和香港区委书记谢鹤筹两位同志随同曾生回去组织发展抗日队伍，开辟敌后抗日根据地。"

"是！"周伯明、谢鹤筹立即站了起来。

周伯明，原名周益郎，出生于广东大埔县三河镇一个农民家庭。1935 年在中山大学附中读书时，参加中国共产党的外围组织，次年成为附中爱国学生运动领导人之一。1936 年 10 月在北平加入中国共产党，奉命到西安张学良统率的东北军工作，西安事变前任连政治指导员。1937 年 2 月到延安抗日军政大学学习。同年 8 月被派回广东，历任中共南方工作委员会干事，中共香港市委宣传部部长、组织部部长。

谢鹤筹，壮族，原名谢仑恩，又名谢翱。1908 年生于广西同正县（现扶绥县）的一个农民家庭。1924 年考入南宁广西省立第三师范学校。1926 年加入共青团。1928 年加入中国共产党。他曾参加著名的广西龙州起义，担任过左江崇善县革命军事委员兼赤卫部部长。左江革命根据地丧失后，辗转广东、香港等地。1937 年任中共香港市工委组织工事、区委书记。

此时的曾生高兴极了。周伯明、谢鹤筹既是香港市委的得力干部，又打过仗，有军事斗争经验。

"太好了!"曾生从座椅上蹦了起来。不约而同,三个人拥抱在一起……

会议在黎明前结束,星光渐渐退隐,东方天际泛起了鱼肚白。虽然大家的眼睛都布满了血丝,但依然精神矍铄,挥手告别,走向漫长的抗日救国道路。

组建武装

秋雨连续下了十多天,10月24日天放晴了。

曾生、谢鹤筹、周伯明等带领一支有共产党员、进步工人、青年学生共六十多人的队伍,回到曾生的家乡惠阳县坪山(今属深圳市龙岗区坪山街道),开展敌后人民武装组建工作。随后,中共香港市委又紧急动员了共产党员和进步青年68人,以"香港惠阳青年会回乡救亡工作团"(简称"惠青"工作团)的名义,由刘宣率领到坪山会合。此前,原"惠青"负责人严尚民、叶锋等人,在中共香港市委和海委的领导、支持下,已于1937年8月和1938年初,以"惠青"工作团的名义,组织了两批人员回到淡水,在惠阳沿海地区开展抗日救亡工作,并已在常田、横排塱、坑梓、坝岗、澳头等地发展了一批党员,建立了党支部,组建了抗日自卫队、游击小组等民众自卫武装,为曾生他们组建抗日武装、开展敌后游击战争打下了一定的基础。

曾生到达坪山时,坪山一片混乱,地主、富商等纷纷逃往香港,土匪四处抢劫,国民党驻军军心浮动,老百姓人心惶惶。怎样迅速打开局面,开展敌后游击战争?

首先从抓党的组织建设入手。1938年10月30日,在惠阳坪山羊牯嶂,由曾生主持召开了有"惠青"工作团和坪山、淡水、盐田、沙鱼涌等十二个党支部代表参加的干部会议,正式宣布成立中共惠宝工作委员会,受中共东南特委的领导,曾生任中共惠(阳)宝(安)工委书记,领导组建惠宝人民抗日游击队。

会议通过如下决定:①争取合法地位,组建惠宝人民抗日游击队;②广泛发动群众,组织群众抗日自卫队;③派人到国民党驻军温淑海旅和罗坤支队做统战工作,争取他们联合抗日;④健全、发展党的各级组织。

其次组建武装方面。中共惠宝工委在健全和发展党的各级组织的同时,发动群众,建立抗日武装。惠(阳)宝(安)工委采取了三条措施:(曾生挥出"三板斧",打好"绿色牌")

(1)筹集武器。一方面动员党员群众献枪和参加工作团。工作组刚到坪山时,仅有一支曾生从家里拿出来的左轮手枪。一星期后,淡水、坪山党支部指挥动员了一批青年参加工作团，团员叶维儒从家里拿来全新德国造长短枪7支，坪山党支部又送来5支步枪。另一方面通过"香港惠阳青年会回乡救亡工作团"以自卫需要为理由，向国民党驻军借了15支步枪，每支步枪配10发子弹，后来地方党组织又送来七八支抢，为这支抗日游击队打下基础。工作组很快就拥有了一支有三十多支枪的武装队伍。

（2）争取华侨和港澳同胞的支持。曾生利用已与海外华侨建立的广泛联系，取得了他们人力、物力和财力的很大支持，为组建武装提供了物资基础。

（3）对国民党驻军开展统战。当时，驻防坪山一带的有国民党第一五一师温淑海旅（旅部驻龙岗火井村）和地方部队罗坤大队（队部驻坪山附近），均孤悬敌后，处境困难。1938年10月底，曾生到香港向廖承志汇报工作。廖承志指出："要在国民党军队驻防的地方建立党的武装，先要争取一个公开合法的名义。这对发动群众有利，特别是对争取华侨和港澳同胞更为有利。"返回坪山后，曾生与刘宣等5人于11月初与温淑海部谈判，要求他们支持组建部队并给予合法名义。经过工作，两部队均表示愿意合作。经谈判协商后得到了"惠宝人民抗日游击总队"的番号，惠宝人民抗日游击总队的组建工作得以顺利进行。温淑海当即给曾生颁发了委任状，"任命曾生为惠宝人民抗日游击总队总队长"，并于11月21日借给其10支步枪和一些子弹。

不足40天的时间，曾生组织开展的敌后人民武装组建工作全面展开。

冬日，北方洋洋洒洒地飘起了大雪，寒气逼人，但岭南的冬天依然热情似火，维持着"夏天的节奏"。

1938年12月2日，嵌镶在一片金黄色中的惠阳常柏田村热闹非凡，稻浪滚滚，红旗猎猎，锣鼓阵阵。人们奔走相告，潮水般地涌向育英楼。这栋建于民国初年，二进院落四合院式布局的育英楼，座无虚席。广东内陆第一支由中国共产党领导的抗日武装——惠宝人民抗日游击总队（国民党当局给予"第四战区第三游击纵队新编大队"的番号），在这里正式成立。惠宝人民抗日游击总队，共100多人。曾生任总队长，周伯明为政治委员，郑晋（郑天宝）为副总队长兼参谋长。

惠宝人民抗日游击总队成立后，随即在淡水等地大力发动群众，组织自卫队，不断打击敌人，铲除伪政权，惩办汉奸。占领淡水的日军，在抗日游击队的不断袭击下仓皇撤退。12月7日，惠宝人民抗日游击总队和常柏田村民众武装，进入淡水镇，击毙伪警长，捣毁维持会，推翻伪政权。12月10日，在淡水祖庙召开了有五百多人参加的民众大会，通过民主选举，成立东江地区的第一个抗日民主政权——惠阳县第二区临时行政委员会，推选严奎荣（严尚民）为主任。抗日民主政府成立后，着手建立各乡抗日民主政权，惩办汉奸，维持治安，处理民事；废除苛捐杂税，救济难民；恢复集市贸易，复办教育，组织生产。这些措施和工作深受广大民众的拥护，使惠宝人民抗日游击总队和抗日民主政府赢得了民众的信赖，促进了抗日武装斗争的开展。

惠宝人民抗日游击总队的建立和抗日民主政府的成立，产生了很大的影响，香港、南洋的报纸纷纷发表文章，宣传这支部队收复淡水保家卫国的事迹。南洋惠属华侨也踊跃捐钱捐物，支援这支部队。1939 年 1 月，南洋英荷两属惠州十属同侨救乡会还派黄适安（何友逖）率领华侨慰问团，专程到坪山慰劳惠宝人民抗日游击总队。与此同时，香港海员也组织慰问团，慰问这支游击队，并向游击队赠送"民族先锋"的锦旗。

不久，"惠宝人民抗日游击总队"与王作尧领导的"东惠宝边人民抗日游击大队"（国民党当局给予"第四战区第四游击纵队直属第二大队"的番号）合编为广东人民抗日游击总队。从此，广东人民抗日游击总队，在远离党中央、被敌人分割包围、回旋余地狭小的复杂困难的环境中，发动群众，坚持独立自主的敌后游击战争，灵活机动打击敌人，建立了以东江两岸、罗浮山为中心的抗日根据地和游击区，在斗争中不断成长壮大，为广东人民抗日游击战争的大发展奠定了基础。

与此同时，中共东莞中心县委于 1938 年 11 月 11 日建立了"东莞抗日模范壮丁队"（王作尧任队长）；增城县建立了"广东民众自卫团增城第三区常备队"；中共东（莞）宝（安）边工委组建了"东宝边人民抗日游击队"第一、第二大队（黄木芬、蔡子培分别担任大队长）。12 月下旬，东宝边人民抗日游击队第一大队，东莞抗日模范壮丁队，阮海天从增城带来的部分人员，以及各区地方党组织动员来的武装人员共约 200 人，集中在东莞县的苦草洞进行整编，从中挑选了 120 人，于 1939 年元旦重新组成了"东宝惠边人民抗日游击大队"（大队长王作尧，政训员何与成，党总支书记黄高阳）。惠阳、东莞、宝安、增城等地，燃起了抗日的熊熊烽火。

中流砥柱

日军在大亚湾登陆后，国民党守军正面阻击溃败，广州沦陷，华南地区到了最危险的时刻。中国共产党毅然放下遭受血腥屠杀、围追堵截的阶级仇恨，挺身而出，代表全民族发出了武装抗日的第一声怒吼，担当抗日救亡的中流砥柱。

日军在大亚湾登陆的第二天，中共中央即电示中共广东省委、八路军驻香港办事处，要在东江日占区后方开拓游击区。接着1938年11月1日中共中央又电示广东省委，广州沦陷后广东党组织必须在广州及其敌占区进行秘密工作，组织游击队，开展游击战争，并在游击战术和政治工作上帮助友军开展游击战争；在东江、海陆丰等地建立抗日根据地，利用国民党政府的命令到处组织自卫军，发展人民武装。

广东省委根据中共中央的指示精神并针对华南地区的形势，确定广东地区党组织的基本方针和任务是：动员组织群众，开展敌后游击战争，加强统一战线工作，在长期的抗战中发展力量，使党逐步成为在华南地区最后战胜日寇的决定因素。同时决定，把东江作为开展抗日游击战争的重点地区之一。（东江地区包括东莞、惠阳、宝安、增城、博罗等县，地处珠江门户，广九铁路纵贯其中，战略地位十分重要）

早在广州沦陷前的1938年10月18日，广东省委针对抗日战争形势的发展，在广州召开紧急会议，由代理省委书记李大林主持（张文彬到延安参加党的六届六中全会）。会议分析了全省的抗战形势，为了加强全省抗日武装斗争的领导，决定成立中共东南特别委员会、中共东江特别委员会、中共西南特别委员会。

中共东江特别委员会（简称"东江特委"）由尹林平任书记，领导博罗、连平、和平、五华、紫金、兴宁、河源、增城、龙门、新丰、海丰等县党组织和人民的抗日斗争。

为了迅速重建和恢复东江地区的党组织，中共东江特委成立后，即派员分赴各地开展重建和恢复各地党组织的工作。一方面以发展党的组织为工作重点。到1939年10月，东江特委先后建立了两个中心县委、七个县委、二十个区委、九十个党支部，党员人数由特委成立前的635人，发展到2210人。中共博罗县委于1939年5月中旬成立，到1939年10月，建立建立两个区委会、一个中心支部、六个支部、两个党小组，党员有100多人。

另一方面分期分批举办各种干部训练班，培养党的基层干部和武装骨干。先后在河源城、博罗黄填牌、麻陂等地，举办了多期各类训练班，培养党员干部、武装干部和青年妇女干部160多人。

同时大力开展统一战线工作，利用抗日救亡团体的合法地位开展工作，组织青年抗日先锋队、青年抗敌同志会、华侨回乡服务团等救亡团体，开展抗日救亡活动，宣传、组织和教育群众。并相机组织民众自卫武装，为敌后抗日游击战争的开展打下了基础。

六　甘洒热血保家乡

山河破碎，人民遭殃，忍无可忍，怒火燃烧！

日军的血腥暴行，激起了罗浮人民的无比愤慨，具有反帝爱国传统的罗浮人民纷纷奋起，守土自卫，为赢得中华民族的独立和解放，加入史无前例的全民参战的抗日战争之中。

抗敌保家

金秋的罗浮山南麓一片生机，金黄色的稻穗布满山间，像一波波金色的海浪随风舞动。一层层梯田似一圈圈年轮，一垄垄成熟程度不同的稻谷变幻出色彩斑斓的大色块。

望着这丰收的景象，村民的脸上都堆满了笑容，废寝忘食地收割这老祖宗留下来的看家作物。

这是一处风水宝地，赖氏于明末从增城迁徙于此。整个山场内，山连着山，山山有林；沟挽着沟，沟沟有水。潺潺的泉水一年四季在村前酷似"葫芦"的水氹里奔流，客家人称"葫芦"为"蒲芦"，故村得名"蒲芦氹"。

一群头戴钢盔、身穿黄军装、手持钢枪、骑着枣红马的人，冲进了蒲芦氹。

驻扎在增城据点的日寇进蒲芦氹村了。

一些青壮年被迫到据点做杂役和筑工事；千余亩山林被砍光，日军赶着马匹在稻田奔跑，水稻被践，红薯被挖，甘蔗被砍，放在地里的劳动工具也被毁；在田里干活的村民赖庄新等人被打致重伤；一群群残暴的日寇，晚上经常打着手电筒进家串户，抓去年轻妇女、姑娘，野蛮地进行奸污和残害；光天化日之下，在地里干活的农妇被调戏，被强奸……

目睹日寇的掳掠奸淫、无恶不作，村民赖瑞忠以族长的身份号召全体村民团结起来抗日。在赖瑞忠的发动下，民众抗日热情空前高涨，以牙还牙，

"宁作救国鬼，不当亡国奴"。

赖瑞忠，为人正直，见多识广，敢说敢言，在本地享有盛名，德高望重，被推选为县参议员、联和乡乡长。见日寇践踏家园，百姓被欺辱，顿生怒火。于是，他利用民国政府的公开命令为掩护，广泛发动群众，建立联和乡民众抗日自卫团，自告奋勇当自卫团团长，将村里的"舞狮队"改为"抗日自卫队"，也自告奋勇当自卫队队长。

蒲芦汆抗日自卫队有四十多人，队员年轻力壮，个个懂得拳脚功夫，人人都会舞刀弄枪，在方圆数十里享有名声。

其时，驻扎在增城的日军为巩固据点，在县城的四周修筑了坚固的工事。蒲芦汆东面的荔枝坳猪石岭，是增城日军通往博罗的前哨，驻扎一个中队，设有炮台，挖了壕沟，装上铁丝网。为了有效打击敌人，抗日自卫团主动配合由中共领导的增城县抗日自卫团第三常备队，于增（城）博（罗）边界山区开展抗日游击活动。

尽管蒲芦汆村距敌据点只有 4 公里，沿路的几个村庄也都驻扎着伪军。在敌强我弱的情况下，蒲汆村抗日自卫队机智顽强地通过各种方式打击敌人。同时，在屏风岭山顶设瞭望哨，置消息树，一旦发现敌情便敲锣为号，以做好迎敌的准备。就这样，一个坚强的抗日堡垒矗立在罗浮山西麓群山之中。

1938 年 11 月中旬，日军在福田、联和一带扫荡，故意让马匹在农田赛跑、觅食，肆意践踏农作物。一天，蒲芦汆村民抓了一匹正在田间糟蹋农作物的战马，毙死后，将马的头颅挂在公路旁的树上，以此向敌人示威——别糟蹋我们的庄稼！

被日军打致重伤的村民赖庄新伤愈后，积极参加抗战活动，他经常与村民一道，在公路上埋上利器，刺破敌军汽车轮胎，致使敌人出外扫荡时，不得不以马代车……

时值国共合作，惠州国民党政府闻蒲芦汆村村民积极抗日，派出三个连共三百余人，进驻蒲芦汆村，名曰"联合抗日"。自卫队由赖龙庆率领赖应全、赖春元、赖林大、赖云冲等十多名队员，协同"国军"偷袭增城日军据点。第一次偷袭，因事前侦察不细，队伍开拔至增城东门桥时遭日军伏击，被迫撤回。第二次偷袭，队伍刚过荔枝坳，就与日军巡逻队遭遇，双方展开激烈的战斗，毙伤日军数人，"国军"亦伤数人。此后，日军对罗浮地区加大扫荡的力度，驻扎在蒲芦汆村的"国军"以调防为由，撤回惠州。临走前，村里人给"国军"送上了一句顺口溜："民国军队好不好？战火来临马上跑！"

为保护福田、联和一带群众的生命财产，增城县抗日自卫团命令单容沛常备队驻扎蒲芦丛村，与村民同舟共济，抗击日军。

初冬，阴霾的天空，下着霏霏细雨，冷飕飕的东北风带着一股浓重的寒意。

四十多名日军骑着马从增城出发，经荔枝坳进蒲芦丛村扫荡。屏风岭瞭望哨的队员发现敌情后，立即倒下消息树，接着村中响起锣声，民众很快到村北后山隐蔽。当时恰好单容沛已带领常备队到增城黎桥头袭击日军据点，赖瑞忠便带领自卫队到村前的山坳设伏。敌人刚到伏击圈，"打！"赖瑞忠一声令下，几十支枪齐发，接着又是一排手榴弹打过去。霎时，日军人仰马翻，鬼哭狼嚎，当场毙命 2 人，伤 5 人。见势不妙，敌人纷纷向后退逃。

"杀我战马的是蒲芦丛人，袭击我部的也是蒲芦丛人，八路在搞鬼，死了死了的有！"日军回增城报告后，又听说游击队在蒲芦丛驻扎，日军官大发雷霆，立即请求石龙、广州驻军火速派兵增援，以拔掉日统区的"钉子"。

1939 年 1 月 25 日，艳阳高照，天朗气清，微风和煦。村中青年赖群娶亲办喜酒，蒲芦丛村充满着欢乐喜庆的气氛。华灯初上，蒲芦丛村的欢庆氛围达至高潮，年长的沉醉于杯盏交错；年轻的热闹于嬉戏新娘；孩童们则敲锣打鼓，点燃炮竹，玩耍于庭院中。不料，两个中队二百多名日军绕过蒲芦丛村自卫队岗哨，悄悄地结集在村前的东亚岭。

晚上 12 时许，新郎赖群在自卫队队员赖百双陪同下，跟随叔公赖瑞康到村南近公路的宗祠拜祖。拜毕，公路边隐隐约约传来了阵阵的脚步声、马蹄声。

"有情况，不对路！"赖瑞康感觉不妙，立即叫结实厚墩的赖百双到路口侦查。由于战时形势紧张，自卫队队员在晚上都枪不离身，赖百双身背着步枪，腰系两颗手榴弹向路边走去。刚到路口，两个黑影向他扑来，猝不及防的赖百双当即被黑影扑翻在地，手中的枪被夺去。身怀武功又精通枪法的赖百双奋力反抗，挣脱起身，飞起双腿，一左一右，将两名日军撂倒在地，夺回枪支，连射数发子弹，两名日军当场毙命。然后向后面的一片黑影投了两颗手榴弹，"轰！轰！"黑影倒了一片。

"日本仔来了！"赖百双边大声高呼边向村里跑。

枪声、爆炸声惊动了村民。顷刻，七十多户赖姓人家的三百余人手拿锄头、田刀、菜刀、担杆，集中于村前禾塘。赖瑞忠一面点兵遣将部署战斗，一面组织村民向村后屏风岭转移。由于敌情不清，为避免不必要的损失，留守在蒲芦丛村的单容沛常备队的部分队员，抽出一些枪支给自卫队队员加强自卫，协助村民转移。

"恶狼来了，必打无疑!"赖瑞忠斩钉截铁地向队员们说。

"宁做救国鬼，不做亡国奴!"自卫队队员异口同声，重复着保家卫国的口号。

"是我给村中人带来麻烦，我打头阵!"内心负疚的新郎赖群，顷刻间变得如此坚强。

赖瑞忠将队伍分成两组，一组到村外迎击敌人，为群众转移赢得时间；一组坚守村内，利用围墙作掩体阻击敌人。

赖百双带领赖瑞坚、赖继红、赖尔宋等队员冲出村外与日军接火。敌人人多势众，武器精良，机枪、步枪齐向自卫队队员扫射。赖百双膝盖中弹，赖尔宋小腿受伤，赖继红中弹身亡……他们只好退至村中与其他队员一同扼守。

无月光的夜晚，漆黑一团。日军不熟悉地形，不敢轻易进攻。自卫队队员凭着墙壁、房屋向敌人射击。

日军打一阵炮后，就有一次强攻。

日军进攻时，村里的自卫队队员就集中火力向日军猛烈射击，日军离得近就用手榴弹轰。在最紧张的时候，和敌人只有一墙之隔。

战斗十分激烈，枪炮声连成一片，村中房倒屋塌，硝烟弥漫。尽管敌人组织了多次暴风骤雨般的进攻，均遭自卫队顽强阻击，未能得逞。

天将亮，村民已转移到安全地带，自卫队从村后的山谷撤离村庄。

"户户通八路，人人是八路，统统杀光!"恼羞成怒的日军对蒲芦丕村人民恨得咬牙切齿，必欲除之而后快。

次日清晨，驻广州的日军派出六架飞机进行狂轰滥炸，然后以迫击炮、机枪掩护，日军冲入村内，却见村中空空荡荡，静寂一片。惨无人性的日军，砸家抢物，大施淫威……中午时分，山上的村民饥渴难受，村妇张少英、邓叶麻，年仅 10 岁的赖叶灵等人偷偷回村取饮水、食品，不料给敌人发现，全部遇难；来不及转移的数名老人也躺在日军的屠刀下。

中午时分，丧心病狂的日军放火烧屋。

火光冲天，方圆几十里的村庄都能看见蒲芦丕村上空那浓黑的烟幕，那飘飘摇摇弥漫青山的飞灰。

望着熊熊的烈火，山上的村民拳头紧握，咬牙切齿……

村内五个围屋三百多间房屋被烧毁，来不及转移的二十多头耕牛、百多条肉猪、千多只三鸟被抢走，几百担粮食和一批幼龄牲畜、家禽，在大火中化为灰烬。

大火从中午一直烧到傍晚。

日寇走后留下一片焦土。

傍晚时分，蒲芦丛村村民从山中返回，看见尸首横地，家园尽毁，惨不忍睹，痛哭声震天。身为乡绅的赖瑞忠大声高喊："烧了泥砖变青砖，烧了青砖变金砖，蒲芦丛人杀不绝，烧不尽！"烈焰冲天，英雄呐喊！

蒲芦丛人的抗日行为感动了增（城）博（罗）两地群众，他们纷纷给蒲芦丛村的村民送来衣物和粮食，帮助他们渡过难关。随后，大家掩埋了牺牲的亲人，擦干眼泪，开始在废墟上重建家园，继续和侵略者开展斗争。

事发后几日，赖瑞忠整理好蒲芦丛村抗击日军的文字材料，单枪匹马向博罗县政府汇报情况，却不幸在途中死于日军屠刀下。

这场战斗，日军伤亡惨重，据当地村民所见，日军死亡 80 余人（日方公布为 56 人），伤者不计其数，尸体遍地，嚎叫连天。而蒲芦丛只付出了赖百双、赖继红、赖德、赖顺、赖九、赖贵龙、赖瑞常、赖瑞忠 8 名自卫队队员牺牲，十多名村民伤亡于日寇枪口的代价。蒲芦丛村村民"保家卫国"的英雄壮举，史称"蒲芦丛保卫战"，蒲芦丛村被当地人称为"抗日英雄村"。

蒲芦丛保卫战，是日军侵华以来在罗浮地区遭受民间自发组织的最顽强的一次抵抗，也是罗浮山地区民间武装向日寇打响的第一枪。

蒲芦丛村抗击日军，虽未重创日军，也不是在战术运用上十分巧妙的战例，但一个仅有三百多口人的小村，面对二百多名拥有飞机、大炮、机枪、汽车、战马，武装精良的日本正规军的攻打，没有屈服和逃跑，而是自发组织起来，坚决抵抗，凭着几十支步枪和几百枚手榴弹，打退敌人多次进攻，抵抗十几个小时，这在全国、全省也是不多见的，是很了不起的！

这次战斗，充分显示了蒲芦丛村村民众团结战斗、抗日保家的正气雄风和不畏强敌、宁死不屈的大无畏精神。这种正气雄风和大无畏精神正是中华民族不可征服的根本原因！

蒲芦丛村有祖祖辈辈忘不掉的伤痛，更有世世代代值得铭记的光荣！

滘下枪声

惠州、博罗沦陷后，日军长期占领东莞石龙，东江下游地区成为日伪的占领区。为了实现其暴力统治，日军木下大佐委任李潮为"东江抗红义勇军司令"。

李潮为何人？李潮，又名李剑琴，东莞石碣镇人。他出生于贫苦家庭，12 岁那年父亲被土匪浸死，他随长兄往南洋谋生。17 岁时返乡。当时社会动乱，农村经济凋敝，欲望强烈的李潮梦想趁乱世发难财。他对亲友说，要闯荡江湖，只有做贼。从此开始了土匪活动。在枪杀了有杀父之仇的匪首李海后，他便独踞一方成为东江中下游的水贼，上至惠州，下至石头的江面都是他的势力范围，手下有喽啰水贼千余人，大小船只近百艘。他指挥这些水贼月黑杀人，风高放火，绑客劫财，截江收"行水"。凡在东江上打鱼、摆渡、搭客、运货的农户疍家都得按四时八节给他进贡，婚丧寿日给他"上香"，稍有不足便收船拉人，甚至将人碎尸喂鱼。他同官府衙门勾结，一手遮了东江的天，是一条吃人不吐骨头的孽龙。提起他的名字，东江河的鱼虾不敢吐气，农户疍家的孩子不敢夜啼。

1938 年，石龙沦陷后，李潮乘机扩充地盘，水陆通吃。地盘扩至博西的广大地区，石龙、石碣、石排、园洲、石湾一带都是他的中心地盘，党羽发展到几千人。他勒收"行水"，掳人勒索，杀人放火，有恃无恐，群众称之为"东江牛魔王"。

投靠日军的李潮勾结在宝安福永的吴东权，成立"东江抗红义勇军"。自日军委任他为"司令"后，其疯狂程度至极点，他依靠地方上的土豪、恶霸势力，纠合当地的流氓、地痞、惯匪，先后组成了六个团和一个教导团，盘踞在博罗园洲，东莞石排、企石一带，占据了东江中游的大片土地。他们在这些地方打家劫舍，利用种种残酷手段，征收苛捐杂税，敲诈勒索群众，迫害共产党的农会组织成员和革命同志家属。更为严重的是，他们互相勾结，企图破坏我党的抗日活动，破坏我党东江南北两岸的交通线，破坏我党在东江沿线的税收工作。他还扬言，谁人通红军，就抓谁；哪条村不归顺他的统治，就洗劫哪条村。

在李潮的统治区，有一个位于铁场西部的地方，叫溽下，溽下由多条村组成，最早落居的是冯屋族人。

冯氏姓少单薄，村里组建了联防队，队长冯嵩（诨名跛嵩）。由于冯氏团结，加上联防队强悍，冯屋的强势在当地颇有影响，方圆几十里的土匪从不敢光顾冯屋。很自然，冯屋成为李潮的肉中刺，非拔掉不可。

然而，仇恨日军和不满汉奸头子李潮的溽下冯屋族人，从李潮投靠日军那天起，他们就在中共地下党的领导下，通过"博西青年自修会"进步人士冯敬儒的关系，冯屋和茹屋、西埔、中岗、西头和三江的田下、堂下、岗尾等村加盟同一阵线与李潮对抗。特别是通过冯敬儒做其侄子冯嵩的工作，使冯嵩带领的队伍与中共地下党的队伍达成互不侵犯、共同打击李潮伪军的协议。

博罗的地下党经常派员到滘下联系村民，宣传党的抗日政策，发动群众搞好联防，壮大抗日力量。滘下与地下党的关系日益密切。

1940 年初，地下党领导的游击队进驻滘下，以"培英小学"为基地，在冯屋族人的帮助和支持下，开展抗日救亡工作，发展抗日武装力量，袭击李潮所控制的村庄的据点。

游击队夜间频频出击，李潮不少据点都在轰轰的爆炸声中灰飞烟灭。

李潮气急败坏，对游击队恨之入骨，向他的主子——驻石龙日军告密，说滘下冯屋有红军进驻，是夜袭日军和李部的基地。

1940 年 5 月 11 日，驻石龙的日军派出一个营的兵力进犯滘下冯屋。

深夜，日军包围了滘下冯屋。

冯屋村民早有防范。村的周围早已挖好了战壕，架上带刺的铁丝网，有自卫队队员守夜。

当然，日军不傻，不敢贸然进村，派侦察兵探路，发现障碍后，立即派工兵偷偷地剪网砍线。

"日本仔来进攻了!"

村中的长者立即商议。有的说是日军正常的"扫荡"行动，任其自然；有的说是李潮为了报复游击队，搬出了日军，要打到底。

丈二和尚，摸不着头脑。

老人冯树艮一言不发，埋头抽烟。

"艮叔，你有什么想法?"

冯树艮："我七十多岁了，死了也值得，我去和日本仔谈谈!"

一老者："不能去，有去无回!"

众老者："对呀，不能去。"

冯树艮："我回不来，你们就和他们打，打!"说完，把草烟往地上一摔："打!"

为了摸清日军底细，为了族人的安危，老人冯树艮把老命赌上了。

天刚亮，昔日热闹的景象没有了，取而代之的是寂静。村民不敢出门劳作，孩子们不敢出门玩耍……

人们目送冯树艮老人往围墙的那头走去，心里都很是不安。

老人踏着木梯向上登，头部刚露出围墙，右手向上一挥，还来不及说话，"砰"的一声枪响，老人头部中弹，从梯子摔下……

村民一拥而上，老人垂危之际，颤抖着嘴唇说："打！"

不一会儿，老人双眼紧闭。

"艮叔！艮叔！"众人在呼唤着。

"打！"联防队队长冯嵩下令。

"我们是来抓游击队的，你们不要与皇军作对，赶快让皇军进村……"敌人在喊话。

"拼了！"

"打！打！打！"

战斗打响了。

联防队队员、村民一百多人，配备轻、重机枪各一挺，步枪三十多支，与装备精良的日军比较，力量悬殊。

然而，一种伟大的力量在支撑——保家卫国，一种伟大的精神在鼓动——民族大义。

从早上战斗到下午15时多，敌人虽发动多次暴风雨般的进攻，却无法攻入村内。

日军从石龙调来一个骑兵连增援。因河水暴涨，日军马队在泗渡鸾岗河时，一头马被淹死，其他马匹不敢过河，骑兵连只好收兵回营。

16时许，敌机来了，多架飞机在冯屋上空盘旋一阵后俯冲低飞，用机枪扫射，掩护日伪军进攻。冯氏族人面对枪林弹雨，硬是和敌人拼得你死我活。

17时许，村中的弹药已所剩无几，射击火力暂弱。

日军乘机炸破围墙冲进村内。

联防队队员退至小巷内，利用拐弯处、墙壁犄角，与敌军展开巷战。

敌人一边进攻联防队，一边点火烧屋。

烈火熊熊，硝烟弥漫，枪声阵阵，呐喊声四起。

战斗呈胶着状态，不分胜负。

天黑了。日军最怕夜战，便撤出冯屋，收兵回营。村民迅速向附近村庄转移。

此战，冯屋村村民被打死30人，打伤13人，70%的房屋被毁，被掳走耕牛48头，猪17头，粮食约300担。敌军也受到重创，死伤三十多人。这是日军入侵华南以来遭受到民间自发组织的又一次顽强的抵抗。

1940年秋，为悼念英勇牺牲的烈士，激励全民抗战，国民党第六十三军在冯屋村召开追悼大会，第一五七师的张达卿连长主持追悼会，会场上挂着第一五七师送来的挽联：

一分力，一滴血，拿肉身献给国家，华南应丧倭奴胆；

不怕死，不苟生，其气概纵横天地，滘下独留壮士碑。

张达卿连长在致辞中说，为了永远不忘日军的凶残杀戮，为了永远铭记抗日烈士的丰功伟绩，已呈请广东省政府将滘下"培英小学"改名为"5·11抗日纪念学校"，并在村中建一座"抗日壮士碑"，以旌后人。

"培英小学"和"5·11抗日纪念学校"的呈请，已获省政府主席李汉魂批准，只因当时滘下仍处沦陷区，广东省政府已从广州迁去韶关，此后政局又迭经变动，这两件事一直没有得到落实。每当村民回忆此事，脸上总是露出遗憾的表情。

七 赤子丹心报桑梓

广州的沦陷，牵动了海外华侨的心。他们纷纷行动起来，积极参与和支持祖国的抗战，掀起声势浩大、规模空前的抗日救亡运动。

南洋怒潮

唐人街，是吉隆坡繁华热闹的地方。中式的牌楼，中式的楼宇，中式的售货摊，各种地方风味的中餐馆，处处可见，叫卖声、吆喝声此起彼伏……

一场大雨后，唐人街冷清了许多。挂在骑楼下的灯笼被风吹得东倒西歪，七零八落；飘落的树叶，厚厚地覆盖在地板上，就好像一张金黄的地毯。中秋的喜庆氛围荡然无存。

"卖报，卖报，日本仔进犯广东，惠州变废墟，广州沦陷！"客家话、广州话、潮州话的卖报声吸引了不少市民。

吉隆坡和全马来亚的抗日救亡运动汹涌澎湃。

抗日团体多次组织发动数十万侨胞参加的集会和游行示威。

歌咏队，戏剧队，演讲队，漫画队活动于大街小巷。

一群群学生擎着一条条"救我东江""救我中华"等内容的横幅，走上大街。

"国家兴亡，匹夫有责""打回老家去，保卫大东江"的呐喊声，此起彼伏。

大型的游艺会演中，参加大合唱歌咏队的人数逾百，会演人数达七千多人，可谓盛况空前。这些合唱团、社团、剧团的演出活动在华侨中引起了强烈反响，起到了爱国主义教育的良好效果，抗日歌曲也随之深入人心，就连几岁的侨童也在街头巷尾唱起："起来，不愿做奴隶的人们……"

各大影院放的多是抗战纪录片。《风云儿女》曾轰动东南亚，并先后在新加坡、吉隆坡、槟城、马六甲等城市放映，并吼出了响亮口号："激发民众，共赴国难！"

报纸登载的是抗战歌谣：

> 大个仔，担枝枪，担上前线杀倭儿。倭儿出尽千般计，得到尸灰无地埋。
> 后生仔，做军人，保卫华南大精神。奋起精神把倭捉，捉到倭寇放水灯。
> 中秋月，分外明。大个仔，去当兵，齐奋起，共扶倾，起来前进打东京。
> 将倭杀，勿留情，抗战胜，建国成，版图增加三地岛，金瓯永固乐升平。

另一首粤讴《唔使指拟》唱道：

> 唔使指拟，会同佢言和，怨一句红颜，怨一句我哥，哥啊，人地欺（音虾）得你咁交关，乜总吾见你发下火，任人鱼肉，任人磨，快些的（提起的意思）心肝，同佢拼过，最后关头，切勿放松。唔系再打到埋黎，就无乜好嘅结果，俱焚玉石，仲点保得我地两公婆。定要立实心肠，然后正妥。切志从军，负责啲多（些少）。头颅拼掷，驱除倭，唔会错，国亡家亦破。留心想吓，我的话如何？

动人的歌声响彻各地，妻子送郎上战场、母亲送子上前线的场面到处可见。人人知道，倭寇已经"打到埋黎"（打进来的意思），希望人人奋起，抵抗敌人，否则只能是国破家亡。

1938 年 10 月 13 日晚，在新加坡的惠阳华侨黄适安（原名何友逊，新加坡惠州会馆委员）得到各报专电消息，即与戴子良（新加坡惠州会馆主席）当场决定，以惠州会馆名义，草就救乡宣言付印。当晚派会馆财政员萧锦璋赴吉隆坡雪兰莪联系黄伯才（吉隆坡惠州会馆主席）。15 日，黄适安与戴子良也到吉隆坡雪兰莪与黄伯才商量发动英荷两属惠侨抗日救乡之计。

雪兰莪惠州会馆，其前身为乡贤叶德来于清同治三年（1864 年）创立的"惠州公司"（地址为今罗爷街巴生河畔），1868 年迁至茨厂街现址。叶德来逝世后，由叶致英、萧邦荣、叶杰良等建成中国古典式馆舍一座，并将"惠州公司"易名为"惠州会馆"，由清廷刑部郎中、浙江道御史邓承修题书"惠州会馆"牌匾。1906 年 6 月，会馆接待前往马来亚宣传革命筹措经费的孙中山、胡汉民和廖仲恺，发动同侨募集巨资，支持孙中山领导的民主革命。1937 年，黄伯才出任雪兰莪惠州会馆总理，主持会馆重建，成立重建会馆委员会，由李南燕负责设计，几经努力，新式大厦落成。为服务同侨，会馆设立"惠侨互助会"，以支持贫困同侨。

1938 年 10 月 16 日下午 14 时，雪兰莪吉隆坡惠州会馆，召开执委紧急会议，讨论救济桑梓事宜。出席者有黄伯才、官文森等二十多人。

黄伯才致辞称：

"连日电讯频传，惊悉日寇大举侵犯华南，在吾乡里开展血战，被难之惨，匪可言喻！新加坡方面已进行救乡救国组织，特派专员来龙磋商联合办法。所以今日本会馆一方面欢迎专员戴子良、萧锦璋两君，一方面请各位共同讨论联合各埠进行救乡事宜。"

辞毕，出席者先后发表意见。

会议决议如下：

（一）组织南洋惠侨联合调查桑梓灾情通讯处。

（二）推举萧满、叶馥、甘善斋、黄伯才、叶淡波、廖沛如等为起草通讯简章委员。

（三）电请香港惠阳商会调查桑梓灾情。

（四）授权吉隆坡惠州会馆召开各区惠州会馆临时代表大会，日期定于10月30日，地点在吉隆坡惠州会馆。各地会馆至少派代表二名出席，共商救乡事宜。

雪兰莪吉隆坡惠州会馆紧急大会，除即捐巨款汇惠阳商会救济难民外，还成立桑梓灾情调查通讯处。吉隆坡惠州会馆主席黄伯才、丘满、萧满、叶馥、叶经纶、叶淡波，与新加坡惠州会馆主席戴子良、黄适安、萧锦璋、魏瑞南等人，即马不停蹄地驱车前往各地，同时电告荷属各埠东江籍华侨，号召东江籍华侨共同发起救国救乡运动。

一浪激起千重浪。

黄伯才、戴子良、黄适安、丘满、萧满等惠侨侨领经过多天由南至北，再由北至南到各州的联系，获得全马及荷属惠侨同胞的热烈响应和积极支持。

一个星期内，各地惠州会馆都召开了紧急会议。

10月19日，槟城惠州会馆召开紧急特别大会。

10月23日，马六甲惠州会馆召开救乡大会。

10月24日，星洲惠州会馆召开紧急大会。

10月26日，新加坡惠州会馆召开紧急大会。

……

这些紧急会议的主要内容是：

（一）成立桑梓灾情通讯处。

（二）产生本会委员。

（三）产生惠州会馆临时代表大会代表。

（四）决定通电蒋委员长拥护抗战到底。

（五）决定通电反对汪精卫和平谈话。

（六）派员回乡调查桑梓灾情。

10 月 30 日，吉隆坡雪兰莪惠州会馆，南洋英荷两属惠州会馆"第一次惠州同侨大会"在这里召开。会议的主题：团结一致，救乡救国。

出席会议的有新加坡、槟榔屿、马六甲、吉隆坡、彭亨、霹雳、森美兰、棉兰、怡保等九个区惠州属华侨代表，共 44 人。

大会严肃庄重！

大会前召开全体代表参加了预备会议。预备会议推选黄伯才为临时主席，讨论了会议议程和有关事宜。

上午 9 时，随着几声清脆的钟声，大会拉开序幕。

随着司仪的一声呐喊，全体肃立，向国旗、国父孙中山遗像三鞠躬；向祖国殉难将士、同胞致哀，静默三分钟。

黄伯才致开幕辞。谓：

"诸位同乡先生，今日为各区会馆代表大会，此种会议，可以说是惠属同乡破天荒第一次。谬蒙各州同乡先生，不远数百里而来参加，使本区同乡，实在觉得非常荣幸。即桑梓受难同胞，听到此种消息，亦必得到相当安慰。吾人今日集会唯一之宗旨，是请各州同乡先生来商量，应如何在不妨碍华侨筹赈会统筹汇之原则下，筹商救济办法。现在是开幕典礼，以后应如何进行，还请列位同乡先生，一本救国救乡之热诚，开诚布公来讨论，使此次大会有圆满之结果，使受难同胞得蒙实惠，则不但本区同乡引为幸事，即乡国前途，益利赖之。"

各会代表报告。

部分代表演说。

家乡沦陷，救乡救国，把他们的心扭在一起，手握在一起。

经过两天会议讨论，一致决议成立"南洋英荷两属惠州（十县）同侨救乡委员会"（简称"南洋惠侨救乡会"）。总部设在吉隆坡惠州会馆，各州设分会。

大会推举爱国侨领黄伯才为主席，戴子良、孙荣光为副主席，官文森、黄适安、钟醇生、甘善斋、廖沛如、萧满、丘满、郑为信等为委员。

黄伯才，惠阳淡水老鸦山村人。十一岁时随母亲南渡，当过割橡胶工、采矿工，勤劳节俭，稍有积蓄。先后与朋友合伙开采锡矿。后独资开设矿业公司和商业机构。出任雪兰莪惠州会馆总理，主持会馆重建，成立重建会馆委员会。为服务同侨，会馆设立"惠侨互助会"，以支持贫困同侨，成绩昭著，深得中外人士之嘉许。1937年8月，组织雪兰莪惠州侨胞，成立雪兰莪筹赈祖国伤兵难民委员会，担任会长，发动华侨捐款购物运送延安、皖南等抗日根据地。1938年7月，与戴子良等人组织抗日文艺宣传团体"蜜蜂剧团"，在马来亚各地巡回宣传抗日救亡。他以100%的票数当选"南洋惠侨救乡总会"主席，当之无愧。

会议将要结束，黄伯才主席两手按着桌子，面对熟悉的面孔，掏出了内心的话语。此时的他，心情澎湃，热血沸腾，语气激昂。

"家乡已沦陷，亲人遭殃，家破人亡，作为一个有血性的中国人，一个东江的子孙，家乡有难，决不能袖手旁观，更不能屈服……"

"国家兴亡，匹夫有责！"副主席戴子良振臂高呼。

"国家兴亡，匹夫有责！"几十个人挥臂响应。

"大家都知道，日军在大亚湾登陆后，国民党守军节节败退，中国共产党号召全国各族人民、世界广大华侨同胞团结起来，组成抗日统一战线，把日本仔赶出中国去。各位乡贤，我们只有团结起来，有钱出钱，有力出力，有物出物，积极支援祖国抗战。救得家乡在，就可救中华，救乡就是救国！"

高山沉沦，江河顿歇。

此时的黄伯才，心情澎湃，热血沸腾，语气激昂。他说："'南洋惠侨救乡总会'的建立，主要以救国救乡为宗旨，以赈灾与救乡两大原则支援祖国抗日战争。目前要办好两件实事：第一件实事是建立南洋惠侨救乡会香港施赈办事处，第二件实事是筹备成立'东江华侨回乡服务团'。"

会后第二天，南洋惠侨救乡会通电国民政府及国民参政会，吁请抗战到底，扶植民众运动，严惩抗战不力之军政长官。

南洋惠侨救乡会的成立，向祖国和家乡伸出援手，是华侨联合抗日救国救乡的壮举。

随后，英属的新加坡、雪兰莪、槟榔屿、霹雳、马六甲、森美兰、彭亨、怡保，荷属的棉兰等地相继成立惠侨救乡分会和惠侨救乡支会，迅速把分布在南洋英荷两属各地的十多万惠侨组织起来参加抗日救亡运动，其波澜壮阔的浩大声势震惊海外社会。几天内就筹措到赈款一百万元。同时，该会派钟醇生、黄适安（原名何友逊）、黄赫群等代表到东江沦陷区调查灾情。他们亲眼看到了什么叫日本人的"三光"政策：房子被毁，人民被杀，财物被抢。

代表返回南洋后，将亲眼所见的惨况和日军的滔天罪行一一报告惠侨同胞。

难受，悚然，悲愤，压在广大华侨的心头。

华侨青年纷纷请求回乡抗日。

带着华侨的强烈要求和热切希望，南洋惠侨救乡会代表钟醇生、黄适安、黄赫群专程到香港八路军办事处与廖承志商谈。

香港皇后大道，车水马龙，商店林立。

香港皇后大道，是香港开埠之后建设的第一条沿海的市中心主要道路，位于香港岛北岸。

皇后大道始建于 1841 年，1842 年 2 月落成通车，其英文名是 Queen's Road，原应译为"女皇大道"，但被误译为"皇后大道"，结果将错就错，一直沿用着。

皇后大道中十八号二楼。这是一间还算宽敞的临街门面房。室内以屏风一分为二，隔成大小不等的里外两间：里间不大，有几张沙发和木椅靠墙放着，当中摆着一张茶几——此为会客室；迎门而进的外间稍大，一字排开的柜台里，摆放着五颜六色、大大小小、扁扁圆圆的茶叶筒，上面清楚地标有诸如"西湖龙井""黄山毛峰""福建乌龙""苏州碧螺春""六安瓜片"等各种各类的茶叶名称，柜台的内侧，置有几张办公桌椅——此为经营茶叶批发零售的综合门面兼工作人员的办公室。室外，门前新近挂出的一块匾额，上书"粤华公司"四字，在这车水马龙、店铺林立的皇后大道上并不引人注目。在熙熙攘攘的游逛人群中，偶尔也会有人不经意地驻足观望一番，但当发现这仅仅只是一个以经营茶叶批发兼零售生意的小小"公司"后，便又依然前行……其实，这个位居香港繁华闹市，却又貌似平凡的地方，就是新组建不久的八路军驻香港办事处。至于以经营茶叶批发兼零售的"粤华公司"，只是借以掩护其真实身份的一个对外窗口而已。但实际上是接头和秘密工作的地方，它是我党在香港设立的一个半公开性质的机关。

1938 年 12 月 1 日，八路军香港办事处，廖承志、连贯和正在香港的新四军军长叶挺热情接待着南洋惠侨救乡会代表。

茶过几巡，廖承志高兴地说："之前，香港青年回乡服务团（亦称东江工作团），在严尚民、叶锋、刘宣的带领下，在惠（阳）宝（安）沿海广泛开展救亡宣传组织工作，开办武装干部训练班，组织武装自卫队，与东江抗日游击队配合行动，深受广大民众的欢迎。今天，你们又带着千千万万华侨的深情厚谊回乡视察，欢迎！欢迎！"

黄适安等人向廖承志汇报了南洋各地侨胞坚决支援祖国抗日救国救乡的

热情和决心以及组建抗日救亡团体的情况。听后，廖承志非常高兴，不断地点头说好。

接着，双方进行了商谈，谈话的内容涉及：如何在香港成立"南洋惠侨救乡驻香港施赈办事处"，如何发展游击队，如何建立难民垦殖区，如何建立人民政权，如何发动华侨青年回乡服务团协助游击队开展宣传工作，如何鼓舞华侨捐款接济新四军及东宝人民游击队（东江纵队前身）等战略战术问题。

晚上，廖承志介绍黄适安他们与严尚民、叶锋、刘宣见面。几个惠阳老乡见面，分外欢喜。

在廖承志的帮助下，他们认真商讨救乡计划，一致同意 1938 年 12 月在香港成立"东江华侨回乡服务团"（简称"东团"）。

再会南洋

"东团"，在南洋怒潮中横空出世。

1938 年 12 月中旬，在八路军驻香港办事处和中共东南特委的推动与支持下，南洋惠侨救乡总会和香港惠阳青年会、余闲乐社和海陆丰同乡会在香港八路军驻香港办事处开会。会议决定成立"东团"，确定以"动员东江民众协助正规军及游击队向日寇作战，并拯救伤兵难民及辅导民众组织各种救亡团体"宗旨。同月下旬，"东团"总团办事处在香港正式成立，办事处主任刘仁铨（刘锦汉），副主任曾寿隆、孙石头。负责与南洋惠侨救乡会的联系，动员、组织华侨和港澳爱国青年回乡参加抗战，保证团员的活动经费和物资供应。

南洋，烈日炙烤着大地，热浪滚滚，可也热不过抗日筹赈的华侨华人。成千上万华侨华人参加的抗日宣传队，走向街头，奔向农村，进入工厂、学校，向广大侨胞宣传抗日救国救乡和抵制日货，发动华侨声讨日本帝国主义侵略罪行。动员华侨起来抗日救国救乡，出钱出力，捐款捐物支援祖国和家乡抗战。老板、小贩、黄包车工，甚至是庙宇的出家人……一张张黄色的脸不再有那种慈祥的愉快的表情了，变得那么严肃，一双双黄皮肤的手在挥动着，一张张带着体温的叻币树叶般飞进捐款箱……一天，两天，几乎每一天，筹赈总会的门前总有两条长龙：一条送钱送物长龙，叻币、布匹、衣服、被褥、药品、车辆等源源不断；一条是报名回乡抗战的人龙，回家去打日本仔，回家去支援抗战……报名参加"东团"的，已经远远超出惠属华侨了。

五湖四海的华人青年都来了……

"我们都是东江人,回乡抗日,责无旁贷!"

"我从泰国来的,就算我一个吧。"

"我是顺德人,我跟大家一齐打日本仔!"

"这是我们的儿子,回家打日本仔,你们就收下吧。"

父母送儿女,妻子送丈夫,家长带领全家一起回乡参战……

救乡救国,筹赈救灾,事不宜迟。

筹赈物资源源不断运往东江地区。

除了钱、物,还有人。

"东团"的五支队伍,带着款项、药物,带着布匹衣物,高唱《告别南洋》歌曲,远涉重洋回到战火纷飞的祖国。

1939 年 4 月中旬,"两才队"(由爱国侨领黄伯才、张郁才出资)到达惠阳。

5 月中旬,"文森队"(由侨领官文森独资)到达惠阳。

1939 年 5 月 5 日,"文森队"和"两才队"数十人带着华侨捐献的钱物、药品,高唱《告别南洋》歌曲,在巴生港口上船,航行 6 天,到达九龙"东团"香港办事处,《星岛日报》记者林琳曾采访报道他们。几天后,办事处林务农带领"文森队"坐船到宝安沙鱼涌,受到曾生领导的东江游击新编大队的热烈欢迎。爱国华侨的抗日热情,极大地鼓舞了东江人民抗战斗志。

"'两才队''文森队'回乡抗日",《星岛日报》的报道好像一颗重磅炸弹,掀起了吉隆坡抗日爱国运动热潮,如巨浪排空,奔泻千里,势不可挡;又如阵阵惊雷,震撼着南洋大地。教师、学生、职员,他们又一次,乃至多次走上街头宣传抗日救亡。锣鼓一响,附近的市民围拢过来……宣传人员或演讲,或演剧,或唱歌……

惠侨救乡会委员会的门前排起了长龙,门槛也让要求回国抗日的青年踩低了好几分。

报名归乡抗日救乡的华侨中,有经验丰富的医生和护士,有航空飞行员和机械师,有汽车司机和修理工,有新闻工作者,还有教师、学生、职员等华侨知识青年。他们都是抗战所急需的人才。

参加回乡华侨服务团的华侨,都是自愿报名申请,经过身体检查和各方面的考核,只有那些"品德端正和无不良习惯者"才有资格"入队",他们大多数人不领"回头纸",决心报效家乡,不再返回侨居地。

"吉隆坡队"成立了。

黄伯才、张郁才等人商定招收 72 人,其用意是激励队员发扬黄花岗 72

烈士的精神。因为 72 烈士中有不少是华侨子弟，希望队员们以他们为榜样，为祖国为民族英勇战斗。可是，踊跃报名者达二百多人，而且，后续报名的人好像蜜蜂那样集群而来。不少青年为入队无门而托人求情。有一位姓郑的小个子缠住救乡会负责人不放，在他强烈的爱国热情感染下，主考人终于批准他的请求，故吉隆队的人数增加到 73 人。

放榜的这天，73 人欢天喜地，身子像装了弹簧一样跳了起来，喊道："我中榜啦！中榜啦！"

离家了，当然，为人父为人母的依依不舍，沉默不语，做儿的热血沸腾，义无反顾……他们虽然文化程度不高，却都深明"国家兴亡，匹夫有责"的大义。临别时，父母默默送儿出门，穿过田野、村庄，越过街道、马路，一路上父母双眼含泪，一句话也说不出来，悄悄地将几元叻币放在儿的手中，这是父母来之不易的血汗钱……于是儿子又将其放回母亲衣袋中，仅揣着两角叻币，毅然独自踏上行程。

两层的骑楼房子，骑楼下"东江华侨回乡服务团吉隆坡队"的横幅格外醒目，吉隆坡队在这里集训。两套灰色的中山装，一件雨衣，一双胶鞋，这是队员的全部家当。

凝望着挂在墙壁上"八路军""新四军"的锦旗，他们更坚信自己的选择——救国救民决不回头。

1939 年 5 月 15 日上午，盛大的欢送会举行。吉隆坡的侨领、知名人士、同乡会会员、队员的亲属和朋友都来了，新闻记者早早在等候着。

全体队员身着制服，高举队旗，排着整齐的队伍，精神抖擞地来到会场，排列在主席台前面……

他们高举右手宣誓。

授旗典礼。

队旗为蓝底白字，中书"东江华侨回乡服务团吉隆坡队"，由赞助人张郁才授旗，吉隆坡队代表黄义然接旗。

各界赠旗有五面：

"为国前锋"，雪华话剧团赠；

"好男应舍身报国"，雪兰莪惠州会馆循人学校赠；

"为国效劳"，麦沙罗赈会赠；

"抗战必胜"，暗邦筹赈支会赠；

"为国干城"，公蕉园筹赈支会赠。

出发了。

　　下午，街道站满了送行的人们，全体队员迈着不太整齐的步伐，唱着不太熟练的抗战歌曲，绕街一周，然后乘坐巴士向距离 25 英里的巴生港口进发。车队离开了吉隆坡这座马来亚最大的城市，穿过胶园，越过椰林，经巴生埠时，当地的华侨华人、马来人、印度人都跑到街上观看……巴生码头水泄不通，人群多而不乱，亲友相送，长者嘱托，欢笑声、祝愿声、惜别声交织在一起，动人的场面催人泪下。

　　起锚了，船身缓缓移动离岸，向远方驶去。

　　《告别南洋》的歌声，在天空飞扬，在大海回荡。

　　再会吧，南洋！
　　你海波绿，海云长，
　　你是我们第二个故乡。
　　我们民族的血汗，
　　洒遍了这几百个荒凉的岛上。

　　再会吧，南洋！
　　你椰子肥，豆蔻香，
　　你受着自然的丰富的供养。
　　但在帝国主义的剥削下，
　　千百万被压迫者还闹着饥荒。

　　再会吧，南洋！
　　你不见尸横着长白山，
　　血流着黑龙江？
　　这是中华民族的存亡！
　　再会吧，南洋！
　　再会吧，南洋！
　　我们要去争取一线光明的希望。

　　1939 年 5 月 29 日，吉隆坡队到达惠阳平山（今属深圳）。51 名队员参加曾生领导的广东人民抗日游击队，22 名队员赴博罗受训，完成受训后，即下乡开展抗日救亡服务工作。

抗敌救乡

"东团"总团部办事处成立后，即以香港惠阳青年会、余闲乐社和海陆丰同乡会组织的救亡工作团为基础，以他们的成员为骨干，于1939年1月中旬，在惠阳县的淡水圩成立"东江华侨回乡服务团"（简称"东团"），团长叶锋，副团长刘宣，秘书张贯一。"东团"成立后，各县服务团亦相继组织、改编成立，在总部策划组织下，先后建立了惠阳、海陆丰、博罗、紫金、河源、龙川、和平七个分团，与东（莞）宝（安）队、增（城）龙（门）队、吉隆坡队、两才队、支森队五个队，以及东江流动剧团，总人数达五百多人，活动地区遍及东江的梅县、陆丰、紫金、和平、连平、龙川、河源、增城、博罗、龙门、惠阳、东莞、宝安十三个县和惠州市。

"东团"的队员需经过严格挑选。东团在组织纲要中明确规定了四条入团条件：具有救亡之坚决意志者；身体强壮，能忍苦耐劳及无不良嗜好者；具有宣传、组织、军事、救护等能力或技术之一者；能说华南各地方言（广府话、客家话、潮州话）之一种者。

"东团"的队员来自各个阶层，主要是工人，其中包括煤矿工人、锡矿工人、印刷厂工人、橡胶店员、裁缝工人、屠夫；还有自由职业者、教员、记者、学生和邮政职员，少数是小资产者。

……

"东团"的队员，他们放弃了学业、工作和安定的生活，离别了亲人，远涉重洋，在中共东江地方党组织的带领下，怀抱爱国主义精神投身抗战，如火如荼地展开了救亡工作。大致说来，他们的工作包括以下几个方面：

唤起民众

"东团"回国，是为了共赴国难，坚决按照惠侨救乡会关于抗日救乡的宗旨，在东江的前方和后方，以墙报、标语、演剧、演讲、传单等形式，控诉敌人的罪行，唤醒民众奋起抗日。"东团"还通过召开群众大会，节日纪念活动，举办战时学校、识字班、民众夜校，设立图书室、文化站，举办时事座谈会，深入各家各户个别谈心等形式，向民众宣传抗日救国的道理，动员民众行动起来，抗战到底。

"东团"属下的"东江流动歌剧团"，是游击区一支专业文艺队伍。团长程跃群，政治指导员陈一民，团员十七人。部队开到哪里，剧团就演唱到哪里。把斜挂在肩上的军毡卸下围起来作布幕，把从山上砍下的松明点起来就开台，演抗日戏，唱抗日歌。在一年零三个月的时间里，行程两千多公里，演出了一千五百多场，观众多达十二万人。在飞机、大炮的威胁下，坚持巡回演出于战火纷飞的东江游击区。沿途写标语，画漫画，出墙报，印发歌片，开展抗日救亡宣传活动。曾演出《放下你的鞭子》《太阳旗下》《张家店》《重逢》《飞将军》《雷雨》等四十多个剧目，演唱了《长城谣》等七十多首抗日救亡歌曲，还出版了《奔流》《东江》《惠报》等刊物。他们用生动的艺术形象，控诉了日本侵略者的罪行，激发了群众的爱国热情，鼓舞了群众的斗志。

"东团"所到之处，各地民众无不为他们的爱国行为所感动。博罗分团在柏塘圩演出时，恰好是圩日，赶圩的人络绎不绝，团员边发宣传资料，边唱抗战歌曲。演出结束时，一群青年围上来，一位青年激动地对他们说："你们服务团的同志，确实是爱国，在炮火连天、兵荒马乱，国内许多人都纷纷逃往香港和海外的时候，你们却放弃安定的生活，离别了亲人，千里迢迢回来抗日救国。如果全国青年都像你们那样，不愁日本鬼打不倒，我们要向你们学习，行动起来，抗日救亡，保卫家乡。"

组织武装

"东团"在唤醒民众的基础上，在东江各地组织发动民众，组织抗日的打猎队、联防队、自卫队、同志会、妇女会、先锋队、儿童团等组织。初步把农民武装起来，建立起不脱产或半脱产的抗日武装。增龙队在罗浮山西麓的正果、派潭一带，先后组织了三个"抗日杀敌中队"，每个中队有队员五十至一百人。博罗队深入罗浮山周边的福田、长宁、响水、新作塘等乡村组织抗日武装，仅长宁、澜石两乡的抗日自卫队就有一百多人。于增城交界的联和乡冷水坑，组织了二百多人的半脱产的"抗日随军杀敌大队"。

博罗第四区的自卫队，曾配合阮海天领导的"增城抗日自卫队"，在荔枝坳、联和、三江等地抗击日寇的入侵。这些民众抗日武装，后来大都成为东江纵队独立第二大队和独立第三大队的骨干力量。

"东团"还组织了 10 个工作队，共 260 人，深入抗日前线，发动群众给军队带路、侦察、送物资，破坏敌人的交通和通讯设施，组织军民合作站、运输站、茶水站等，给伤病员洗衣服、补衫裤、写家信、送慰问品，协助部队作战。

"东团"不仅组织武装救国救乡，而且参与武装抗击日军。年轻的团友回国后纷纷参加人民抗日游击队。1940年春，"东团"被迫解散后，其团员绝大部分先后参加曾生、王作尧领导的人民抗日武装。《曾生回忆录》记载，"直到一九四一年十二月太平洋战争爆发前后，华侨和港澳爱国青年仍陆续回东江参加抗战。据初步统计，先后参加我东江人民抗日武装的港澳和华侨子弟兵共约一千人"，"东团"的队员占大多数。

社会救济

沦陷后，东江地区满目疮痍，生灵涂炭。因此，从财力、物力上全力支援抗战，是"东团"支援祖国抗战的主要形式之一。他们以月捐、难童捐、救灾捐、购机捐、寒衣捐、劳军捐、义卖、义演等多种形式进行筹赈运动。例如，为了长期捐助家乡抗战，新加坡惠侨救乡会决定将新加坡华侨按每户家产的10%捐作支援抗战之用。南洋惠侨救乡会在举行第二次代表大会时，决定将资产的10%捐作支援抗战之用，并决定将所捐资金的40%献给新四军，40%献给东江人民抗日游击队，剩下的20%作为惠州难民救济金。不少的华侨一次就拿出几百元、几千元甚至几万元，有些贫穷的侨胞变卖家产，有的家庭妇女把首饰、嫁妆等贵重物品，甚至把结婚时丈夫送给的物品也拿出来拍卖捐献。特别引人瞩目的是不少中小学生组织了一支支卖花队，穿街走巷，鼓动劝卖，到处都可听到义卖的声音。

据统计，从1937年至1941年，南洋惠侨救乡总会共捐献和筹集资金3.8亿元。

"东团"带着南洋惠侨救乡会募捐来的药品、棉衣、大米，走遍了灾区，设立了"施药处""施米处"，给缺衣缺食的难胞分发棉衣和大米，给病人治疗疾病。

培训骨干

日寇由于兵力不足，1938年冬天，从所占领的淡水、惠州、博罗等地撤退。东江人民抗日游击队和"东团"等抗日团体，在这暂时成为真空地带的敌占区迅速扩大起来。

随着抗日救亡队伍的不断扩大，培训骨干力量成为当务之急。为此，"东团"先后在香港和惠阳坪山（今属深圳）、博罗黄麻陂等地，举办了十多期各种类型训练班，培训人数达三四百人。

1939年4月，为了适应斗争形势的需要，省委在博罗县黄麻陂举办了"东团"分队队长以上骨干参加的干部培训班。因为"东团"是公开合法的抗日团体，便公开打出"东江华侨回乡服务团青年干部培训班"的名称。这个训练班由东江特委领导。东江特委与香港东南特委队训练班非常重视，派东江特委组织部部长饶卫华参加领导。到训练班上课的有东江特委书记尹林平等人。黄麻陂干部培训班具有重大的历史作用，它为东江地区培训了一批骨干，为深入持久地开展抗日救亡，发展抗日武装力量，作出了重大贡献。

团结抗日

"中华民族到了最危险的时刻，每个人被迫着发出最后的吼声，起来，起来，起来！"正是这种团结御侮的伟大民族精神的凝聚，正是这种与日本侵略者血战到底的英雄气概的鼓舞，全国抗战爆发后，中国人民同仇敌忾，团结御侮，地不分南北，人不分老幼，有钱出钱，有力出力，有枪出枪，以血肉之躯筑成一座伟大的长城。"东团"在这历史大背景下勇立潮头，巩固统一战线，团结抗日。

1939 年 4 月，"东团"为寻求地方爱国人士的支持，团长叶锋亲自到惠州拜谒知名人士张友仁要求支持。张对"东团"赈济灾民积极救乡的宗旨非常欣赏，亲自陪同叶锋去见国民党东江游击指挥所主任香翰屏等官员。张友仁看到回国抗战的华侨真诚爱国，深受感动，所以，对"东团"的感情越来越深。"东团"凡是有关抗日救国的事情，他都以满腔的热情给予支持；凡是出现了困难，他都不辞劳苦帮助解决。叶锋经常与惠州、惠阳县各人民团体联系，介绍"东团"的抗日宗旨。国民党东江地区的党、政、军首要人物，对"东团"的爱国行动，也不得不敬佩。

献身祖国

一部华侨史，就是华侨用自己的血汗谱写的奋斗史、爱国史。"东团"的抗日救乡之伟大壮举，是一部华侨史中浓墨重彩的一笔。

《新华日报》1941 年 1 月 27 日的报道说："几乎每个人回国来参加抗战的经过，都是一段可歌可泣的史实！"

从海外归来的爱国青年，他们在八年的抗战中，英勇战斗，以身许国，用热血染红了东江大地，为创立东江抗日根据地，打败践踏神圣领土的日本帝国主义侵略者，立下了不可磨灭的功勋，谱写了一曲海外赤子救国救乡的热血凯歌。

人们不会忘记在战斗中不幸牺牲的归国华侨烈士：

"两才队"队长黄志强，在一次突围战斗中，他身先士卒，不幸中弹牺牲。

被称为"曼谷回归的雄鹰"的杨仰仁，在 1941 年 10 月的大王岭阻击战中，与数倍于我的日寇进行浴血奋战，几次打退敌人凶猛的进攻，最后胸部不幸中弹，牺牲在大王岭阵地上。

"东团"增龙队副队长钟若潮（李忠），曾任广东人民抗日游击总队独立第三中队政委，他不仅是一位出色的政工干部，也是一位勇敢的指挥员，经历无数次战斗，屡立战功。1945 年初，在保卫东江纵队司令部的马山战斗中，壮烈牺牲在马山阵地上。

钟若潮的夫人王丽，1939 年与丈夫钟若潮回国。她深入民众，传播革命火种；她不顾生命危险，在火线中抢救伤员。1942 年，为掩护伤病站转移，与敌人英勇搏斗献出年轻的生命。

最令人感动的是带领全家走上抗日救国战场的香港同胞、女教师李淑桓（人称"郭太太"）。这位富有崇高爱国主义精神的知识分子，丈夫是一个店员，生有 6 男 1 女。抗战爆发后，长子郭显承（郭宽成）北上延安，参加抗战；女儿郭云翔（郭锦霞）参加了香港惠阳青年会回乡救亡工作团；仅隔两个月，李淑桓又将年仅 14 岁的儿子郭显怡（郭标）送到惠宝人民抗日游击总队。1939 年 5 月，李淑桓随同慰问团来到东江游击区，看望儿女，深为东江人民抗日救亡的爱国主义精神所感动。回到香港后，又动员她的一对孪生子郭显和、郭显乐参加游击队。1940 年 3 月，郭显和、郭显乐在战斗中双双英勇牺牲。无比心痛的李淑桓，又毫不犹豫地把三儿子送上战场。1941 年初，丈夫逝世后，李淑桓化悲痛为力量，毅然带着年仅 11 岁的小儿子郭显隆（郭厚智）参加东江游击队。1941 年 10 月 6 日，以教师职业为掩护，从事抗日救亡的李淑桓不幸被捕，壮烈牺牲，年仅 41 岁。抗战英雄李淑桓带领全家投身于抗日救亡的动人事迹，是海外华侨和港澳同胞爱国爱乡、保家卫国的伟大国际主义精神的最生动体现。

……

在八年抗战中，为了拯救民族的危亡，为了祖国的独立和解放，洒尽热血，英勇捐躯的华侨同胞有：钟若潮（李忠）、陈廷禹、黄密、沈尔七、黄志强、陈现（陈特）、叶凤生、杨仰仁、欧仲生、颜金榜、陈耀光、黄发仔、张慕良、陈志奋、王丽、陈显、颜剑红、罗一帆、卢鸿基、朱金玉、崔憬夷等；为国捐躯的港澳同胞有：吴棣伍、黄坚、沈标、黄锡良、胡展光、冯克、尹林枫、陈冠时、杨扬、张金雄、陈定安、杜宏超、黎廷良、张漪芝、李锋等。这些为国捐躯的烈士，有的在战场上浴血奋战，英勇牺牲；有的身陷囹圄，坚贞不屈，英勇就义。烈士们以热血和生命，谱写出海外华侨和港澳同胞光辉壮丽的爱国主义诗篇。

回国参战的华侨和港澳青年，他们的英雄事迹不胜枚举。历史事实证明，华侨回国参战，不仅增强了抗战的力量，更重要的是，他们爱国爱乡的精神，鼓舞了抗战中的全国军民。

海外华侨和港澳同胞在抗日战争期间之义举，作出的重要贡献，是民族情感、民族精神高大伟岸的表现，他们的赤子之心比金子更贵重。

民族，这个本来很抽象的词，在特定的时间、特定的环境中，变得无比具体和厚重。抗日的怒潮在咆吼，抗日的激情在燃烧，这正是中华民族凝聚力的具体表现。

八　逆流涌动何所惧

1939 年 1 月，国民党召开五届五中全会，虽声言要"抗战到底"，却着重讨论对付共产党的问题，制定了"溶共""防共""限共""反共"的反动方针，继而颁布了《限制异党活动办法》等一系列反共文件，积极推行反共反人民的政策，并发出进攻中国共产党领导的抗日武装的密令。于是，全国各地接连发生了国民党顽固派（在抗日民族统一战线内部，国民党一部分代表大地主、大资产阶级的政治势力，虽然同意国共合作，但又摧残共产党和进步势力。当时人们把这种政治势力称为国民党顽固派）蓄意制造的反共摩擦事件。民族矛盾和阶级矛盾互相交织，使得相持阶段到后来的抗战和国共两党关系，出现了错综复杂的局面。

从 1939 年三四月间，国民党广东省保安司令李汉魂亲自到惠州作反共动员，并撤换了一批倾向进步、支持抗战团体活动的县长和县党部书记。第四战区游击指挥所主任香翰屏，虽然给曾生、王作尧部队授予番号，但实质上企图拉拢、限制，利用曾、王两部，最后达到消灭异己的目的。

1939 年下半年起，广东国民党当局暗中鼓吹"抗战不要共产党可以胜利""防共不妨抗日"。同年 11 月，国民政府军事委员会政治部部长陈诚来到广东韶关，造谣污蔑共产党和八路军"游而不击""不打日本只扩张实力"，声称要"严防共党活动"，要对共产党实施"法律制裁"。于是反共逆流从而在广东各地迅速蔓延，把枪口对准鏖战在敌后的广东人民抗日游击队和其他抗日力量。

国民党顽固派一方面企图先灭曾生、王作尧两部，瓦解东江地区的人民抗日武装；另一方面迫害"东团"，消灭东江地区的进步救亡团体。

"东团"在抗日救亡运动中取得了显著的成绩，受到广大人民群众的赞扬。但东江国民党当局则视其为眼中钉、肉中刺，欲置之死地而后快。

1939 年 7 月 25 日，国民党广东当局密令东江"各县县长切实与党部合作，严密注意'东团'行动，并设法取缔"。

从 1939 年冬开始，国民党东江当局迫害"东团"的行动就一直没有停止过。

无理限制"东团"龙川队的活动。

无理驱逐"东团"海陆丰队出海陆丰。

非法拘留"东团"惠阳队队长黄云鹏带领的一个工作队。

悍然非法逮捕"东团"博罗队。

"东团"博罗队正面临着一场严峻的考验。

香公拍桌

1939 年的冬天。

葫芦岭下，大雾弥漫，显得阴沉沉的；东江的河面上，蒸发出浓浓的气雾。

劫后的博罗县城格外寂静，格外寒冷。

县政府门前，军警林立，全副武装，戒备森严。

县政府位于县城南门，门临东江，西靠城隍庙，东接米仓巷。县政府是一处老建筑，为清廷县衙。此建筑为三进三横厅堂式结构，分前、中、后三进。这座老建筑，逃不过被日机轰炸的命运。前后两进的瓦面全部倒塌，留下的是残垣颓壁、瓦砾废墟；没有被炸毁的中厅，也被震得墙壁开裂倾斜，摇摇欲坠。中厅刚装修好，墙壁刚用石灰水新刷的，多了些支撑的木头，滴在地上的石灰水仍新鲜可见。房子虽然破烂，但政治气氛很浓。大厅正中挂着蒋介石穿标准军装的半身像，像的两旁贴着"国家至上，民族至上；意志集中，力量集中"的对子；大厅两侧还贴着"一个政党""一个领袖""一个主义""一个政府""军事第一""胜利第一"之类的标语。

会客室内，紧张的气氛笼罩着。

一位穿着长衫的神秘客人正发着脾气，时而背着双手，来回踱步，时而两手叉腰大发雷霆，恨不得把在场的人一个一个吃了。

"掂搞的？几个外来仔（指"东团"博罗队）都搞不掂？"他拍着桌子喊着。

此人正是国民党第四战区游击指挥所主任香翰屏。

香翰屏，广东合浦县（今属广西浦北县）石埇镇坡子坪村人。1912 年，香翰屏入读广州法政学校，同年加入国民党。1919 年底入广东护国军第五军军官讲武堂学习陆军，毕业后到阳江护国军任下级军官。不久，在建国粤军

106

第一师第四团先后任连长、副营长、中校营长等职。1925年后任国民革命军第四军第十一师第三十二团团长（该军军长李济深、师长陈济棠），第六十二师师长（属原第四集团军整编后的师），国民革命军第四军第十二师师长（该军军长陈济棠），第一集团军第二军军长（该集团军总司令陈济棠）。

1935年11月国民党"五大"，香翰屏直接选任第五届中央监察委员会委员。1936年10月28日任命为国民革命军中将。1937年11月10日任第三战区第九集团军副总司令、代总司令，率部参加抗战史上规模最大、战斗最惨烈的淞沪会战。在会战中，香翰屏因指挥失当，致使第三战区第九集团军溃散，记大过一次，同时被免职。这次受挫，在很大程度上影响了他后来的仕途发展。时任第四战区司令长官的张发奎见他无事可做，便派他到惠州的第四战区游击指挥当主任，名曰"国民党第九集团军副总司令兼第四战区挺进纵队东江指挥所主任"。

此时他年将五十，中等个儿，瘦骨嶙峋，颧高脸长，眼凹嘴大，两颊透红，鼻孔外露，鼻梁悬着金丝眼镜，嘴角与两颊之间两道括弧形状的皱纹与狮子鼻翼边延伸而下的两道八字纹路，相互连接，在眼镜与表情衬托下，颇有奸猾感。这位"师爷"表面上温文尔雅，未言先笑，说话斯文，舞文弄墨，到处吟诗作对，题字留名，一派斯文的样子，初接触会给人一种和蔼可亲的感觉，实质心怀叵测，口蜜腹剑。他的队伍平日最善于走私赚钱，腐化不堪，在日军面前像兔子一样，畏敌如虎，但对人民的抗日武装，却凶神恶煞，视如眼中钉。

"息怒，香公！黄县长有办法整治的。"陪同香公到博罗视察的东江游击指挥所参谋长杨幼闵在打圆场。

"龙川、海陆丰、惠阳的'东团'已全部离境，你博罗的'东团'却越做越大，而且越来越猖狂。"

"是！是！是！有愧司令栽培……栽……栽培。"站着的黄仲榆点头哈腰。

香公发火是有原因的。

"东团"第三分团到达博罗后，"抗先队"东江区队十多人在队长谭家驹的带领下来到了博罗。征得博罗县县长黄仲榆的同意和支持（加上博罗县地下党的统战工作，让国民党博罗县县长黄仲榆安排谭家驹到二区当区长），"东团"第三分团、"抗先队"东江区队和"博罗战时工作团"组成"联合司令部"，统一开展博罗的抗日救亡工作。

第三分团在博罗县的抗日救亡运动，开展得有声有色，红红火火，已成为东江地区的标兵。中共东江特委以"东团"的名义，在博罗县黄麻陂举办了为期两个多月的"东团青年干部训练班"。不久，又在博罗中学召集"文森队""两才队"和"吉隆坡队"的华侨青年，举办为期20多天的训练班。显而易见，这些活动都是中共东江特委组织抗日救亡运动的一大举措。

第三分团关心当地人民的危难，把爱国华侨、港澳同胞捐赠的大批救济款、寒衣、药品等发给啼饥号寒的群众，还设法从海外买回奎宁丸，为疟疾患者解除痛苦，给孩子们种牛痘。苦于日寇烧杀抢掠的广大群众，对爱国华侨和第三分团倍感亲切。第三分团通过救济工作和宣传活动，与群众建立密切联系，为开展抗日救亡工作，打下了良好的基础。

在广泛开展抗日宣传的同时，第三分团放手发动群众，相继在县城、长宁、澜石、八围、响水、湖镇、公庄等地，建立青年读书会、青年抗日同志会、抗日妇女会和抗日先锋队等群众组织，将广大青年男女组织起来，投入抗日救亡。

因斗争的需要，"东团"进行了组织上的缩编，"东团"分团改为"队"，并将缩减的人员编入抗日游击队。在博罗活动的第三分团，改为"东团"博罗队（以下简称"博罗队"）。

"东团"第三分团改为"博罗队"，虽然缩编了，但其影响力却越来越大。

不久，罗浮地区又组建"增城队"，原博罗队队长梁永思调往增城，杨德元任博罗队队长。在扩展增城队后不久，又发展了增（城）龙（门）队。"东团"如火如荼的宣传活动和队伍的扩展，更加引起了国民党东江当局的不满。博罗队成为国民党东江当局必须要打击，要取缔的抗日救亡组织。

但是，"设法取缔""东团"的命令下达了数月，博罗队的活动不但没有收敛，反而声势越来越大。

东团的言行与作为和共产党太像了，这才是心头大患。香公，怎能不发火？

"博罗已成为'东团'东江地区的活动中心啦，你还在睡大觉？"

"香公，息怒。"

"党国之事情，岂能儿戏，几个月了，还无动于衷。"

"这掉脑袋的事，岂敢儿戏。"

香翰屏端起茶杯连着呷了几口茶水，再次燃着一根烟，问道："总有个理由吧！"

"对付'东团'，吾有办法！"

"哈哈哈，什么办法？"

黄仲榆从手提公文包掏出一卷宗交给香翰屏，说："香公，请看！"

香翰屏认真看卷，时而晃晃脑袋，时而用笔在卷宗上画圈圈。

这是一份"设法取缔"博罗队的方案，也是一份黄仲榆执行国民党当局"近查东江华侨服务团系共党领导，政府未予备案，言行时有不妥，希严密考查并制止其诱发少年组织民众"的忠实作品。

黄仲榆："博罗队有'勾结土匪，密谋暴动，聚众劫狱'的嫌疑?!"

欲加之罪，何患无辞。

"太好了！"香翰屏拍案而起，说，"不谋而合，英雄所见略同。"

原来，这是黄仲榆密谋已久的迫害博罗队的阴谋。

博罗进行抗日救亡和赈济灾民活动初期，国民党东江当局和博罗县县长黄仲榆，为博取华侨、港澳同胞的支持，从中捞取政治资本，表面上表示"欢迎"和"支持"。但当博罗队抗日进步力量空前活跃时，黄却又怕得要命，欲置之死地而后快。处处派人跟踪博罗队的活动，并要尽手段收买博罗队长宁分队队员李志刚。李志刚变节投向国民党顽固派，成为国民党东江当局监控博罗队的内奸。为了与博罗队争夺阵地，国民党东江当局从第四战区派来政工队，成立所谓"军民合作站"，在博罗加紧活动，与博罗队争取群众阵地，以抵消博罗队活动的影响。一些国民党顽固派分子也一再搜集博罗队的活动情况，以博罗队"破坏国内共合作"为由，向国民党东江当局和第四战区告发。与此同时，黄仲榆还指使科长肖钧伍派员到博罗队刺探活动情况，甚至派员打入博罗队进行监控。

1939年底，香港商人郑国有的侄子在博罗、龙门两县交界处，被家在博罗城铁炉巷的一个土匪，利用女色引诱绑架。当时博罗县政府根据其亲属的"告状"，于1949年1月将三名疑犯关押在县政府监狱。早有预谋的博罗县县长黄仲榆乘机大作文章，扬言："'东团'勾结土匪，扰乱社会治安，阴谋暴动，聚众劫狱；一部分左倾分子，借华侨团体为名，实施共产党工作。"为迫害博罗队制造舆论和借口。

黄仲榆为了完成任务，拟了这份"设法取缔"博罗队的方案，可谓是用心良苦。

看着博罗县县长黄仲榆的杰作，香翰屏怎能不高兴。

接着，黄仲榆将博罗队的活动规律和"设法取缔"的办法向香翰屏作了交代。

于是，一场蓄意的陷害与阴谋正在酝酿着。

……

香翰屏喝了一口茶，放下茶杯后，果断地说："就这样定了，一个星期内完成任务！务必一网打尽！"

"是！是！"黄仲榆和杨幼闵齐声呼应。

香翰屏："另外，指挥部抽一个连配合博罗行动。"

杨幼闵："好！我立即通知作战科派出兵力，两天内赶到博罗。"

香翰屏："还有，这次行动要高度保密。事成之前，有关人员不得外出，违者按通共论罪！"

杨幼闵、黄仲榆："是！"

落入魔窟

八围（新作塘），地处罗浮山、象头山之间，是连接广汕、广梅两公路的要冲，其东南面与博罗县城相距 9 公里，因有八个村庄在群山环绕之中，而得名"八围"（广东人称"村"为"围"）。

1940 年 1 月 31 日，中共博罗县委在八围召开扩大会议。中共博罗县委书记李健行（1939 年 5 月中旬中共东江特委派李健行到博罗县组建中共博罗县委员会，李健行任书记）及李汝琛、李翼（杨德元）、杨凡、杨步尧、韩继元、岑冰微等出席会议。会议上，李健行传达中共东江特委书记尹林平在1939 年底召开的特委扩大会议上重要讲话，研究部署与国民党顽固派进行"有理、有利、有节"的反击逆流斗争。

会议在进行中。

"报告！"通信员走进会场。

"惠州来人！"

"李书记，情况不妙！"没等请进，来人便跑进会场，气吁吁地说，"出事啦！"

来者是谁？为何这么紧张？

来者是代号为"孤儿"的地下党员薛贤亮。

原来国民党东江当局企图以"勾结土匪，阴谋暴动劫狱"为由，逮捕博罗队的消息，被我党地下党员、第四战区上校参谋张敬人到东江游击指挥所检查工作时获悉。张敬人获悉这一情报后，立即转给博罗县委武装部部长胡展光，胡展光再将情报转交留守惠州的博罗队队员薛贤亮。

情况万分紧急，薛贤亮连夜赶往八围向李健行报告。

事不宜迟，李健行当机立断作出四项决定：

（一）立即停止会议，除县委所在地立即撤退之外，各活动点仍按兵不动。所有与会人员返回原单位，保持镇定，不露声色，准备斗争。

（二）销毁文件资料。

（三）如遭受围捕，凡共产党员不得暴露政治身份。

（四）排除内奸可疑分子，一经发现，立即报告县委，并采取应变措施。

最后，李健行强调说："博罗队是合法的群众团体，如果让国民政府得逞，不但会影响整个'东团'，而且会影响整个抗日统一战线，以致破坏抗战全局。这是国民党顽固派玩弄的一种卑鄙手段，其主要目的企图破坏中共博罗地方组织。因此，除了在中共博罗县委驻地塘下据点人员撤退外，其他活动据点要坚守岗位，坚持斗争。"

会议紧张有序地提前结束。

31日下午，一百多名军警包围了八围小学。

八围会议提前散了会，国民党顽固派"一网打尽"的计划落了空。当然，一张围捕博罗队的大网也在悄然拉开。

31日晚，黄仲榆率队连夜扑向响水圩，在博罗队响水分队部的刘汝琛、杨步滔、郑重等人被捕。

2月1日中午，黄仲榆又率队前往八围逮捕了队员黄庄兰等人。

2月1日黄昏，正在新作塘附近山村掩蔽的博罗县委书记李健行，得知被捕的博罗队队员关押在新作塘车站，心情十分沉重，毅然挺身而出，上门找黄仲榆评理。当李健行突然出现在新作塘时，国民党东江游击指挥所支队副队长邹泽广，一见到李健行，如临大敌，立即喝令士兵动手将其绑起来。李健行泰然自若地说："不用你们绑，我自己回去见黄县长。"

2月2日清晨，刚从八围完成任务的国民党东江游击指挥所支队副邹泽广，马不停蹄地带着军警直扑博罗县城慎园。

慎园，位于博罗县城下巷北端。慎园为进步人士曾立如所建，砖瓦结构，因用作书房和会客，而取名"慎园"。处在废墟之中的慎园已面目全非，三间房子被日寇烧毁了两间，只剩下有楼阁的一间。

博罗队团部设在慎园［东江华侨回乡服务团第三分团（博罗队）及吉隆坡队、马来亚队和新加坡队等青年抗日团体，至博罗开展抗日救亡活动。后与博罗县抗日先锋队、博罗战时工作团合并，在博罗县城下巷16号慎园成立联合工作部，统一开展博罗的抗日救亡工作］。

2月1日下午，李翼和薛贤亮从八围赶回慎园，立即与地方党员韩继元商量，把重要文件和两藤蓝的《救国时报》《新华日报》转移，相约在第二天交接。

翌日，天刚刚亮，一群军警气势汹汹地闯进慎园。

李翼："你们干什么?"

邹泽广（国民党东江游击指挥所支队副队长）皮笑肉不笑地对李翼说："黄县长有请，请你们跟我走一趟。"

霎时，李翼预感到有不吉之兆。

李翼："县长有何事关照?"

邹泽广："商量办军民合作站之事。"

李翼："已经商量好了，不用去了。"

邹泽广："黄县长交代过，一定要去!"

彼此你推我拉好一阵，邹泽广突然问："你们这里究竟有多少人?"

这一问，李翼警惕起来，机灵地回答："单眼仔睇老婆，一眼看晒（看晒，即看清楚），就这么多人。"

其实当时有队员林雪霏和从总部来的余美，两人到街上去了，在队部的只有李翼、薛贤亮和叶福生。

李翼担心林雪霏他们回到总部，就扯高嗓门故意与邹泽广作争执。

李翼："请走，我不留客!"

邹泽广："当然，走，必须的，但你们要一起走!"

"我们不走!"李翼边说边向薛贤亮和叶福生递了个眼色，要他们快走。

叶福生向楼梯口走去。

邹泽广："去哪? 干什么?"

叶福生："下去小便。"

"走不得，你们被捕了!"邹泽广边说边从腰间掏出驳壳枪。

李翼镇定自若，与邹泽广展开了一场激烈的舌战。

李翼："你们凭什么理由抓我们!"

邹泽广："你们心知肚明。"

李翼："我们没有罪，不能抓人；要抓人，拿出命令来!"

邹泽广："哼! 命令? 黄县长的口谕就是命令!"

李翼："岂有此理!"

邹泽广："少跟我啰嗦，带走!"

博罗队队长李翼等三人被用麻绳捆绑了。

李翼大声质问："我们犯了什么法，你们平白无故地乱抓人? 我们要上告!"

邹泽广："我们是执行命令，你要上告，先到惠州警署再说吧。走！"

至此，被捕的博罗队队员有：李健行、李翼（杨德元）、杨凡、杨步尧、魏治平、沈浮、薛贤亮、李冲、张漫天、胡思光、肖迪、颜剑虹、叶福生、陈平、李清莹、黄庄兰、李心原、刘汝琛、郑重、杨步滔、王灿、李江、谢哲聪 23 人。这就是震惊中外的"博罗队事件"。

……

博罗军警处刑讯室里，五花大绑的李翼被推了进来。

"我们究竟犯了什么罪？"李翼大声问道。

"你，何姓？何名？"黄仲榆问道。

"博罗队队长李翼。"李翼横眉冷对。

"哇！你是队长，老子要抓的就是你！你们犯有'勾结土匪，密谋暴乱'的罪行！知道吗！"黄仲榆眯着眼睛说。

"证据何有？"李翼扯高了嗓门。

……

"关起来！送惠州！"黄仲榆拍着桌子号叫着。

……

博罗队队员被捕的第二天，"东团"即派高云波、刘登、余美三人持公函找黄仲榆交涉，黄不但推卸责任，反而把三人拘留一个晚上。

春节将至，博罗县城一片萧条。

清晨，细雨绵绵，寒风刺骨，广东人称"赶狗不敢出门"的天气。

这天，1940 年 2 月 3 日，萧条的博罗县城突然喧闹起来，人们戴斗笠，披蓑衣，擎雨伞，涌向街头……有的是城里的居民，有的是城郊的农民；一些受过"东团"救济的农民，连夜赶来；放假回家的学生不约而同返城；请愿的，说情的，抗议的，那嘈杂声，那打骂声，似乎要掀翻这小小的县城。县府大门人群如潮，里三层、外三层围得水泄不通，一排学生举着"抗日无罪，我爱'东团'"的横额站在最前面，把大门堵死了。"放人！放人！"的喊声，像大海汹涌澎湃的波涛，一浪高过一浪。

大街的骑楼下，有几处张贴了揭露国民党顽固派阴谋的墙报。不少人在观看，面对着墙上的墙报，不断地发出叹息声。

"华侨回乡抗日，有麦介（客家语，是什么的意思）错呀！"

"送钱又送衣，他们是好人啊！"

"哥么绝代（客家语骂人，绝后的意思），冤枉好人。"

……

群情激昂。县长黄仲榆只好将押送"犯人"的时间改为晚上。

2月4日上午，被押解的博罗队队员刚过惠州东江浮侨，便受到早已在桥头两边等候的惠州各界爱国人士和群众的热烈迎接，他们高呼"华侨青年，爱国光荣，抗日无罪"，弄得反动当局狼狈不堪。顽固派慌忙把博罗队队员押进设在元妙观的东江游击指挥所政治部的临时拘留所。

被捕的队员受到国民党的非人折磨，六人一排套上木制脚枷。脚枷粗大笨重，制作简单，有点像铁路上的枕木，由前后两半合成，中间挖出了两个洞，两端用螺丝紧固，只能用特制的内五角扳手才可以拧开。脚枷夹紧犯人的脚后，人根本无法走动，甚至难以站立，很有画地为牢的意味。杨步滔和颜剑虹等几个队员被打得遍体鳞伤，16岁的杨步滔竟打致当场吐血昏迷过去。

尽管严刑烤打，叛徒"作证"，但全体队员决不屈服，机智勇敢地同敌人作斗争。

几天后，顽固派开始审讯。博罗队队员个个镇定自若，针锋相对地据理驳斥，尽管当局轮番逼供，但都被队员理正词严地顶回去。

香翰屏使出阴招，企图把多数队员放了，留下几个骨干，迫使他们承认是共产党，勾结土匪，密谋暴动，以达到既可应付海外华侨和各界人士的抗议，又可达到打击共产党和抗日团体的阴谋。香翰屏亲自出马对"东团"负责人叶锋说，我们经过研究，未满18岁的队员可以先保释，其他人要等战区司令长官批示发落。叶锋当即揭露其阴谋："你们说过抗日不分南北，人不分老小。博罗队是一个团体，为抗日而来，只要集体出狱，不要私人情面。"

反共老手香翰屏还不死心，一计不行，又生一计，又派杨幼闵出马"瓦解"。杨幼闵甜言蜜语地对杨步尧、杨步滔两兄弟说："你们的父亲（杨步尧、杨步滔的父亲杨北熙，是当时国民党省公路局职员）托人带信给香公，香公宽大为怀，要释放你们出去，你们愿意留在政府里做事或去读书都可以。"杨氏兄弟驳道："我们是抗日团体，要放一齐放，要坐牢一齐坐，我们决不出去。"

博罗队队长李翼，在顽固派威逼利诱面前斩钉截铁地说："我们发了誓，要坐牢一齐坐，要到天涯海角一齐去。"被捕队员的浩然正气，使顽固派的阴谋统统归于失败。

2月25日，叶锋从香港回到惠州，与吉隆坡队队员黄义芳，两才队队长黄志强和文森队队员欧巾雄一起，与爱国人士张友仁一同前往东江游击指挥所，与香翰屏交涉，要求立即释放博罗队23名队员。香翰屏以"无权处理"为由，拒绝放人。

东江国民党顽固派，在博罗队队员被押惠州期间，尽管通过秘密审讯，逼口供，捏造事实，罗织罪名，然后宣布"东团"非法，加以取缔，以达到瓦解东江抗日力量之目的。博罗队队员的凛然正气，使国民党顽固派无隙可乘，加上社会舆论压力，东江国民党当局压力甚大。

时任第七战区司令长官兼广东省绥靖公署主任的地方实力派余汉谋，为了争取华侨和群众，一时还不敢明目张胆地公开反共。只得以"该团阴谋虽败露，尚无定据，拘禁究非所宜"为辞，责备香翰屏处事不周。香翰屏又转而埋怨其参谋长杨幼冈办事轻率。香翰屏想一推了之，只好把矛盾往上交，要求余汉谋处理。3月初，将被捕的博罗队队员被押送到韶关。

国民党顽固派继博罗队事件后，又勒令"东团"停止活动。留守在惠州的团部队员被迫从"煜庐"团部搬出。在张友仁的关怀下，他们搬到张友仁的别墅"荔晴园"继续工作，散发传单，揭露国民党迫害博罗队的罪行。以后，国民党顽固派又勒令他们从"荔晴园"撤出，捏造罪名，把他们扣留起来，关进监狱。

博罗队事件发生后，中共博罗县委遭破坏，暂停组织活动，博罗党组织归中共增城县委领导，同时成立中共增龙博中心县委，以郭大同为书记。

国民党当局对"东团"的迫害变本加厉，愈发猖狂。

4月19日，国民党顽固派背信弃义，将应约谈判的第四战区东江游击挺进指挥部第四游击纵队直辖第二大队政训员何与成等四十多人包围扣押，押解至惠州监狱。

4月22日，中共博罗县委武装部部长胡展光和其他三位被国民党东江游击指挥所逮捕的共产党员就义于惠州飞鹅岭。

5月间，国民党当局悍然无理宣布"东团"良莠不齐，限制停止活动，强行查封在惠州的"东团"总部，下令通缉"东团"团长叶锋。

5月31日，逮捕"东团"两才队队长黄志强及吉隆坡队副队长陈现等十多人。

7月19日，在惠阳淡水非法拘捕留守"东团"总部坚持反迫害斗争的叶志强、严英等11名队员和惠阳队曾文、刘玉珍等12人，并将"东团"队员押往韶关监禁。

8月13日，将何与成、卢仲夫、罗尧、罗振辉、叶镜源及新编大队副官李燮邦6人杀害于惠州。

9月2日，因散发黄伯才主席复惠阳十三团体公开信，"东团"惠阳队12名队员被捕。

......

至此，"东团"被迫停止在东江各县的公开活动。但是"东团"广大队员，不畏强暴，抗战热情丝毫未减。此后，"东团"调整了策略，转移到东莞、宝安、增城等敌后地区，大部分队员转入了曾生、王作尧领导的广东人民抗日游击队，继续发动群众，为建立与扩大抗日民主根据地、巩固与扩大抗日武装力量作出了重要贡献。

八方声援

国民党东江当局背信弃义，破坏抗日民族统一战线，迫害"东团"，特别是博罗队事件发生后，在国内外引起强烈反响。

"东团"团长叶锋立即前往香港，向南洋惠侨救乡会报告了这一消息。同时以"东团"总团部的名义向国内外发出"快邮代电"（注：民国时期虽有电报通信，但是要用电报来发文通知，计算起来，发文费用太大。"快邮代电"，是用电报式的红格笺纸，上面印明"快邮代电"四字，实际即快信而已。这种信，邮局不放在普通邮包中，而是优先发出，优先送递），将国民党东江当局迫害博罗队的罪行公诸于世，强烈谴责国民党顽固派迫害华侨爱国青年的罪恶行径，呼吁各界营救被捕的博罗队全体队员。同时，以"快邮代电"致国民党第四战区东江指挥所主任香翰屏，要求立即无条件释放被捕的博罗队队员。

1940年2月10日，"东团"再发"快邮代电"，吁请各界援助，全文近千字，摘录如下：

......长官们，同胞们！我们为热爱祖国，从遥远的南岛，或其海外各地与内地跑来工作，我们曾秉承着政府一切法令与接受当地政府的领导，热烈艰苦的工作。过去的一年......在数百万人口的东江十余县中，都有我们工作的基础，我们为着祖国的独立与保卫家乡曾不避一切困苦艰难，尤其是博罗队过去曾做过不少抗战的服务工作，如罗浮之役，我们该队同志曾不避危险组织担架队，赴前线救护，更加破坏公路，健全保甲，帮助军民合作站的工作，我们同志都尽了最大努力。其余如宣传教育民众、组织民众的工作，更做了不少......

敬爱的长官、同胞们，谁没有妻子儿女，谁愿意见自己的子孙沦为奴隶？又谁不热爱祖国，热爱民族？我们华侨也是中国的国民，也是炎黄子孙！但是今天我们在祖国非但得不到救国的自由，并且有因救国而获得生命的危险，救国何辜，竟遭严刑毒打，这样的事情发生，除了帮助日本人以外，对于国家民族的前途有何裨益！我们恳求全国长官同胞们严正地以事实来分断了……亲爱的长官同胞们，给我们援助吧！给我们援助吧！

南洋各地群情激昂，国内广大群众表示极大的愤怒，抗议信以"快邮代电"纷纷寄到东江的国民党当局。爱国侨胞和各界人士的同情与支持，鼓舞了被捕队员同国民党顽固派斗争到底的决心。

在南洋惠侨救乡会等爱国华侨团体和著名侨领陈嘉庚、黄伯才的呼吁下，著名爱国民主人士张澜、邹韬奋、史良、黄炎培等二十多人在国民参政会上提出"关于扣押'东江华侨回乡服务团'问题"的第49号提案，责成国民党当局立即无条件释放被捕队员，引起了参政会和社会各界人士的高度关注，广泛争取了社会各界人士的同情、声援和支持，为营救工作创造了条件。

著名侨领陈嘉庚也打电报给国民党第四战区司令长官余汉谋，要求从速释放被捕的"东团"团员。

国民党元老张友仁不满国民党当局的做法，对他们的行为予以谴责，并给"东团"提供力所能及的帮助。"东团"总部派出代表在香港与爱国人士宋庆龄、何香凝取得联系，并与在香港的国民党海外部部长吴铁城，进行交涉。

中共广东省委、八路军驻香港办事处和中共东江特委派人与国民党广东当局、东江当局交涉，大力组织营救。

2月15日南洋惠侨救乡委员会在吉隆坡举行记者招待会，驳斥国民党政府星洲总领事馆发言人的有关言论，解释营救博罗队的经过，同时致电重庆国民政府军事委员会、行政院及广东曲江第四战区司令长官、广东省政府主席，要求迅速释放被捕的"东团"博罗队队员，并严惩祸首，以平侨愤。

电文如下：

重庆军事委员会，行政院诸公钧鉴：

东江华侨回乡服务团博罗队，无辜被捕及虐待，请电广东政府释放，并严惩祸首，以平侨愤。

曲江第四战区张司令长官发奎，广东省主席李汉魂钧鉴：

博罗队被捕，具请迅速释放，并严惩祸首，以平侨愤。

同日，南洋惠侨救乡委员会主席黄伯才致书广东省主席李汉魂，原电如次：

广东省李主席伯豪鉴：

据报东团博罗队，无辜被捕，救国何罪，侨情激愤，希饬迅予释放，盼复。

南洋英荷两属惠州同侨救乡委员会主席

黄伯才

二十九年二月十五日

（注：简称"南洋惠侨救乡委员会"）

2月20日，"东团"团长叶锋在香港思濠酒家举行记者招待会，向到会的香港宣传媒体和社团代表，通报博罗队无理被捕的经过，要求保障爱国华侨抗日救国的权利，呼吁社会各界声援被捕博罗队队员。

2月22日，香港各界社团召开联席会，为营救博罗队队员采取行动，以"香港侨团援助东江华侨回乡服务团博罗队被捕队员联席会议"的名义，发出"快邮代电"呈请国民党当局从速释放被捕人员。

3月16日，南洋英荷两属惠侨救乡会主席黄伯才致书香翰屏，呼吁团结抗战，要求释放被非法拘捕的东江华侨回乡服务团博罗队队员。全书近七千字，书中最后言：

……总之，此时既已扩大，海外华侨，人所共知，公理自在人心，义愤出于肺腑，现在华侨群情愤激，对于此次事件，认为此次拘捕华侨主事者，有：

1. 假搜罪状，架词陷害；

2. 滥用毒刑，目无国法；

3. 拒绝华侨，削弱抗战；

4. 忌妒青年，阻碍抗战；

5. 分裂团结，危害民族等罪案。

拟提出向军事委员会及最高法治机关起诉。以上诸点根据抗战纲领及"五五"宪章，依照正当手续进行之，顺此奉达，静候绥安。

3月25日，南洋惠侨救乡委员会议决营救"东团"十项办法，并组织救援东团委员会，同时发动第三次募捐，黄伯才主席首捐3万元。

美国纽约惠州工商会致电国民政府主席林森、军事委员会委员长兼行政院院长蒋介石，要求严惩香翰屏等人，释放"东团"博罗队队员和第四战区第三游击队新编大队（曾生大队）战士，制止东江军事当局围攻追杀游击队，保障"东团"的安全和游击队的正常活动。

4月22日，香港青年会等十多个社团联合集会，致电重庆国民党中央和广东省当局，要求制止东江的反共逆流。

7月14日，南洋惠侨救乡委员会在吉隆坡召开紧急代表大会，商议解决"东团"事件，并于19日发函致谢驻港名流宋庆龄、何香凝专为"东团"事件仗义执言。

9月2日，南洋惠侨救乡委员会致函第四战区司令长官余汉谋，请责令东江游击指挥所，释放因散发黄伯才主席复惠阳十三团体公开信而被捕的"东团"惠阳队12名队员。

博罗队队员被捕消息传出后，在社会上引起强烈的反响，得到各界人士的广泛同情和声援，就连国民党东江游击指挥所政工宣传队一些有爱国正义感的工作人员也不顾一切到监狱看望博罗队队员。博罗、惠阳的广大群众、各界人士和抗日救亡团体对国民党顽固派迫害博罗队，破坏抗战的罪行表示极大的愤慨，纷纷组织慰问团体前往惠州慰问被捕队员。惠州城到处张贴抗议国民党东江当局迫害华侨服务团的标语口号。社会各界人士和社会舆论的同情与声援，为营救工作的开展，奠定了群众基础。

狱中斗争

在惠州监狱期间，国民党顽固派为搜罗"罪证"，对被捕博罗队队员（以下简称"博罗队"）用尽各种残酷严刑及威胁利诱的手段进行逼供，但都无法使他们"认罪"。后来，顽固派从生活上折磨博罗队，一天只给吃两餐，每餐只给一小碗米粥，有病不给治疗。经过几个月的摧残，博罗队个个骨瘦如柴，但是他们没有因此而屈服。

1940年3月上旬，博罗队在暮色深沉中转入韶关芙蓉山监狱。

芙蓉山，位于韶关市区河西约2.5公里处。早在2 100多年前韶关开始建城时芙蓉山就已闻名于世，西汉时期这里已有道士出入，是道教南五祖炼丹派的发源地之一，故芙蓉山后世有"蓉山丹灶"之名。后来道教佛教分别进入芙蓉山：道来讲道教，僧来传佛教；道来修观宇，僧来建寺庙。芙蓉山既有道士，又有和尚，是道佛两栖的圣地。唐宋以来，这里陆续有韩愈、许浑、苏轼、李三近、廖燕等文人墨客登山吟诗，为芙蓉山留下宝贵的文化精神财富。

半山腰的"芙蓉古刹"为芙蓉山最大建筑，寺庙为全青砖大石结构，高有二十几米，庄严肃穆，苍老而完美，居高临下，气势非凡。寺内分前殿、后殿、祖堂及两侧僧舍厢房，共一千几百平方米。

广州沦陷后，国民党广东省政府迁至韶关，"芙蓉古刹"为国民党广东省政府占有。昔日香客如云、香火旺盛的佛家圣地，如今人迹罕至，显得冷冷清清，取而代之的是监押共产党人和进步人士的监狱。

"芙蓉古刹"下面的山麓有座三栋连排的寺庙。周围用铁丝网围着，戒备森严。寺庙中间的主殿大门挂有"第一监狱"的牌子，是监区办公和审讯犯人的地方，两侧为牢房。

博罗队的"家"被安排在这里。

博罗队到韶关后，得知党组织和华侨对他们的关怀，更坚定了斗争的决心。在暗无天日的监牢里，尽管受尽折磨，但他们的心一直向往着共产党。刚进监狱，即成立了由李健行、李翼、刘汝琛、杨凡和杨步尧等 5 人组成的中共临时支部，公开叫"干事会"，以李健行为书记，领导狱中斗争。为有利于斗争，还成立了"海燕""劲草"等学习小组。他们虽然人在狱中，但充满了革命乐观主义精神，向狱友和看守人员进行抗日救国宣传，采用画讽刺漫画、出墙报、教唱革命歌曲等新颖、生动、活泼的形式，团结狱友，教育、分化看守人员。功夫不负有心人，通过宣传教育，看守人员深受感动，努力给被捕队员提供方便：增加放风次数，延长放风时间；不干涉被捕队员的各种活动。从此，阴沉的监狱响起了博罗队队员嘹亮的抗日歌声，引人注目的墙报、诗歌、漫画，成为宣传抗日救亡的阵地。

1940 年 3 月 9 日，黄花岗七十二烈士殉难纪念日，"干事会"冒雨举行露天集会，宣传团结抗日，反对分裂，揭露国民党顽固派打击进步力量，投降日军的阴谋。

接着，"干事会"又以绝食的方式，反对克扣囚粮和开展"节食抗日"等活动，把节省的粮食支援前线的抗日将士。

1940 年 5 月 1 日，"干事会"组织监狱大扫除，以劳动来纪念"五一节"，鼓舞狱友通过斗争，用顽强英勇不屈的奋斗精神，争取自己的合法权益。

不久，博罗队为争取改善生活条件，向监狱方面提出四个要求：①恢复早晚两次（多次）"放风"时间；②大小便要到牢外厕所；③按照"政府"的规定，发足"囚"粮，不得克扣；④每天由博罗队派员监督"囚粮"的发放。为此，进行了三天的绝食斗争。

通过一系列的斗争，迫使监狱当局作出让步。

"七七"抗战三周年纪念日，"干事会"全体队员开展"节衣缩食，慰劳抗日前方将士"活动，被捕的 23 名博罗队队员共捐献节省"囚粮"一吨，并组织队员对外募捐，以征集捐向抗日前方将士的慰劳金。

他们高度的爱国精神和革命行动，博得各界人士的赞扬，许多进步青年团体纷纷前来慰问，报纸刊物宣扬了他们的事迹，谴责了国民党顽固派迫害爱国华侨抗日的罪行。

成功营救

博罗队被押送韶关后，中共东江特委指示叶锋，紧急电告南洋惠侨救乡会。南洋惠侨救乡会闻讯，立即致电国民党第四战区司令长官余汉谋，同时直接致电重庆国民党政府参政会，要求保障华侨抗日救国自由，立即释放博罗队被捕人员。同时又请何香凝致函第七战区政治部主任李煦寰、少将参议张文、第四战区军法总监李章达，出面营救被捕队员。

中共广东省委先后派人与国民党当局多方交涉，提出严正抗议，大力组织营救工作。

周恩来、董必武致电国民政府，要求释放"东团"被捕人员。

……

营救工作在紧张、有序进行。

香港九龙，细雨霏霏，雨雾朦胧。

夜色降临，华灯初上。八路军香港办事处来了几位客人——南洋惠侨救乡会官文森、梁英、钟醇生，他们专程从南洋到香港调查"东团"被迫害事件；"东团"副团长刘宣、惠阳队副队长钟育民也从惠州赶到香港。

八路军驻香港办事处负责人连贯受廖承志的委托，和"东团"团长叶锋等人一起研究营救"东团"被捕队员工作。

连贯，原名连学史，广东梅州大埔人。青少年时期，连贯深受孙中山民主革命思想的影响，与埔城革命师生一起组织演剧宣传队，宣传新三民主义、国共合作、反对帝国主义、反对封建主义。不久，连贯离埔赴穗，并由蓝裕业介绍加入中国共产党，开始了他的职业革命生涯。1927年，他在白色恐怖笼罩的广州，利用大埔旅省同乡会文书的公开身份，营救了不少被捕入狱的共产党员。1928年初秋党内出了叛徒，他奉命到香港，进行爱国赈灾和抗日文化宣传活动。1931年底，法国殖民当局限令他必须"自由离境"，他又重返广州，以中山大学图书馆管理员的公开职业，作为广东文化运动总同盟的领导成员，开展革命文化活动。1934年，党内又出了叛徒，"文总"被破坏，连贯再次转移香港。接着，到了上海，参加田汉等领导的中国戏剧舞台协会等左翼文化活动。两年之后，连贯突然接到党组织的指示，要他重返香港工作。

客厅里由静默到叹息，又由叹息到沉默。

叶锋着急询问了"东团"的情况，官文森、刘宣等人作了回答，众人对如何营救等问题交换看法，意见纷纷，莫衷一是。

面对突如其来的事件，连贯镇定自若，抽着烟，静静地听着。烟灰缸里的烟头越来越多。

在大家争论不休的时候，连贯点燃一支烟，猛吸两口，不慌不忙地说："'东团'是合法团体，惠侨救乡总会根据第一次代表大会'消极赈灾积极救乡'两大原则议决案，所以有东江华侨回乡服务团之组织；在组织之初，首在我国驻新加坡领事馆立案，继由第二次代表大会电呈最高国防委员会备案。'东团'回国后，又向第四战区政治部备案；香主任翰屏代转呈省党部立案，各县各队又在该县呈报备案；同时，抗战建国纲领的第十六条规定'在抗战期间，于不违反三民主义最高原则及法令范围内，对于言论出版、结社，当予以合法之充分保障'，'东团'的一切工作，都为了抗战，为实现三民主义，所以'东团'是一个合法的团体。"

他端起茶杯，喝了一口水，心情有点激动。

"'东团'一年来的工作，组织民众帮助军队作战，为慰劳伤兵献金、募物资，进行抗日宣传和社会教育是危害民国吗？是违反抗战利益吗？真是荒天下之大谬！'东团'队员被捕事件，是国民党反动派执行投降路线的产物。革命道路上有曲折，有风险，有时甚至会有牺牲。面对如此重大事件，我们不能退缩，要斗争到底……'东团'是以南洋惠侨救乡总会的名义组派的，是公开合法的团体，国民党这样抓人是非法的，因此，原则上应该用公开、合法的方式与国民党进行有理、有利、有节的斗争。"

连贯又点燃一支烟，猛吸两口，语速缓慢："我们营救被捕队员有很多有利条件：①博罗队是华侨抗日救国组织，救国无罪，道理在我们这边，国民党反动派逮捕华侨，不准华侨救国，在道理上就失败了；②博罗队由地方实力派第十二集团军余汉谋看管，余汉谋与国民党不和，我们有矛盾可利用；③国民党搞反共逆流，破坏团结，但还不至于达到分裂的程度；④博罗队被捕队员能团结斗争，有利于和反动派作斗争。"

烟头在食指和中指间燃尽，连贯把烟头塞进烟灰缸，用力挤压烟头，神色肃穆地说："当然，也有很多不利因素。博罗队队员被层层往上解押，敌人很可能一不做二不休，置博罗队队员之死地而后快。我们要把困难想多一些，依靠党组织，积极开展营救工作。"

深夜了，灿烂如星的辉煌灯火渐渐消失。

八路军办事处的灯火依然光亮……

连贯轻轻地推开窗门，东边的天空发白了。

营救博罗队的方案终于有了结果——三管齐下：

第一，以救乡总会的名义，派出代表到韶关进行公开的营救活动。

第二，立即发电报并派人到南洋，向华侨说明情况，请华侨派人跟国民党当局交涉，发通电给国民党广东省府负责人李汉魂、余汉谋等，要求马上释放博罗队。

第三，通过国民党中的进步人士李章达开展营救工作。（当时，李章达任第四战区的军法总监）

为了进行具体的营救工作，由"东团"团部的吴逸民、吉隆坡队队长黄炜然（黄义芳）、惠阳队副队长钟育民三人组成营救小组，以"慰问团"的名义，专事营救工作。

"慰问团"出发前，连贯向营救小组作了三点指示：一是要以华侨身份出现，不要暴露党的关系，生活要讲究点，可以讲番话（外国话）；二是要从最坏情况着想，做好思想准备，敌人也可能把营救小组的人抓了起来；三是营救博罗队出狱，不能办什么悔过手续。

5月中旬，"慰问团"带着知名人士何香凝等给第七战区政治部主任李煦寰、军法总监李章达、少将参议张文的三封信，以及广东驻香港特派员陆宗骐的书信，从香港前往韶关，与国民党当局有关方面官员进行交涉和接触。

"慰问团"离港后，以坐火（货）车、乘小木船、步行等交通方式，途径香港粉岭、沙鱼涌、惠州、河源、灯塔。长途跋涉，历尽千辛，于6月初到达韶关，"慰问团"一方面抓紧与中共广东省委和北江特委的联系，一方面与国民党的绥靖公署接头，要求会见被捕的博罗队队员，要求会面余汉谋、李汉魂并向他们献旗。省绥靖公署答应了营救小组的要求，出具特许探监证，由杨步尧的父亲杨北熙作向导，上芙蓉山监狱慰问被捕队员。

牢房里，阴暗潮湿，一群青年静静地坐着，脸上露出了焦急与不安的神色，他们在沉默中等待希望。

"慰问团"会见了被捕博罗队队员，大家引吭高歌，相互拥抱，流下了激动的泪水，场面非常感人。

全体见面交谈后，博罗队的李健行、杨步尧等负责人，向"慰问团"汇报了队员在监狱的情况，大致有几点：①博罗队李志刚是叛徒，但供不出核心问题，敌人抓不到什么把柄；②被捕队员意志坚强，毫不动摇，坚决斗争到底；③敌人非常残暴，15 岁的杨步滔因被搜到学习刘少奇《论共产党员的修养》的学习笔记本，被毒打致吐血；④国民党当局有释放被捕博罗队队员的意向。

"慰问团"表扬了博罗队敢于斗争、善于斗争的精神，鼓励他们坚持斗争，秘密向李健行等介绍了营救情况和营救计划。

献旗，是一种斗争策略。通过献旗，一方面表达"慰问团"对余汉谋、李汉魂等人抗战有功的一种敬畏；另一方面通过这种"细节"激化当局政府与军队的矛盾。

当"慰问团"把写着"配合民众抗战到底"的锦旗献给余汉谋时，他高兴地笑了，露出了一排灰黄色的牙齿。从这微小的细节，"慰问团"揣出了他心中的端倪。

此时，余汉谋、黄范一、丁培伦等人也得知侨领陈嘉庚和爱国民主人士张澜、史良、黄炎培、邹韬奋等二十多位国民参政员，在国民参政会上提出"关于扣押'东江华侨回乡服务团'问题"的第 49 号提案已转来韶关。他是个聪明人，想早结束此案，免惹麻烦。

献旗仪式后，余汉谋在地下室会见"慰问团"时说："华侨青年爱国热情可嘉，我十分体谅。博罗队事件是地方行政当局搞起来的，交给我管，我不得不管。我已委托黄范一、丁培伦去办，你们可直接找他们商量。"

为了弄清余汉谋所说的话，"慰问团"立即约见丁培伦。

当"慰问团"按约定时间会见黄范一、丁培伦时，丁培伦竟颠倒黑白胡说："博罗队扰乱治安，危害抗战，政府依法逮捕，余长官爱护青年，从轻发落。"黄炜然当即据理驳斥："华侨回国抗战，何罪之有！""慰问团"义正辞严的言语，使黄、丁两人显得非常尴尬。

当问到释放博罗队队员问题时，丁培伦说："余长官已经表态，博罗队 23 名成员一定全部释放，放的办法分两批，先放 20 名，一星期后再放 3 名。""慰问团"问为什么有先有后，丁培伦说："后放的 3 个要经过审查手续，所以要推迟一个星期。"

原来估计，"慰问团"到达韶关后，开展工作会碰到各种困难，连会见博罗队队员都不容易实现。但经过短期的活动，工作开展得比较顺利，"慰问团"从慰问的简单任务转变为如何交涉把被捕博罗队队员无罪释放的问题。虽国民党第十二集团军的态度很明确，但要分两批释放，何因？后释放的都是年轻人，缺乏斗争经验。于是决定去找《新华南》杂志编辑部帮忙。

接见"慰问团"的是《新华南》杂志的地下党员谭天度和李筱锋同志。

之前，他们已经接到中共广东省委关于协助"慰问团"的营救工作的指示。

听了汇报后，谭天度说："国民党先放一批，后放一批，是搞阴谋，可能先放一批，平息众怒，后面的就说有什么罪不放了。本来救国无罪，就成了救国有罪。要争取一批放完，不要上当。"

"慰问团"根据谭天度同志的意见，与丁培伦进行交涉，无果。"慰问团"把丁培伦的态度报告给谭天度，谭表示要继续斗争。"慰问团"把情况告诉监狱的博罗队，博罗队同意谭天度同志的意见，坚持斗争。

"慰问团"再次找到丁培伦，要求无条件释放全体队员，并声明这是南洋惠侨救乡会的意见，也是全体被捕队员的决心。在这个问题上双方谈判一度陷于僵局。

两个月过去了，谈判陷入胶着状态。对方以最后通牒的口气说："你们要坚持自己的观点，那就送交重庆处理。"

不能拖！

"慰问团"再次到监狱会见博罗队。研究分析了丁培伦的"最后通牒"。博罗队认为，之所以丁培伦坚持分两批释放，是因为在他们的眼中案子有点复杂。后释放的三个人被抓到的把柄是：①杨步滔在逮捕时被搜到一本学习刘少奇《论共产党员的修养》的学习笔记本；②郑重在逮捕时被搜到一本记有国民党搞逆流的笔记本；③杨凡在博罗群众中公开宣传马列主义和毛主席的《论持久战》。对此，他们要大作文章，并准备以此为"罪证"，把他们三人秘密处死。所以，博罗队主张在韶关把事情处理好，因为有以下理由：①在韶关有"慰问团"出面，有人脉关系上的优势，解决问题的难度相对较容易，若在重庆就没有这个条件；②在韶关能较好地利用地方派与国民党、国民党政府与军队的矛盾，对解决案件有利，在重庆就没有这种矛盾可利用；③重庆是国民党陪都，案子一旦落在顽固派手上，就没有回旋之余地了。根据以上分析，"慰问团"同意博罗队队员的意见，分两批释放。

"慰问团"把博罗队的意见向谭天度报告，谭天度不同意博罗队的观点，他说："既然后放的三个同志有把柄在国民党手上，到最后他们是不可能被释放的，到时国民党会说放 20 名和不放 3 名都有理由。对国民党必须提高警惕，不要上当。"他主张继续斗争，争取一次全部释放。

"慰问团"感到责任重大，向正在韶关的中共东江特委书记尹林平（林平）同志作了汇报，再由尹林平转告南委领导人张文彬，当时省委从这一动向分析，认为国民党顽固派可能会欣起新的反共高潮，如果事态严重，反而使营救工作被动。为此，决定改变策略，同意分批出狱，以便取得斗争的全胜。尹林平一方面派人找李翼，转达省委意见："大林（省委书记李大林）、小林（省委组织部部长梁广）都在韶关，认为你们可以分批释放。"一方面把省委意见转告营救小组，决定先营救李健行、李翼等 20 人出狱，其余 3 人由杨步尧的父亲杨北熙出面保释。

"慰问团"接到广东省委指示后，立即向博罗队传达，李健行召开狱中"干事会"，被捕队员领会了省委的意图，都一致表示服从组织决定。

七月的南方，骄阳似火，酷热难当。一场大雨给酷热难当的韶关带来了丝丝凉意。

巍巍大山，碧绿如洗，微风凉爽。

"哐当"一声，牢门打开了。

"博罗仔，你们自由啦！"狱卒在喊着："再等十分钟，手续完成后便可以走人了。"

希望终于降临！他们在狭隘的牢房里跳跃着，喊着，眼泪夺眶而出。十分钟，最后的十分钟，就要冲破牢笼获得自由，就要与家人、战友团聚⋯⋯

激动与痛苦交织着。

望着贴满了漫画、诗歌的墙壁，一种荡气回肠的情绪在心中涌动着。

牢狱生活虽然枯燥、单调、愁闷，但四面八方的声援和支持，他们的人格与尊严没有丢失，外界人士纷纷接济他们的精神食粮，他们看报，讨论时事，开会，唱歌。长期的牢狱生活并不曾侵蚀他们的健康，虽然每天吃的是盐水伴几片冬瓜下饭；睡的是没有蚊帐的石条床。山上的蚊子肆虐，吃的东西不卫生，但他们凭着集体的精神和外界的关怀，战胜了饥饿和疾病。

当狱卒打开了他们身上的枷锁，他们像破巢的蜜蜂，一拥而出。

年仅 19 岁的博罗队队长李翼逐一紧握"慰问团"成员的手，由衷地说道："真感谢社会各界人士，尤其是海外千千万万的同胞，为我们历尽艰辛，给我们精神的安慰、物资的支持，给予我们勇气，给予我们力量。"

他们熟悉这里的一草一木，他们羡慕这里的昆虫与飞鸟。

他们在追忆过去的片段：集会示威，募捐抗战，绝食斗争，吟诗作画，读书看报，唱歌自乐，出墙报⋯⋯一切为了正义。

站岗的士兵和看守的狱卒，见博罗队要走了，露出了依依不舍的表情。

简单的送别会在牢室进行。大家坐在床缘上，默默地听着李翼的主持：

"这一天，终于来了，我们就要出狱了，就要和与大家共患难的三位同志告别了，我们高兴，感慨，但非常难过……"李翼忍着泪水分别握着杨步滔、郑重、杨凡的手，他，老练，沉稳，成熟了！

这时，大家的视线不约而同地投向三位同志。瞬间，一种崇高的友爱之情在心中强烈地涌动着。留狱的三个人，年纪最大的是郑重，脸上虽然印上了许多生活痕记的皱纹，善意的眼缝射出两道坚毅的光。他是一个受压迫的泰国华侨，他放弃了自己的教师岗位，回到故乡抗日。年纪最小的是杨步滔，只有 15 岁的他，放弃了学业，跟随哥哥杨步尧来到战火弥漫的家乡，兄弟俩同时被捕，同样受到非人的待遇，哥哥要走了，同志们要走了，他没有流泪，显得更坚强，他用稚嫩的嗓子，发出了内心的激昂之声：

"我们离别了，是短暂的，我们不会难过，离别是人之常事，不久我们还要在战场相见，不赶跑日本仔不回家！"

杨凡，身材高大身板硬朗的他，是那么从容，那么淡定，一篇充满激情的散文诗脱口而出：

"夏季气候变化多端，狂风突然吹来了满天乌云，林木发出呼啸，这是大雨将临的象征。"

……

热烈的拥抱，结束了送别会。

告别了，战友！告别了，芙蓉山！

大家在狱官送来的公文上签了各人的名字，便背起行囊，步下芙蓉山。

"囚犯不是囚犯……"悲壮的歌声震破了大山的沉寂，从二十条喉咙发出那沉闷、高亢、激昂的声浪，冲破牢房，在山间回响。

在党的领导下，在广大爱国华侨和人民群众的支持下，经过七个月的斗争，营救工作终于取得了胜利，被捕的博罗队队员先后于 7 月 20 日、27 日，分两批全部营救出来，全部安全送到东江古镇——老隆。

在惠州被捕的队员，在社会舆论的压力和南洋惠侨救乡会的营救下，也全部获得自由。

"东团"反迫害的斗争取得胜利，这是共产党坚持团结，坚持抗战的方针政策的胜利。国民党顽固派机关算尽，最后落得搬起石头砸自己脚的下场。

九　烽火连天铸傲骨

这是一个真实的故事。

1940 年 2 月 22 日，东北抗日联军总指挥政委杨靖宇孤身一人踏着没膝的白雪，寻找失散的抗联部队。2 月 23 日，一连五天没有吃到一粒粮食的他，在吉林蒙江县（今靖宇县）保安村前三道崴子遇到四个中国人，杨靖宇恪守党的铁的纪律，不拿群众的一针一线，于是给了钱，让其中一人帮他买些食物和棉鞋。那个人回大屯泄密给日伪当局，关东军讨伐队包围了杨靖宇。在饥饿和疲惫中喘息的杨靖宇突然觉察到什么，狮子一样跳起来。杨靖宇三面受敌，仍然拿着双枪向敌人猛烈射击，终因寡不敌众，胸部中了 3 枪，腿部中了 2 枪，壮烈殉国，终年三十五岁。经日军解剖，发现他竟以军大衣中的棉花、树上的树皮、雪下的草根为食，残暴的侵略者也被他震惊和折服了。

中国人出卖中国人，中国人打死中国人的悲剧，在同一时期，一股侵入肌骨的寒流从北方一个劲地向南方袭来。

东移受挫

西湖烟雨

惠州西湖，最早称为惠州丰湖。

湖岸弯环曲折，湖上洲屿点缀，三面青山环抱，湖水碧绿荡漾。烟波浩渺的湖面上，堤桥如带，把湖面分割成五大部分，素有"五湖六桥"之称。北宋大文学家苏东坡赞惠州"山川秀邃"。

惠州西湖的建设始于北宋时。州守陈偁最早经营西湖，他"引湖灌田，兼鱼、藕、蒲、苇之利"，使西湖"施于民者丰"，被称作"丰湖"。同时还在湖上筑堤造桥，修建亭榭，使丰湖当时被誉为"广东之胜"。北宋绍圣元年（1094 年）大文学家苏东坡被贬谪到惠州，他把丰湖称为"西湖"，一来湖位于城西，二来也因惠州的这个湖泊的风景与他熟悉的杭州西湖一样美丽。从苏东坡以后，惠州西湖就叫开了。

清代美术家戴熙称"西湖各有妙，此（惠州西湖）以曲折胜"。确是恰当的评价。此外，清代惠州知府吴骞还作了《惠阳纪胜》诗，将杭州西湖与惠州西湖作了一次对比："杭之佳以玲珑而惠则旷邈；杭之佳以韶丽而惠则幽森；杭之佳以人事点缀，如华饰靓妆，而惠则天然风韵，如蛾眉淡扫。"把惠州西湖比作未入吴宫前在苎萝村浣纱的西施，道出了惠州西湖的特色——天然美。

如诗如画的西湖，已被战火摧残。

阴霾的天空，细雨霏霏，冷飕飕的北风带着一股浓重的寒意。

是日，冷静萧条的西湖突然紧张起来，国民党军队戒备森严。一游船在湖中缓缓行驶，船上，国民党在惠州驻防的"东江游击指挥所"主任香翰屏和参谋长杨幼闵等人正在密谋一场惨绝人寰的血腥杀戮。

东江的国民党当局，在日军大亚湾登陆进攻下节节失利，国民党军士气低落，人民极为不满。在这种情况下，不得不承认曾生、王作尧领导的两支抗日武装，给予合法的番号，但国民党当局始终包藏祸心，他们企图利用曾、王两部抗击日军，既可以保护他们自己的安全，挽回政治影响，又可以借日军的刀枪来削弱甚至消灭曾、王两支抗日部队。

当国民党军队与日军正面交锋抵抗刚刚有了一点喘息之机，便开始进行消极抗战、积极反共的勾当。他故意把新编大队和第二大队安排在最前线，妄图借日军之手来削弱和消灭曾、王抗日部队。可是他们也没想到，曾、王两支部队不仅没被削弱和消灭，反而在与日军的作战中越战越强。至1939年底，这两支部队已发展到七百多人，在惠阳的平山和宝安的龙华、乌石岩建立了抗日游击基地，初步打开了东江敌后抗日游击战争的局面。国民党当局对此更加坐立不安。

国民党东江当局，在制造"博罗队事件"的同时，更时刻注意消灭曾（生）、王（作尧）两支抗日部队。他们把任务交给了香翰屏。

香翰屏心里清楚得很，限制他们！消灭他们！他费尽心机，施行"两板斧"。

当初，香翰屏不把曾生、王作尧放在眼里，只给一个空头番号，不给武器，不给军装，不给粮饷，千方百计地限制曾、王两部的发展和壮大，并包藏祸心，伺机消灭。开始，他利用曾、王两部驻守敌后前线抗击日军，既可保护他们的安全，又可借日军的力量来消灭曾、王两部，达到"借刀杀人"

之目的。可是，曾、王两部在广大群众和港澳同胞及海外华侨的支援下，不仅没有被消灭，反而越战越强，声势愈来愈大……

香翰屏"借刀杀人"的阴谋破产后，妄图引诱曾生、王作尧参加国民党，进行封官许愿，卑鄙恐吓；拉拢曾生等和他们合伙走私发国难财，以达到腐蚀曾、王两部的干部，瓦解人民抗日武装的目的。曾生、王作尧没有上当。

香翰屏"借刀杀人""腐蚀拉拢"的阴谋——破产了了。

于是他准备实行第三板斧——"赶尽杀绝"。

船舱内，香翰屏心情很糟糕，坐立不安。

曾生他们狡猾得很。

在这之前，香翰屏命令曾、王部队到惠州"集训"，企图在曾、王两部集中后包围缴械，聚而歼之。

曾生曾到惠州与香翰屏谈判，提出不能去"集训"的三个理由：①日军有进军的动向，部队不能离开前线；②当地群众怕日军骚乱，强烈要求部队不能离开；③如要集训，可派人到部队就地进行。

曾生、王作尧等识破了香翰屏的恶毒阴谋，按兵不动。

"不能再拖了，有什么办法？"香翰屏在自语。

杨幼闵："给曾生他们下最后通牒，部队到惠州'集训'；军令如山，不可违抗！"

香翰屏："否则，取消他们部队的番号，到时我们出兵围剿就有道理了，对吗？"

"哈！哈！哈！"众将大笑。

杨幼闵："对了，此行动要严谨，'集训'地点要选好，确保万无一失。"他环顾四周，手指湖中的小岛道："香公，你看！"

香翰屏顺着他的手势望过去，只见湖中有一小孤岛，像浮在水面的山水盆景。船在晃动，孤岛在雨雾中飘摇。

香翰屏："命令船夫，绕岛一周。"

游船绕岛一周。

杨幼闵："只要在进岛的路口架上两挺机关枪，曾、王两部插翼难逃。"

香翰屏："对！这叫做瓮中捉鳖。"

这时，烟瘾不重的香翰屏，连抽几根烟。他抽烟的姿势非常老道，每深吸一口，然后就紧缩宽大的嘴，喷出了一个个浓浓的圆圈。

杨幼闵："这一仗我亲自指挥。"说着，他两眼一转，犹豫地说："问题是……"

"什么问题？"香翰屏把刚点燃的香烟狠狠地扔到地上，抬脚用力踩碎。

杨幼闵："只是怕他们又不听指挥。"

香翰屏："不听指挥？不听指挥更好。我们就以违抗军令，图谋造反的罪名，把他们打得稀巴烂！"

杨幼闵："香公言之有理。"

香翰屏又点燃支烟，猛吸了几口，扔出窗外，果断地说："把曾生、王作尧部消灭在美丽的西湖。"

接着，香翰屏他们研究布防。

几天后，曾生接到香翰屏"集训"的命令。

山雨欲来风满楼。

形势十分严峻，一场内战迫在眉睫。为了进一步摸清香翰屏的意图，并试探一下有无一线希望避免内战，曾生派副大队长周伯明去惠州"谈判"。

1940年3月5日，周伯明到达惠州同第四战区游击指挥所参谋长杨幼闵见了面。经过一场唇枪舌剑的交锋，"谈判"毫无结果。最后周伯明提出要看部队"集训"地点，杨幼闵勉强地派一名副官带周伯明去看，结果发现"集训"地点竟是惠州西湖中心一个小岛，岛上只有一间残墙破壁的小庙，小岛四面湖水茫茫，只有一条狭长小道通到岸边。一旦小岛被火力封锁，部队就插翅难飞。

周伯明心知肚明，国民党顽固派的狠毒用心昭然若揭。

香翰屏的阴谋诡计彻底破产了，他悍然纠集优势兵力，向曾、王两部实行军事围攻。

踏破硝烟

对于国民党顽固派消灭曾生、王作尧两支部队的图谋，中共东江军委是有所预料和觉察的。从1939年12月下旬开始，东江军委就曾先后召开过多次会议，慎重地研究如何对付国民党顽固派掀起反共高潮的问题。当时，面对着反共逆流翻涌而起的严酷形势，与会同志一致认为，不管形势如何发展变化，都一定要高举抗日的旗帜，一如既往，把抗日武装斗争坚持下去。

形势危急！

1940年3月初，蓄谋已久的广东国民党当局，纠集第一八六师凌育旺部，保安第八团两个营，汕头、东江两个地区的李坤、罗坤、梁桂平、袁华照四个支队和各地方大队，号称三个师共三千余人，于以十倍于我方的兵力，准备从北面和东面向曾、王部队压来，南面是九龙地界和大海，西面是珠江，曾、王部队陷入敌人的重包围之中。

3 月 8 日晚，正当抗日军民在平山举行"三八"妇女节纪念大会时，敌军李坤、梁桂平支队和惠阳、博罗县大队千余人，从龙岗、淡水、坑梓向平山进逼。

9 日晚，新编大队由梁广、梁鸿均、曾生率领，穿过敌人的包围圈，经石井、田心向东突围。与此同时，国民党惠州游击指挥所主任香翰屏指挥顽军在第二大队驻地乌石岩周围增加兵力，保安第八团调到东莞梅塘，袁华照支队进驻观澜，形成对乌石岩、龙华包围态势。

第二大队在王作尧、何与成率领下，从乌石岩出发，经观澜，向淡水方向突围。与此同时，曾生也率部突围。

曾、王两部突围后，开始向海陆丰东移。

风雨如磐，出师不利。

曾、王两部东移后，皆处在国民党顽军重重包围之中，几遭挫折，人员由七百多人减至一百余人，减员八成多。

苦苦经营的曾、王游击队几乎毁于一旦，曾、王两人痛苦不堪。

5 月下旬，曾、王两人在汕尾见面。

自从 3 月 9 日突围东移后，曾、王两支部队一直失去了联系。4 月下旬以来，敌军搜索不到他们的踪迹，就四处放出风声说："曾生、王作尧的叛军已经全部剿灭，曾生、王作尧已经被打死。"

现在两人会面，真是悲喜交集，感慨万千……他们诉说国民党顽固派的反动罪行，反思东移以来的教训，共商今后大计。当谈到由于领导决策失误，使很多同志被捕和牺牲，造成部队严重损失时，皆感到万分内疚和无限悲痛。

此时，曾生想起了一年半以前自己慷慨激昂地向廖承志请缨回乡抗日时的情景，更是惭愧。

他们，目视对方……

不就两个月，他们的模样变了，曾生黑瘦黑瘦，王作尧一跛一跛。

但是他们眉宇间的勃勃英气，没变！

曾生抓住王作尧的手臂："兄弟，点解（怎样）成跛仔?"曾生风趣依旧。

王作尧连连咳嗽，边咳边说："大佬，你瘦左好多。"

天塌下来当棉被盖，人在，无论多难，都不能倒下……

历史给"东移"下了定论：东移的严重损失，是东江人民抗日游击队发展史上的一次沉痛的教训!

当然，这教训的根本原因不在曾、王两部，一切都是国民党广东当局上演的中国人打中国人的悲剧。

内疚悲痛之后更多的是沉思。

路在何方？

1940 年 7 月初，曾、王两部收到廖承志（八路军驻香港办事处主任）转来的中共中央 5 月 8 日指示（简称"五八指示"）："曾、王两部仍应回到东宝惠地区，在日本与国民党之间，在政治与人民优良条件下，大胆坚持抗日与不怕打摩擦仗。"

曾、王两部随即在海丰泗马岭会合，转大安洞休整后，重返东宝惠前线……

铁血丹心

抗战八年，国民党东江当局一直没有停止过对中国共产党领导的人民抗日武装的迫害和对武装人员的残杀。在迫害与反迫害的斗争中，罗浮地区人民抗日武装部队的广大指战员，不畏强暴，不怕牺牲，用青春年华谱写了一曲曲响彻九天的正气歌。他们是——

把生命献给党，业绩耀千秋的胡展光烈士；

为国捐躯的海外赤子陈廷禹烈士；

救护战友，血洒沙场的张漪芝烈士；

心怀抗日大志，沙场英勇献身的陈伯荣烈士；

浴血奋战的"三棵松"壮士；

奋战南疆流碧血，楷模永树育后人的房炳云烈士；

心怀救国志，洒尽热血为民的尹林枫烈士；

坚贞不屈，血洒东江的熊芬烈士。

还有很多，很多……

在众多的英雄烈士中，笔者将其中几位感天地、泣山河的英烈事迹跃然纸上。

再回顾一下东纵精英的风采吧！

血洒西湖

香翰屏一伙在围攻我新编大队的同时，于 1940 年 3 月中旬对博罗县我党的外围抗日武装"新编独立大队"下毒手。

博罗位于广州东北面，广汕、广梅公路横贯全县，南面东江环绕其旁，北面的罗浮山、象头山、桂山，山势险陡，林深路隘，三山鼎力，有如掎角之势，自古是兵家必争之地。

抗日战争爆发后，南委、广东省委、东江特委，鉴于博罗位置举足轻重，便着眼开辟以罗浮山为中心的江北抗日根据地的计划，把加强博罗党的建设和武装斗争，摆在重要议事日程。

惠州沦陷后，从惠州撤退到博罗的原东江临委领导人和组织部部长麦刚，以"博罗战时工作团"的身份到黄麻陂，配合地下党员，组织了拥有三百多人的"麻陂抗日自卫队"。胡展光、刘志远等人，以国民党政府工作人员的身份，在响水组织了一支拥有二十多人的"响水青年杀敌队"。杨凡、杨步尧等人，分别以"东团"第三团和广东绥靖公署东江命令传达所工作人员身份，在澜石、东平、联和等地，组织了"抗日自卫队"和"抗日随军杀敌队"。随后，全县各地纷纷建立抗日武装。

博罗各地的抗日武装，经过培训后，纷纷深入敌后，开展抗日游击活动。在大力发展群众抗日武装的同时，博罗县委注重对伪军、顽军和土匪的分化瓦解工作，化敌为友，把抗日的消极因素化为积极因素。

博罗中部、北部地区，有很多土匪武装。其中有一支以陈文博为首的土匪武装活动在象头山。在国共合作、团结抗战形势的感召下，陈文博派人下山找博罗中共地下党，表示愿意接受共产党的领导，把自己的队伍改造成真正的人民抗日武装。

陈文博，博罗黄田牌人，学生出身。为人思想进步，在广州读书时，曾参加过"抗敌后援会"等抗日团体。在从事教育工作期间，因对日军侵华的愤怒和对社会现实不满，揭竿而起，公开提出"抗日保乡，劫富济贫"的口号，带领几十名失业知识分子和贫苦农民青年在象头山落草为寇，欲效法独占一方的"梁山好汉"。

当时，党极需发展抗日的武装力量，胡展光便担负起改造陈文博部队的任务。

胡展光，1909年出生于广东惠阳县澳头衙前村。少年时家境贫寒，父母含辛茹苦，让他念了四五年书。少年的胡展光，为生活所迫，跟随父母出海打鱼，与大海的风浪搏斗，在艰苦的环境中磨炼了他的意志。十八岁时，他辞别父母，到香港谋生，靠做零工糊口，饱尝了寄人篱下的滋味。二十岁时，他考进了陈济棠在广州开办的燕塘军校。毕业后，进入国民党部队，后当排长，耳闻目睹了旧军队的腐败风气。

"九一八事变"后，胡展光痛恨日寇，对国民党的奴颜婢膝感到无比愤慨。在广州驻防期间，受进步思想影响，接受共产党的教育，参加了共产党。1938年冬，胡展光受组织派遣，通过国民党博罗县县长黄仲榆的侄子、地下党员黄健的关系，打进博罗县政府担任军事科科长，以合法的身份，开展党的抗日救亡工作。他带领响水"青年杀敌队"，在下马石伏击日军，打响了博罗人民武装抗日第一枪。他与当时打入国民党县政府和县党部的地下党员黄健、刘墉、刘志远一起，争取县党部书记长陈洁等进步人士的支持，成立"战时工作团"，改组博罗县政府，使县党部和县政府基本上为我党掌握，为我党领导下的"东团"博罗队开展抗日救亡工作提供了有利的政治环境。1939年春，李健行按东江特委的指示，以"东团"博罗队队员的身份作掩护，在博罗建立县委，胡展光任军事委员。在县委的领导下，胡展光等打进国民党政府机关的地下党员和"东团"博罗队的党员里应外合，把群众性的抗日救亡活动搞得有声有色，青抗会、妇抗会、民众夜校遍布城乡各地，抗日救亡的歌声到处飘扬，抗日民主运动的蓬勃兴起，使博罗被誉为"小延安"。

5月间，为了推动抗日游击战争的开展，根据东江特委的指示和中共博罗县委的决定，胡展光以县政府军事科的名义，在黄田排举办抗日游击干部训练班，由各区、乡的地下党选派积极分子参加培训，为博罗县的抗日武装斗争培养了一批骨干。

改造陈文博部队，胡展光花了不少工夫。胡展光的耐心教育，终于把这支土匪武装争取过来，并以国民党博罗县政府的名义收编为"东江游击指挥所新编独立大队"。陈文博任大队长，胡展光任副大队长。接着，从爱国华侨中选择肖光生、卓国民等三十多名党员和非党员充实进去，建立了党支部，使这支部队真正成为共产党领导下的人民武装。这支队伍在政治上取得很大进步，获得了群众的拥护和支持。

"新编独立大队"经过整训后，开赴罗浮山南麓平原地区的福田、铁场前线，封锁沦陷区，不让博罗地区的物资流到驻防在增城和石龙的日伪军中去。

胡展光精明能干，作风艰苦朴素，平易近人，与士兵吃住在一起，经常和士兵谈心，勉励他们做爱国军人，积极抗日。在积极改造部队的同时，胡展光密切注意陈文博的行为举止，他知道陈文博既有思想进步的方面，也有投机取巧的倾向，要提高警惕，防止他叛逆。

1939年秋，开始出现了全国性的反共潮流。国民党东江当局派林俊生大队暗中监视陈文博大队的活动。

这时，陈文博思想产生动摇。

1939 年冬，胡展光意识到国民党的反共逆流已蔓延到博罗。于是，他约见陈文博大队的部分地下党员，说："反共逆流已经到来，形势很紧张，'东团'可能被取缔。"并研究了应变对策。

1940 年 2 月上旬，"新编独立大队"驻扎博罗县城，国民党顽军包围了该大队，逮捕了"新编独立大队"三个担任班长的地下党员和一名地下工作者。

陈文博一怒之下，把部队拉到长宁，在刘屋村祠堂集队训话："被捉的这个人是共产党，他们是胡展光的人，显然胡展光就是共产党。有些人受胡展光蒙蔽，现在要觉悟过来，跟我一起捞（赚钱之意），我有得捞，大家有得煲，全体升一级！"

原形毕露！

陈文博丢掉了抗日的帽子，举起了反共的旗子。

情况愈来愈恶化，"新编独立大队"地下党员张凤楼、林志诚首先撤退，党支部的同志按照胡展光原先的布置，转移到澜石圩药材店，与打进国民党第十二集团军随营服务队任第三秘勤组副组长张滔荣接上头。张滔荣传达了东江特委书记尹林平通过军政委员会下达的指示，要求党员同志抓住时机抓住暴动。

2 月 15 日，该大队的中共党支部负责人龙生、梁正、肖光生，当机立断，组织 32 人（其中党员 26 人，群众 6 人）在刘屋村暴动。他们首先干掉监视的国民党特务，冲破敌人重围，越过罗浮山主峰飞云顶，向西麓转移，来到了增城县委所在地白面石村。增城县委把这支队伍同豹步乡抗日游击队，以及原"东团"博罗队、增龙队的部分队员，合编成一支抗日人民武装队伍，深入敌后开展武装斗争。3 月中旬，部队从正果开赴福和游击区，在福和地方组织的掩护下，越过日军的封锁线，到达花山游击区，同钟若潮带领的原"东团"增龙队福和分队会合，组织"增城人民抗日游击基干队"（通称"何洪川中队"），由何洪川任队长，钟若潮任指导员。这是一支由增城地方组织亲自组建和直接指挥的人民抗日武装队伍［成为日后增（城）、从（化）、番（禺）人民抗日独立大队的基础］，它的成立，标志着增城敌后游击战争已经发展到新的阶段。

再说胡展光同志的处境。

由于陈文博举起反共，胡展光奉命转移。

在隐蔽期间，胡展光仍置个人安危于度外，念念不忘党的事业，念念不忘革命的战友。当他获知"东团"博罗队队员被捕的消息，立即赶到李健行的家乡，把情况告诉他的妻子，安慰她不要难过，叮嘱她不要外出，等待组织上派人来联系……然后，他赶往惠州。

自胡展光转移隐蔽后，东江国民党顽固派处处派人跟踪。当他到达惠州的第二天，就不幸被捕。

胡展光被押送惠州第四战区游击指挥所审讯时，痛斥国民党当局反共分裂、破坏抗战的罪行，驳斥国民党当局污蔑我党领导人的人民抗日武装的无耻谰言，表现出共产党员的气概。

被捕后的胡展光，受尽了严刑烤打。他的妻子曾友妹前往探望他的时候，面对遍体鳞伤的丈夫，既心痛又责备。他平静地对她说："我做的是为国为民的事，是一个中国人所应该做的，你放心回去，照顾好父母吧！"

这竟是夫妻两人最后的一次见面！

谷雨时节，惠州被烟雨雾霾笼罩着，忧郁哀怨的天，没有了颜色；西湖行人稀疏，飞鹅岭上谷鸟哀鸣。

1940年4月20日，国民党顽固派以莫须有的罪名，把胡展光和"新编独立大队"三位班长押上飞鹅岭行刑。

车到刑场，胡展光下车后，从容地将衣服稍事整理，神色镇定，正气凛然。他回首对行刑的士兵说："你们要清楚，你们的枪口要对准日本帝国主义，而不是共产党人！共产党是打日本帝国主义的先锋队，也是解放全中国人民的先锋队。共产党人是杀不绝的！向我头部开枪。"说完，便视死如归地大步向前走去，口中频频地说着："人死，精神不死！人死，精神不死！"面对凛然正色、洒脱大气的胡展光，行刑的刽子手连开7枪，都没有击中胡展光。监斩官只好走到前面，举枪对准向胡展光……

两声枪响，胡展光仰身倒地。他，时年31岁。

霎时，雷电大作，大雨滂沱。

人们都说"天阿公（老天爷）为胡展光送行。"

噩耗传来，胡展光的家乡和博罗等地，熟悉胡展光的乡亲们，无不伤心流泪。

听到噩耗的曾友妹一下子就昏了过去，很久才哭出声来，她斟满了一碗酒轻轻地倒在屋前的小溪里，任溪水将酒带走，带走她的悲愤和哀思。她痛哭一阵后，打开丈夫的唯一遗物——两件衣服，衣服的口袋里装着一本笔记本，笔记本的扉页里写道：

富贵不能淫，

贫贱不能移；

威武不能屈。

人言不足畏；

祖宗不足法！

泰山崩于前而不避，

蜂蝎刺其股而不顾。

这些掷地有声的字句，正是烈士铁骨铮铮的写照。

丹心红棉

交通和情报，是战争年代的耳朵和眼睛。我党的交通、情报工作者是中华民族的优秀儿女，是党的忠诚卫士，是由特殊材料锻造的人。在他们的身上体现了中国共产党人的铮铮铁骨和浩然正气。在千千万万的英雄中，有一个鲜为人知的英雄——东江纵队第三大队博罗龙溪结窝交通站站长熊芬。

熊芬，原名兰英，归国华侨。祖籍广东省梅县白土乡熊屋。她父母是贫苦的农民，早年离乡背井，漂洋过海，去南洋谋生，后来落地生根。

熊芬，1922 年出生，其母亲生下一男四女，她排行第五。后因生活所迫，其父带全家回乡。熊芬 3 岁时，被卖出当童养媳，挨打受骂。10 岁时，身患肺病的母亲，因无钱医治死去。两年后，父亲因劳累过度也离开了人间。

12 岁时，熊芬逃出婆家。因父母已相继去世，她只好跟随表姐生活。

抗日战争爆发后，当地中共党组织开展各种形式的抗日救亡运动，14 岁的熊芬参加妇女夜校的学习，表现积极，开始懂得了革命的道理，走上了革命的道路，1939 年 4 月加入中国共产党。不久，在本村当小学教员，以此为掩护为党组织传递书信，掩护同志，组织上把她家作为地下党联络点。

1944 年夏，她和丈夫张英跋山涉水，从英德步行数百里到罗浮山加入东江纵队第三大队。熊芬到达了罗浮山，被分配到三江地区交通站当文化教员兼做交通站工作。由于表现突出，不久，升任黄田牌、新作塘、湖镇等地交通站站长，后调任增城三江地区任交通站分站长，担负第四支队与广州地下党联络的重任。1945 年春，调任新开辟的龙溪乡结窝村交通情报站站长。她到任后，便以结窝村为据点，带领战友活跃于江北通往江南的交通线上，为东江纵队递送情报，护送同志过境。

1945 年夏天，熊芬奉命在龙溪圩附近的宫庭村开辟新的交通点。由于新的交通点接近敌占区，斗争环境比较复杂，熊芬时常保持高度的警惕。为了完成任务，经常起三更睡半夜，废寝忘食。情报工作虽然劳累，但她总是精神抖擞，豪情满怀地工作。

抗战刚结束，国民党发动内战，形势急剧变化。为了保存实力，东江纵队除了留下少数部队在罗浮地区坚持斗争外，司令部、政治部转移到江南，主力部队也向北、向东作战略转移。熊芬奉命留下坚持斗争。为应变险恶的形势，经上级批准，她把分散在龙溪各交通点工作人员集中到结窝村，进行学习和集训。

1945 年 9 月初，国民党东江当局以顽军李潮为前导，调派新一军、第一六〇师、第一五三师，大举向罗浮山进攻。地方反动分子配合国民党顽军的行动，跟踪我交通站、情报站的活动，地下交通、情报工作面临严峻的考验。

虽然处在极端恐怖的情况下，熊芬和她的战友们仍能坚定沉着、机智、勇敢地开展工作，及时完成情报的传递任务。

然而，一场灭顶之灾悄然而至。

10 月 19 日中午，太屏山下的结窝村，熊芬在组织交通员学习。

"不好了，敌人来了！"在村前路口放哨的交通员报告。

"大家不要慌，从后门走，我走前门引开敌人。"熊芬果断冷静。

"快跑！快跑！"熊芬提着手枪，一边喊着，一边向前门冲去，边冲边开枪。

很快，他们钻进村后的林子里。

二百多个敌人把林子包围得水泄不通。因寡不敌众，熊芬和三名交通员及多名常备队员被捕。

熊芬和她的战友被押解到东莞桥头镇。在敌人开办的"考场"上，在严峻对待生死问题的"答卷"上，她向党交了一份用鲜血写成的答卷。

当晚，顽军中队队长审问熊芬。开始时，他利用花言巧语引诱熊芬供出同党，遭到熊芬的厉声怒斥："我们抗日游击队，干的是为民除害的事情，你们是汉奸走狗，干的是烧杀抢的勾当。总有一天你们会遭报应的！"把敌人斥得狼狈不堪。

熊芬见到一齐被捕的交通员也受尽了敌人的残酷折磨，内心既愤慨又难过。她鼓励他们保持革命气节，不畏强暴，斗争到底。被捕的交通员从熊芬的身上汲取了力量和勇气，更加坚强起来。

无奈，敌人用惨无人道的刑讯逼供，企图让熊芬等人供出东江纵队的行踪，军事计划和交通、情报工作情况。坐老虎凳、灌辣椒水、皮鞭抽打、烙铁烫身、牙签扎手、针刺伤口……几乎用尽所有酷刑，但都没有逼出他们一句口供。最后，感到绝望的敌人便下令将她和三位战友杀害。在押赴刑场的路上，他们高唱《国际歌》。刑场设在桥头镇西面东岸的东江河边的木棉树下，围观的群众无数……他们高呼共产党万岁！

枪声响了，英雄们倒在木棉树下，他们的鲜血染红了木棉树。

残暴的敌人，把他们的遗体抛入东江河中……

江水滔滔英雄去，江风飒飒悼伊人！

熊芬同志牺牲时年仅二十二岁。她的英勇事迹被广泛传颂，东纵《前进报》以"忠于人民，气节凛然"为题，报道了她英勇献身的事迹，并加上了套题黑边，以示悼念：

熊芬牺牲了，彤彤红棉挺拔于东江之滨。

熊芬牺牲了，宁死不屈的浩气永留人间。

十　浴血奋战迎彩霞

抗战进入相持阶段以后，由于日本侵华策略的调整，国民党统治集团右倾，推行积极反共、消极抗日的政策，使得阶级矛盾进一步升级，中日民族矛盾与国内阶级矛盾相互交织，局势变得异常，复杂多变。国民党顽固派制造了举世震惊的"皖南事变"，在全国掀起了第二次反共高潮，华南地区顿时刮起一股"岭南黑风"。东江地区的人民抗日武装力量，在中共中央领导下采取了坚决的斗争政策。他们不仅严厉谴责国民党顽固派的罪恶阴谋，同时用枪声"回答"了国民党广东当局的无耻行径，武装斗争形势趋向新的起点。

暗流再涌

1941 年七八月间，国民党顽固派经过精心策划，调集兵力准备对广东人民抗日游击队实行军事"围剿"。

国民党顽军首先把进攻的矛头指向宝安阳台山根据地。

8 月下旬至 9 月初，顽军徐东来支队和黄文光大队二百余人，再次进犯龙华，在龙胜塘、弓村、赤岭头等地搜捕中共地方党政干部，烧毁房屋，一度占领龙华圩。

9 月 21 日，顽军向东莞大岭山进行试探性进攻。徐东来支队、黄文光大队由宝安观澜直扑大岭山。

10 月 4 日，顽军果然开始向大岭山抗日根据地发动大规模进攻，以保安第八团等部共一千五百多人分别从大塘、连平、大公岭向大王岭进逼。

顽军的多次进攻，均受到广东抗日游击队的反击。顽军占领大岭山根据地一部分地区后，根据地的军民进行了抗击顽军的斗争。

国民党顽军在进攻大岭山的同时，也对罗浮地区（增城、龙华、博罗）进行政治和军事的"围剿"。在迫害"东团"，制造"博罗队事件"的同时，国民党顽军又企图进一步破坏中共地方组织，与日伪军勾结进攻广东人民抗日游击队增从番独立大队和抗日自卫队，捕杀抗日积极分子。

1941 年秋，国民党第六十三军张永卿杀敌大队和汤容杀敌大队，向增从博抗日游击根据地油麻山进犯，洗劫并摧毁抗日游击队据点旺村。

12 月，张永卿部五百多人，包围山口村，搜捕共产党员和游击队员及群众六十余人，抢掠群众的耕牛和财产。

同时，日军也积极配合国民党顽固派的反共行动，先后出动二百多人，包围增从番独立大队和抗日自卫队活动据点花山村和李屋村游击队据点，纵火烧毁民房一百九十多间，同时杀害多名群众。

1942 年 1 月 17 日（一作 1 月 16 日），中共增龙博中心县委钟靖寰、李光中、李志坚三位领导人举行秘密会议。第二天，三人按会议的约定分头走，钟靖寰、李志坚两人一起去沦陷区传达会议精神。没料到因叛徒告密，钟靖寰、李志坚刚到增城二龙圩，即被敌人抓捕，史称"增龙博中心县委事件"。此事致使中共增龙博中心县委与中共前东特委联系中断，增龙博地区形势急转直下。面对逆流，在增龙博中心县委机关主持工作的李光中，立刻部署机关工作人员清理文件，安排已暴露的干部撤离；并亲自到派潭、正果、博罗、龙门等地巡视，稳定党员的情绪。

2 月 23 日，日军出动近千人包围黄旗山。增从番独立大队和徐荣光、陈实棠率领的从顽军独立第九旅第六七二团起义的一个排，奋起抗击日军的进攻，毙敌数十人。日军遭受顽强抵抗，窜至山下禾朗、石径等村庄烧杀抢掠后撤出黄旗山。此战，独立大队伤亡 8 人，主力中队副中队长黄金水、沦陷区工委委员刘德负重伤后牺牲。

4 月上旬，沦陷区工委中区区委书记李明，在镇隆大同圩遭国民党军队杀害。

5 月 15 日，国民党顽固派的反共活动进一步加剧。为消灭人民抗日武装，诬以莫须有的罪名，公然宣布解散中共增龙博中心县委掌握的魏友相杀敌大队和钟均衡、魏策新杀敌中队，逮捕杀敌大队大队长魏友相、中队长钟均衡和魏策新。

更为严重的是，1942 年 5 月 20 日，中共南方工委组织部部长郭潜在曲江被捕叛变，并于 27 日带领国民党特务逮捕了中共粤北省委书记李大林和组织部部长饶卫华。随后几天，因郭潜出卖，离开东江游击区不久的廖承志和张文彬，以及中央南方工委宣传部长涂振波也被捕。这就是震惊全国的"粤北事件"和"南委事件"。这一事件是继"皖南事变"之后，国民党顽固派蓄意制造的又一起迫害共产党人，破坏团结抗战的严重事件。

鉴于当时的形势，中共中央决定广东地下党停止组织活动，成立广东省临委，由尹林平、梁广和连贯三人组成。

"粤北事件"发生后，中共粤北省委电告南方局和周恩来，南方局和周恩来立即电告中共中央。同时电示南方工委和广东省党组织，强调要采取紧急措施，安全第一，防止事态继续扩大。周恩来就粤北事件致电尹林平，再次强调：除敌占区、游击区党组织照常活动外，国民党统治区组织一律暂停活动，已暴露身份的党员干部一律转移到游击区工作，其余干部应利用教书、做工、做小商贩等各种社会职业作掩护，实行"勤业、勤学、勤交友"的方针。如何恢复组织活动，等待中央决定。

周恩来的指示在东江地区传达之后，党组织全面贯彻执行"隐蔽精干，长期埋伏，积蓄力量，以待时机"的"十六字"方针，实行职业化、社会化、合法化，认真开展"勤业、勤学、勤交友"的"三勤"活动。

中共博罗县委根据中共前东特委的指示，除沦陷区党组织照常活动外，国民党统治区一度停止活动。为了有利于隐蔽和斗争，中共博罗县委组织一批没有暴露身份的共产党员，采用打入敌人内部和社会就业等办法，以开展"勤业、勤学、勤交友"活动来执行"隐蔽精干，长期埋伏，积蓄力量，以待时机"的指示。虽然"增龙博中心县委事件"和"粤北事件"发生后，国民党统治区党的工作面临极其严峻的形势和处于险恶环境中，但中共博罗地方组织的工作没有因此而停止中断，抗日救亡工作继续开展。

由于"增龙博中心县委事件"的发生，在增城、博罗及广州外围活动的广东人民抗日游击队增从番独立大队南撤增城、东莞边境地区后，增城、博罗地区的斗争形势一度逆转。因而中共前东特委决定撤销中共增龙博中心县委，建立中共增城沦陷区工委，由郭大同任书记。为了开辟东江之北增城、博罗一带的敌后游击战争，中共前东特委先后派谢鹤筹、杨步尧、袁鉴文和黄庄平回增城、博罗沦陷区工作，沦陷区各地党组织在原有抗日游击地永和、福和、中心、联和、三江、福田、石湾等区，深入群众，通过整顿党组织、加强教育，振奋斗志，逐步恢复各地党支部和党小组活动，为开辟江北地区的敌后武装准备条件。

旗开得胜

让我们掀开一副壮丽的历史大背景画卷——百花洞祝捷大会。

1941 年 6 月，大岭山连平圩，突然热闹了。

"开会啰！开会啰！"铜锣声、呼喊声在山峦回荡着。

在圩场的一块空地上，一片人海。几百名游击队员，各乡抗日自卫队扛着枪，席地而坐，整齐有序。周围站满了老百姓，有的交头接耳，窃窃私语，有的举手伸出拇指，向战士们示意。

由木材搭建的临时舞台简朴大方，舞台上用毛竹撑起的红色横幅格外醒目。"百花洞祝捷大会"红底黑字，稳重鲜艳。

尹林平、梁鸿钧、曾生等人在台上就坐。

广东人民抗日游击队第三大队大队长曾生主持会议。

"同志们！我们执行了上下坪会议的决定，在党的领导和广大群众的支持下，仅半年多的时间，建立了大岭山区和阳台山区两个抗日游击根据地。部队发展到一千五百余人，武装民兵千余人，开展打击敌人，清匪除奸运动，打退日、伪、顽多次军事进攻。去年十一月第三大队在黄潭打退日军二百多人的进攻，毙伤敌数十名，这是部队返回敌后的第一仗，其影响非常之大。前几天，我们在百花洞打了一场前所未有的大胜仗，有力地回击了国民党顽军和日军的猖狂进攻。"

"今天，我们开大会，百花洞祝捷大会！祝捷大会！现在，我宣布大会开始！"

会场的侧边响起了噼噼啪啪的爆竹声。这声音，犹如战场上的枪声，那钝重、清脆的炸响，那飘散的浓郁、细微的火药香，让战士们的思绪回到了百花洞战斗的厮杀场景。

梁鸿钧："同志们，百花洞战斗，我们取得了辉煌的战果，缴获步枪28支，轻、重机枪各2挺，子弹16箱，战马6匹，还缴获了大量的食物。共毙伤日军官兵67人，其中，击毙了日军长濑大队大队长，还有日军曹长3人以上。"

又一阵鞭炮声。

主席台上，广东人民抗日游击队第三大队大队长曾生，他激动了，眼里转动着泪水。一年来的沉默，终于被笑容所代替。

瞬间，打开了记忆的闸门，将时间回流……

往事历历在目。

部队东移回师东宝惠，一切从头来！

1940年9月，东江特委在宝安上坪村召开部队干部会议，深入讨论贯彻党中央的"五八指示"，总结部队东移海陆丰的经验教训，确定了坚持在东宝惠敌后开展独立自主的游击战争，建立抗日根据地的方针。

上下坪会议对部队进行了整编，组建广东人民抗日游击队，中共东江特委、前东特委书记尹林平任政治委员，梁鸿钧任军事指挥。曾生、王作尧两部原来的番号分别改为广东人民抗日游击队第三大队和第五大队，第三大队大队长曾生，第五大队大队长王作尧，尹林平兼任这两个大队的政治委员。第三大队和第五大队，分别向东莞的大岭山区和宝安的阳台山区挺进。

上下坪会议后，广东人民抗日游击队第三大队在尹林平、梁鸿钧、曾生、邬强领导下于1940年10月初挺进东莞大岭山区，恢复东莞敌后抗日游击战争，创建大岭山抗日根据地。

11月初，驻东莞的日军为了巩固其占领区，调集厚街、桥头日军一个加强中队和一个炮兵分队共二百余人奔袭大岭山区，妄图趁第三大队立足未稳一举消灭。第三大队指战员不畏强敌，以劣势兵力（全大队才七十多人）和装备英勇作战，在黄潭村与日寇激战四个小时，杀伤其三十多人。战斗中，小队长陈定安和5名战士牺牲，翟信、陈其禄、鲁锋等中队干部负伤。

这次战斗，是广东人民抗日游击队东移海陆丰受挫后返回东（莞）宝（安）敌后的第一仗。

战后，第三大队不失时机地向莞（城）太（平）公路、宝（安）太（平）公路出击，袭击敌伪据点，惩办汉奸，伏击日军来往车辆，破坏日军的交通运输和通信设备；并连续3次打败了伪军刘发如部和顽军黄文光大队的进犯。这引起了驻莞太线日军的极大恐慌，他们连忙调集兵力围攻大岭山抗日根据地。

1941年6月10日夜，驻莞城、厚街、太平、桥头之日军长濑大队四百余人，在大队长长濑的率领下，兵分两路偷偷地向大岭山区中心百花洞村进发。日军兵分两路，一路从桥头经大迳、大环扑向百花洞；另一路由长濑率领，从莞城经上下山门、髻岭，向百花洞合围，企图消灭第三大队。

敌人这个秘密行动，早已被我方情报人员所侦得，于当天晚上便送到了正在百花洞主持召开民运会议的大队长曾生手上。曾生立即率领百花洞抗日自卫队迅速抢占百花洞西南的小山头制高点，准备迎敌。同时派通讯员去大王岭村向广东游击队军事指挥梁鸿钧和政委尹林平报告。他们接获报告后，当即命令第三大队副大队长邬强率领跟随大队部活动的第三中队急速赶往百花洞去支援曾生同志，又命令驻大环村的第二中队和驻大沙长圳村的第一中队迅速抢占有利地形，待机出击进攻之敌。随即尹林平和梁鸿钧便率领大队部机关人员从后山转路来与曾生会合。

11日拂晓，一队日军出现在北面通往百花洞的小路上。曾生一声令下，抗日自卫队以猛烈火力向日军射击。日军遭此突然打击，顿时阵脚大乱，一部分慌忙趴在地上，利用田埂进行抵抗；一部分拼死抢占北面的小高地继续抵抗。与此同时，长濑率领的一队日军一百多人，向第一中队阵地横向运动过来。走在前面的是骑着东洋马的长濑大队长，他挥舞着指挥刀，神气十足。埋伏在阵地上的第一中队战士，眼见这妖魔的神气样，个个火冒三丈，恨不得一枪把他撂下马来。老红军出身的第一中队中队长彭沃，正伏在机枪射手吕苏的身边，两只眼睛紧紧盯住那只东洋马的动静，当骑着东洋马的长濑大队长走进机枪的射程，他立即向吕苏下达命令："瞄准那马上的军官，打！"吕苏一连几个点射，长濑连人带马应声倒在路边，滚两滚就不动弹了。一时间，第一中队的机枪、步枪一排排子弹猛烈射向敌群。敌人遭这突然袭击，队伍顿时大乱，他们丢下死伤者，各自向附近的荔枝林窜去。我军在彭沃中队长指挥下，乘胜向敌人发起了冲锋。

冲在最前面的第二小队到达百花洞村北边的一处荔枝林，正遇着二十多名溃逃的日军，小队长杨仰仁立即指挥战士向他们扑去。敌兵一触即溃，慌乱向北端小高地逃走，战士们紧追不舍。这时，走在最后面的日寇军曹眼看就快被战士追上了，便临死挣扎，掉转身，举起指挥刀嗥叫着向战士们扑过来。冲在前面的吴提祥班长眼明手快，端起步枪，迎面"砰"的一声，不歪不斜正打中军曹的胸膛，他应声跌倒在地上。后面追上来的战士，又"砰砰砰"朝他身上补了几枪，这个曾不可一世的日本军曹便这样直挺挺地见阎王去了。

杀死了军曹，战士们又紧跟着敌人继续追击，把这股敌军包围在荔枝园北面的乱坟岗上。

敌人依仗这有利的地形进行顽抗，我第二小队立即组织火力发动进攻。

就在这时，唯一的一挺机枪撞针打弯了，火力骤然减弱，让敌人有了可乘之机。他们居高临下，凶猛地以炽烈的炮火朝我向前冲锋的战士进行轰击。

当时，游击队的武器很差，步枪大都是双筒漏底，子弹也不多，又没有手榴弹，想用武力强攻来消灭这股敌人是很困难的。中队领导便决定开展政治攻势来瓦解敌人。指导员韩藻光平日学会几句日语。他带领一班小战士偷偷摸到靠近敌人的地方，一齐放开嗓门，用日语喊话："缴枪不杀""优待俘虏"。可敌人哪里会去理会你，他们继续开枪顽抗，还把韩藻光打伤了。战士们气愤非常，又集中火力狠狠向敌人射击。这样，双方形成了对峙的状态。

就在第一中队在荔枝园与日军拼杀时，邬强率领的第三中队赶到百花洞村与曾生会合，迅速占领了大环至百花洞的南面高地，用火力支援第一中队作战。第二中队也及时占领了大环北面山地的制高点，在各乡抗日自卫队配合下，正奋勇围攻占领大环东北山地的日军，并配合第三中队堵截日军往大环的西南退路。

到了中午，驻在附近的第五大队的第一中队和重机枪中队以及百花洞附近的大公岭、髻岭、连平、大塘、治平、杨西、大沙等乡的抗日自卫队先后赶来投入战斗。

此刻，从髻岭、连平、大环到百花洞、大公岭一带起伏的山峦，处处是游击队和民兵，把两路来犯的日军包围在百花洞与大环之间的几个小山头上。大沙乡抗日自卫队那挺英式水龙重机枪和各乡民兵携来的土枪土炮发挥了威力，密集的火力打得日寇进退不得。

各村的群众听说"包围了日本仔"，也纷纷拿着木棒、锄头、尖头扁担登上各个山头，摇着大红旗，敲锣打鼓助战。霎时，枪炮声、呐喊声、锣鼓声响彻山谷，震天动地，呈现了壮阔的人民战争场面。

两路敌军来时气势汹汹，此刻却成了钻洞老鼠，惊慌失措。他们企图会合成一处，然后突围逃命，曾先后组织了两次冲锋，但都被我军一一打了回去。双方激战到了下午15时，日军又两次施放烟幕弹，借以掩护再行突围，但在我军民奋勇反击下，同样遭到了惨败。

日军知道孤军突围无望，便一边就地挖掘堑壕，固守待援；一边放出军鸽去向驻石龙日军求援。谁知军鸽飞至大沙乡时，便被大沙乡抗日自卫队打了下来。敌人的求援报告和一幅作战地图成了我军的战利品。

这时候，尹林平、梁鸿钧和曾生几位领导都已会合，他们看了敌人的求援报告，知道敌人正处在穷途末路之中，立即分头到各部队去进行战斗动员，鼓励全体指战员再接再厉，抓紧时机，歼灭这股敌人。

入夜，日军收缩防线，被困在荔枝园北面的敌军龟缩在几个小高地固守。

彭沃中队长组织小分队轮番进行袭扰，不断向敌营开枪，搅得日军整夜胆颤心惊。

深夜，日军派两名士兵经大环村的伯公坳向莞城报讯，在伯公坳出口处被大径抗日自卫队截住，一名被打死，另一名逃脱，自卫队缴获一支崭新的三八步枪。

到了第二天上午，各处战斗还在激烈进行着。日军出动飞机向被围困官兵空投粮食、弹药，游击队和自卫队的轻重机枪一齐向敌机开火，敌机不敢低飞，空投的物资大部分落在游击队和自卫队的阵地，成了抗日军民的战利品。日军再次组织突围，但在抗日军民的顽强阻击下未能得逞。

直至 12 日下午，驻广州、莞城、石龙的日军才接到命令，出动了骑兵、步兵一千多人前来救援。骑兵开抵战场后，先集中野战炮等重型武器轮番进行了轰击，随后步兵才向纵深搜索前进。被困的两路日军听到援军的浓密炮声，知道援军已至，便乘势在烟幕弹的掩护下，夺路冲出重围，而躲过了全军覆灭的命运。

百花洞战斗持续了两天一夜，击毙长濑大队长，毙伤日军官兵六十多人，缴获长短枪几十支及弹药等军用物资一批，还缴获几匹战马。第三大队和抗日自卫队伤亡十多人。这次作战的胜利，是广东人民抗日游击队重返惠（阳）东（莞）宝（安）敌后对日作战的一次重大胜利。它显示了我人民战争的强大威力，沉重地打击了日军的侵略气焰。战后，踞驻广州的日军华南方面军头目自称："这是进军华南地区以来最丢脸的一仗。"

……

在一片掌声中，曾生关住了记忆的闸门，心情回复了平静。他提高了嗓门：

"下面请广东人民抗日游击队政委尹林平同志讲话。"

尹林平："百花洞战斗的胜利，显示了人民战争的强大威力，沉重地打击了日本侵略军的嚣张气焰，增强了东江抗日军民的胜利信心，有力地支援了华南地区及全国的抗日战争，扩大了广东人民抗日游击队的政治影响。百花洞战斗的胜利，首先是党中央的'五八指示'的正确指引，'东移'受挫后，党中央及时作出了指示，指明了方向。我们走出了困境，深入敌后，踏上了开展游击战争，开辟根据地，壮大人民武装力量的道路。正因为有了党的正确领导，我们才能打好仗，打胜仗。"

尹林平挥动右手，握紧拳头向上一举，台下掌声雷动。

"百花洞战斗的胜利，充分显示了人民参战的强大动力。各乡村抗日自卫队在第三大队的指挥下，表现了不怕牺牲、英勇杀敌的爱国主义精神和敢于打胜仗的英雄气概；各乡人民群众自愿支援部队打仗，他们冒着枪林弹雨，向阵地运送弹药武器，抢救伤员；他们鸣锣击鼓，呐喊助威，燃放鞭炮，吓唬日军……百花洞成为人民战争的汪洋大海。表现了老区人民高度的阶级觉悟和大无畏革命精神，为最终赢得这场阻击战的胜利，为保卫部队机关的转移和根据地的安全，作出了不可磨灭的贡献！"

尹林平立正站立，缓缓举起右手，行了个标准的军礼。又是一片掌声。

"百花洞战斗的胜利，充分证明我们这支部队，是一支能打硬仗、善打硬仗的部队，是一支战无不胜、所向披靡的部队……"

曾生:"同志们,'东移'回营,旗开得胜,值得祝贺!"

"百花洞战斗的胜利,是广东人民抗日游击队重返惠(阳)东(莞)宝(安)敌后对日作战的一次重大胜利,也是抗战以来东莞军民取得的一次重大胜利。它鼓舞了我们抗日军民胜利的信心。同志们,我们的前途是光明的,我们的事业是大有希望的!"

战士们站起来再次雀跃欢呼。

锣鼓喧天,鞭炮齐鸣,雄狮起舞。

读者看完本节,或许有"离题"的感觉。"百花洞战斗"发生在东莞,远离罗浮山,对于"喋血罗浮"来说,似乎风马牛不相及。笔者认为,"喋血罗浮"中的故事与广东抗日游击队(东江纵队)的重大战役不无关系,也就是说,广东抗日游击队(东江纵队)的发展历程是"喋血罗浮"的重大背景。虽然是有点"离题",但"百花洞战斗"的胜利,对"东江纵队"的成立和以罗浮山为中心的抗日根据地的开发,至关重要。故本节"旗开得胜"与"喋血罗浮"关系密切。

扭转局面

1941 年底至 1942 年,日伪和国民党顽固派对我军和抗日根据地进行疯狂的夹击,广东人民游击队第三、第五大队被分割包围在莞太、宝太公路两侧的狭小地区,形势非常险恶。但是,我军仍然坚持在惠阳、东莞、宝安敌后顽强地开展游击战争,并派出部队挺进港九敌后和大亚湾、大鹏湾沿海地区的敌后战场,打击敌人。这不仅保存了自己,而且发展了自己。

1942 年初,中共南委副书记张文彬在白石龙主持召开干部会议,总结三年游击战争经验,决定成立"广东人民抗日游击总队"。梁鸿钧(前)、曾生(后)任总队长,尹林平任政委,王作尧任副总队长,杨康华任副政委兼政治部主任,李东明任副主任。下辖第三大队、第五大队、宝安大队、惠阳大队、港九大队。

国民党掀起第二次反共高潮后,东江顽军继 1941 年 10 月占领大岭山大部分地区,又在 1942 年 4 月攻占阳台山大部分地区。路西部队处在日伪顽军夹击之中,活动在背靠珠东、莞太和宝太公路两侧、日伪军沿线据点的间隙,处境险恶,供应困难,部队伙食仅能维持生命,战斗频繁而残酷,指战员忍饥挨饿参加战斗,不少人壮烈牺牲。路东部队在横岗至坪山之间的铜锣径,对日军打了一场在政治上很有影响的伏击战。5月14日拂晓前，彭沃率惠阳大队在铜锣径设伏。上午，驻横岗日军出动七十余人，到碧岭抢粮。下午，当日军返回铜锣径，进入了惠阳大队的伏击圈时，指战员们怀着满腔复仇的怒火，以密集的火力射向敌人，日军顿时人仰马翻。这场战斗共击毙日军15人，伤日军20多人，打死战马31匹，缴获战马3匹。铜锣径战斗的胜利，鼓舞了在艰苦岁月中坚持抗战的东江抗日军民。

12月25日的黄田之战，是此期间最悲壮的一幕。

宝安大队第一中队政治指导员黄密率领第一小队在黄田基围休整。顽军一八七师发现后出动一个团多的兵力，从宝安龙华进行远道奔袭，17位勇士与敌人恶战整天，反复拼搏，血染黄田滩涂，直至壮烈牺牲。黄田战斗，顽军损失惨重，冬季攻势破产，立即缩回乌石岩，固守炮楼。

路西、东（莞）宝（安）地区抗日军民，在尹林平、梁鸿钧、王作尧等领导下，深入到宝太和莞太公路两侧的敌占区艰苦地坚持抗战；路东、惠宝边区抗日军民在曾生领导下，在困难中得到了发展，开拓了坪山抗日根据地。

1943年春，中共广东省临委书记尹林平在九龙新界乌蛟腾村召开会议，根据中共中央南方局和周恩来指示，成立由尹林平、曾生等7人组成的东江军政委员会，统一领导东江、珠江三角洲和中区的抗日武装斗争；会议研究确定"必须以积极主动反击日伪顽军作为我们部队行动的方针，以迅速改变被动地位，争取局势好转"。

总队政委尹林平等率领宝安大队奋战宝太线。主力珠江队在宝安大队配合下沿着宝太公路三打西乡，二打福永，一打沙井，一个连一个地歼灭敌人，打退了顽军的进攻，改变了敌我的态势，夺取了战争的主动权，打开宝太线斗争的新局面。

总队长曾生率领惠宝边部队拓展平山抗日根据地。护航大队控制大鹏半岛后，在马鞭岛海战中歼伪海军一个中队，夺取了大亚湾的制海权。

副总队长王作尧率领东莞部队向敌人四面出击。

第三大队以大岭山区杨西、治平两乡为中心，向莞太公路、莞樟公路、宝太公路北段和广九铁路西侧，积极主动从四面八方向敌人出击。在篁村、茶山、怀德等地共歼敌五个连，并争取伪第三〇师第八九团代理团长梁德明率一个加强营起义。

1943年11月11日，日军调集第一〇四师团发动了打通广九铁路战役，顽军逃向惠州、博罗等地。日军为了确保广九铁路运输线畅通，第一〇四师团在其东莞、宝安驻军配合下，向大岭山根据地实行铁壁合围的"万人扫荡"。11 月 18 日，日军从常平、樟木头、塘厦、莞城等地开向大岭山，途中遭到我军第三大队和珠江队阻击，日军占领大岭山周围的村庄，对大岭山形成合围。部队在王作尧、邬强、彭沃指挥下，在深夜分三路突围，转到外线作战，开辟新区，出击南社、常平、东坑、松木山、莞太路之敌。日军进攻大岭山扑空，后院起火，只好撤兵，"万人大扫荡"被粉碎。

东江敌后抗日战场的形势好转，到了 1943 年底，大岭山、阳台山抗日根据地不但全面恢复，而且连成一片；坪山抗日根据地向东扩展到稔平半岛，向西扩展到梧桐山周边地区，部队发展到三千多人。

广东人民抗日游击总队一系列胜利的战斗，打开了东江抗日战场的新局面。

开疆拓土的扩大抗日根据地战略正在悄然实施。

开疆扩土

大岭山区和阳台山区两个抗日游击根据地的两支人民武装（广东人民抗日游击总队第三大队和第五大队），犹如两条巨腾飞的龙，蜿蜒于敌后；犹如两把锋利的尖刀，插向敌占区。地盘不断扩大，人数不断增加，抗日烈焰燃四方。真是：

烽火连天平地起，号角声声马蹄急。

英雄豪杰挥战戟，东江南岸硝烟弥。

沙场血战卫边境，浴血奋战显豪情。

刀光剑影削天逆，一代英雄泪满襟。

为了粉碎日军在罗浮山建立基地，粉碎日军向博罗、惠州"扫荡"的阴谋，恢复和发展东江北岸、罗浮山及广州外围游击战争，1943 年 6 月，广东人民抗日游击总队游击队决定从宝安大队抽调兵力组成武装分队，由宝安大队副大队长阮海天率领，挺进增（城）博（罗）边区，建立游击基地。

增博边区的工作已经有了多年的基础。早在 1939 年，阮海天同志已在增城一带组织武装斗争，开展游击战。部队东移海陆丰以后，经常派出武装到增城、博罗一带活动。

阮海天，广东增城仙村镇竹园涌人。1916 年出生于一个农民家庭。1932 年就读于广东省立第一职业学校。"九一八事变"后，他参加中山大学抗日剧社、左翼戏剧家联盟广州分盟、新兴社会科学读书会、广州苏维埃之友等进步组织。1934 年，因秘密组织有人暴露身份而由组织安排到高明县教书，继续在农民和学生中宣传抗日。1936 年加入中国共产党，就任中共西江工作委员会组织委员。抗战爆发后，他回到增城重建中共组织，在神山小学以教师职业作掩护开展工作。

1938 年 2 月，中共增城县仙村支部成立，任支部书记。同年秋，在广东青年抗日先锋队增城工作队的协助下，建立抗日自卫团仙村大队。10 月组建抗日自卫团增城县第三区常备队，任军事指挥。10 月下旬，与队长单容沛等率常备队及武装群众数百人，在竹园涌截击侵犯仙村的日军，打响了增城人民武装抗日的第一枪。随后，在广九铁路沿线塘美至石滩一带屡袭日军据点。1938 年底率队编入国民革命军第六十三军随军杀敌队独立中队，任副中队长，在增博边区活动。

1939 年 4 月率队开赴东莞，编入第四战区东江游击指挥所第四游击纵队直辖第二大队，任第三中队中队长，在东莞、宝安一带打击日伪军。1940 年 9 月任广东人民抗日游击队第五大队第一中队中队长。

1942 年 3 月任广东人民抗日游击总队宝安大队副队长，活动于广九铁路西侧。

增博边区是阮海天战斗过的地方。

增博边区位于东江中游北岸，罗浮山西麓、南麓平原地带，包括博罗的石湾、园洲、福田和增城大浦围村等增江两岸地区。1938 年底，增博边区多数地区为日伪敌占区，增城大浦围村西邻初溪村设有日军据点，住有两三百名日军；大浦围村西南的三江圩和博罗石湾，住有日伪绥靖军；罗浮山下的博罗福田圩和石湾圩属于国民党统治区。园洲东江对面的石牌圩，有李潮为司令的"东江抗红义勇军"基地。

英勇善战的游击队，犹如一条猛龙，飞跃东江，驻扎在联和，开辟罗浮山下与东江河畔一带的革命区。

部队进入罗浮地区西麓、南麓（平原）时，这里还没有游击队的公开武装活动，只有地方党组织的武装小组，开展零星的游击活动。根据总队的指示，阮海天决定以罗浮山下的长宁、福田、联和为基础，打通铁场、园洲一带，控制东江中游，连接东莞铁东（东江以南，广九铁路以东，两线交叉于石龙，沿江上溯至桥头，沿铁路南迄石马这一长三角形地带），扩至增城。

1943 年 10 月，在中共地方党组织的大力支持下，进入增博边区的游击队组建为广东人民抗日游击总队独立第二大队（以下简称"独立第二大队"），大队长阮海天，政治委员卢克敏（后由李筱峰接任），杨步尧任政训室主任。下辖一个中队，一个短枪队和一个民运工作队。中队长徐荣光（后由陆仲亨接任），中队指导员李冲，副中队长陆仲亨，短枪队队长周应芬（一作宋刚）。独立第二大队成立后，原先在博罗、增城武装斗争的骨干，亦纷纷加入进来。

一场龙争虎斗的"擂台"，在罗浮地区展开了。

智取伪警中队

独立第二大队在增博边区的福田、联和立足后，向罗浮山以南挺进，奉命打通从联和到东莞企石的交通线，与活动在东江南岸的铁东大队（铁东谢阳光大队）取得联系，沟通独立第二大队与铁东大队和总队指挥机关的联系。

从东江北岸的联和到东江南岸的企石，铁场是必经之路，为了占据要地，由驻石龙的日军扶植起来的，设在石湾的博罗县伪政府，把铁场当成据点，派遣县警第二中队把守，控制铁场周围和东江北岸地区，并且在该地区强征各种杂税，民众深受其害。

铁场位于博罗县西南部，紧邻东莞石龙，罗浮峙其北，东江卧其南，地处博西东江与沙河交汇处，四面环水。古代，因为它位处中原入粤的东路，位居龙川至番禺之要冲，而且陆路水路相通。故不少专家学者都认为它是秦汉特别是东汉时期的一个重要戍军屯兵的地方，也是中原文化和瓯越文化融合的中心。

铁场的独特的地理位置，决定了它在抗日战争中兵家必争之地的地位。

1943 年 10 月中旬，阮海天决定拔掉这个铁场敌伪据点。拔掉这个据点一可以打通南来北往的交通线，二可以进一步鼓舞当地军民抗日的斗志，进一步扫除前进道路上的障碍。

敌伪据点设在铁场邹村祠堂。邹村左边靠"明月寺"和圩场，前面有公路横跨。村的四周有围墙环绕，进出仅有南北两个大门，邹村祠堂位于村子的中央。

圩日，圩场上人山人海，熙熙攘攘，热闹非凡，赶集的人们仔细挑选日用品、食盐、仔猪、果菜、粮食，讨价还价；小孩子跟在母亲后面，等待母亲换来的钱买些小吃解馋，开心得就像过年一样……有一千多年历史的"明月初地"——明月寺，香客如云，青灯明照，木鱼声声，梵音袅袅。

几个"香客"游动在人群中，时而在圩场讨价还价，问这问那；时而在佛寺点香朝拜，抽签算命；时而行走于街头巷尾，看这瞧那。在人流高峰的时候，他们通过"朋友"，前往警队"办事"……

几个小时后，他们离开了铁场圩，往活动据点茹屋走去，脸上露出了踏实的笑容。敌人的人数、武器配备、岗哨分布、换岗时间和生活作息规律，都填进了他们的脑海之中。

"香客"为何人？独立第二大队中队长陆仲亨，地方党干事徐文等人也。

半路，一个中年人，东张西望，心神不定。迎头看到陆仲亨他们，立即从岔路走去。

"站住！"陆仲亨喊着。

那人越走越快！

"站住，再跑我们开枪啦。"

"抓住他！"陆仲亨命令。

随队的两个战士，向前飞奔过去。

经审讯，此人是顽军的暗探。从他的口中，得知伪警中队已经知道了风声，加强了警队的防守。

晚上，部队在茹屋村一间称"大营房"的学堂讨论作战方案。

"大营房"周围布有岗哨。村子五个大门关闭，四周的八个碉楼都有民兵保守（放哨），严密封锁消息。

大家围坐在马灯周围。

……

"嗒！嗒！嗒……"墙上的挂钟敲了12响。

"事不宜迟，马上行动！速战速决，只能成功，不能失败！"以坚决果断著称的阮海天，布置了作战方案后下了命令。

深夜，漆黑一片，没有鸡鸣狗叫，更没有人声，死一样的寂静。

阮海天、李筱峰率领部队向铁场奔去。

半个小时的急行军，部队到达铁场邹村。

一切都按计划进行着。

中队长陆仲亨、小队长李昌，带领突击组，把南门地下排水渠出口处的砖石撬开，战士们一个接一个悄悄地从排水渠钻进村内，从小巷迂回前进，神不知鬼不觉地包围了祠堂，迅速控制祠堂的周围。

战斗开始，突击队将祠堂左侧厨房门口的哨兵擒住。南大门的哨兵发现动静，"咔擦"一声，拉动枪栓，喊着："谁？"声音未落，"砰！"一枪击中了哨兵。"红军来了！"负伤的哨兵拼命缩回院内大声呼叫。正在祠堂值班的伪警，向门外猛烈射击。这时，突击队架起梯子，利用围墙作掩体，用机枪向敌人射击。

枪声震醒了正在发黄粱梦的伪县警中队长。他一个手举着驳壳枪，一个手在扣裤带，从卧室跑了出来，连声吆喝："给我顶住！"

喋血罗浮

突击队在机枪的掩护下，逼近伪警营房，向伪警喊话：

"我们是游击队，你们被包围啦！"

"我们优待俘虏，缴枪不杀！"

"不放下武器，死路一条！"

"你们都有家，有老婆子女，不怕死就抵抗吧！"

"机枪队！"

"到！"

"掩护爆破队炸大门！"

"好！"

一阵锄墙挖洞的声音。

"放炸药！"

当时条件差，独立第二大队武器装备都不齐，哪有炸药！

突击队虚张声势，吓蒙了敌人。

十几分钟后，伪警的枪声渐渐稀疏。

突击队趁机冲进敌营，举枪对准伪警，伪警只好乖乖地举手投降。

速战速决，仅30分钟就结束了战斗，全歼伪县警中队，毙伤伪警察三人，俘虏中队长李中贤以下官兵五十多人，缴获轻机枪一挺，长短枪五十多支，游击队无一伤亡。

这一据点被拔掉后，铁场一带为独立第二大队控制，部队的活动地区扩展到东江河一带的马嘶、龙叫和上、下南地区。

奇袭伪警据点的战斗，大大震动了博西地区的敌伪军，有力地打击了他们的反动嚣张气焰，进一步坚定了罗浮山军民抗日必胜的信念。

紧接着独立第二大队又在长宁与联和之间，伏击伪联防大队，毙伤敌人数名，俘敌6人，缴获步枪8支，控制了联和乡，为开辟东江北岸敌后抗日游击战争打下了基础。

东江河畔的枪声

园洲下南位于东江北岸，面临东江河，对面是东莞石牌、企石，下南是个大村庄，有好几百人口，村中有黑黝黝阴森森的大宅，这就是东江中游称王称霸的李潮的据点。下南地理位置重要，是连接东江中下游南北的枢纽。李潮据点驻派刘辉生团一部，企图阻止游击队的南北交往。

李潮据点已成为打通江北与江南游击区的拦路虎。

阮海天决定袭击园洲下南李潮部，攻克这个桥头堡。

铁场战斗（1943 年 10 月中旬）不久，独立第二大队手枪队队长宋刚、梁润开、卢永祥、周新四人，受命前往园洲下南夺取盘踞在下南的伪军的两挺机关枪。在行动过程中，巧遇前来争取刘辉生部起义的江南铁东大队大队长谢阳光。他们调整了原来夺枪的计划，与伪军刘辉生商议起义的事项。经过耐心的劝服和政策攻心，刘辉生声明脱离国民党阵营，同意翌日全团起义。

即日，手枪队队长宋刚率领梁润开、卢永祥、周新等人赶回源头茹屋向独立第二大队大队长阮海天汇报。阮海天听完报告后，立即命令政委李筱峰带领部队前往下南，准备接受刘辉生部的起义。深夜，部队休息于下南东北侧的刘屋，待命。

天亮了，部队开进下南村，村里一片寂静，伪军驻地空无一人。原来，刘辉生这条老狗，使用缓兵之计，表面上答应起义，暗地里却背信弃义，乘夜把队伍拉到石龙，向他的主子报告去了。

天亮后不久，下南村有村民报告："有一条火船，满载日本仔向这里开来了！"

敌人来了，打！

紧急集合，布置阻击日军，部队迅速向东江河推进。

先头部队赶到东江堤边，日军的火船也刚好靠岸。

"打！"没等敌人上岸，手枪队队长宋刚大喊。

中队长陆仲亨迅速从机枪手的肩膀上取过机枪，对准敌人扫射。"哒哒哒……"子弹像雨点般落在敌船上，几个日本兵应声倒下，没死的赶快趴在甲板上，不敢抬头。后面部队陆续赶到，所有武器一齐开火，火力排山倒海似的扫向敌军，打得日寇晕头转向，赶紧缩回船舱。日军在船上无法还击，只好调转船头，驶向对岸（东江南岸）停靠。稍作休整，日军兵分两路：一路利用一段废江堤为掩体，向对岸反击。一路继续乘船而上，斜渡北岸，北渡东江的日军在上南圩的沙滩下船，向我部队侧后迂回。

游击队王文虎等人早在东江河堤等候。

"叭！叭！叭！"三声枪响，两个日寇倒下，其余的连忙登船往后撤。

无奈的日军只好在东江南岸胡乱还击，不断向对岸发射榴弹炮，企图驱逐游击队，以摆脱其危局。但是，由于距离远，步枪的射击效果不佳，毫无杀伤力；阴差阳错，鬼子的榴弹炮纷纷落在游击队后面的鱼塘，溅起一条条水柱。

双方激战一个多小时，游击队毙敌十多名。

中午时分，日军援兵从石龙赶到，火力异常猛烈。敌众我寡，情况紧急，为保全实力，李筱峰决定撤退。

敌人穷追不舍，游击队且战且退。部队到达上南圩西侧时，日军追上来了。游击队迅速占领一片墓地，阻击敌人。

凶神恶煞的日军，在开阔的稻田里一拨一拨地冲过来。游击队员伏在坟头一枪一枪地向日军射击。

日军武器精良，进攻凶猛，游击队防守吃力，只好边打边撤。

撤退至上南圩东北边的一个村庄时，游击队隐蔽在一条干涸的水沟里，准备给日军来个措手不及。

日军离隐蔽地越来越近，200 米，100 米，50 米……

"打！"陆仲亨下令。

"砰！砰砰！""哒哒哒，哒哒哒！"步枪、机枪射向日军，六七个日军倒下。对峙一会，日军见势不妙，拖着几具尸体掉头就跑，撤回石龙。

此次战斗虽然毙敌不多，但在军事上、政治上和经济上都取得了很大的胜利。在军事上逼走了伪军，击退了日军，控制了东江北岸的上、下南，打通了江北走廊，使罗浮地区与惠（阳）东（莞）宝（安）连成一片，为向广州进军和北江发展创造了条件；政治上，进一步扩大了游击队的威信，民众对游击队赞不绝口，他们说：

国军人多枪又好，

见到日军就逃跑；

红军人少枪不好，

勇敢杀敌立功劳。

经济上，建立税站，不但可以保障部队的供给，而且还有相当数量的税款上缴总部，为部队解决一些经济困难。

上、下南战斗后，独立第二大队控制了博西一带地区，沟通了东江南岸的联系，对日伪军形成了威胁。

十一 东风浩荡战鼓擂

1943 年，是不平常的一年。

1943 年，是世界反法西斯战争的转折年。苏联红军在欧洲战场获胜，英、美在太平洋战场加紧对日军进攻，意大利法西斯政府被迫宣布投降，德、意、日法西斯联盟开始瓦解。国际反法西斯战争由战略防御转为战略进攻。日本帝国主义在中国战场也遭到沉重的打击。

1943 年，与之结伴而行，广东发生了灾荒。春天大旱，赤地千里；夏天洪涝，汪洋泽国；秋天飓风，狼藉一片。祸不单行，广州日伪当局为控制局面，一面疯狂搜劫粮食作军粮，一面强令有购粮证的市民打"夏令防疫针"才能买米，结果打了针的市民，手臂肿胀，中毒死去。当时的广州，每天有数百人饿死或绝粮无望自杀。

在灾情面前，广东游击队没有放下手中的枪。没饭吃，吃"山精"（蛇鼠、野兔、野菜、野果），品"海河鲜"（鱼虾、蚌蟹、田螺）。身上的衣服，只有一件，干了又湿，湿了又干，破了就补，补了又穿，破破烂烂像乞丐，老百姓见了，还以为是"麻风"病人。尽管如此艰难，游击队员空着肚子行军打仗，还节省粮食救济饥饿的难民。

岁月虽然艰苦，但中国共产党领导下的广东人民抗日游击总队粉碎了日寇不断的"扫荡"，打败了国民党顽固派一连串的进攻，抗日力量日益发展壮大。

1943 年 11 月，广东人民抗日游击总队粉碎了日军的万人大扫荡，它被载入中国人民抗日战争的史册。

1943 年，是抗日战争取得胜利承前启后的一年。有了 1943 年这不平凡的一年，才有 1945 年抗战的伟大胜利。

东风浩荡

如果说，1943 年是抗日战争取得胜利承前启后的一年，东江纵队的成立扮演了重要的角色。

1943年8月，新华社报道了中共中央两个重要文件：《国共两党抗战成绩比较》和《中国共产党抗击全部伪军情况》。在这两个文件中，第一次向全国、全世界宣布了在广九铁路地区有中国共产党领导的抗日游击队在抗击日伪军。

根据形势发展的需要，中共中央指示广东人民抗日游击总队改称为"广东人民抗日游击队东江纵队"（简称"东江纵队"）。

历史不会忘记这一天：1943年12月2日。

一股强劲的东风，越过大亚湾，寒风冷雨已被艳阳一扫而光，春天的脚步提早来到了这片红色的土地上，美好的憧憬正展现在人们的眼前。

清晨，银白的曙光渐渐显出绯红，朝霞把笼罩着整个大地的黑暗驱散殆尽，沉睡一夜的惠阳葵涌土洋村（今属深圳市龙岗区）在霞光中苏醒了。

村前的晒谷场改了模样。

晒谷场周围插满了五颜六色的旗帜，迎风摆动。

临时搭建的舞台在晒谷场的东端。

舞台后墙的中间悬挂着毛泽东和朱德的画像；舞台前面的龙门架扎着松枝，插满鲜花，上方拉着一条红布黑字的横幅——热烈庆祝广东人民抗日游击队东江纵队成立大会。

会议的气氛，可以从会场的布置中看出来。

一群群老百姓向会场迈进。有的抬着猪肉，挑着豆腐、大米等食品；有的手举红旗，敲锣打鼓；青年民兵擎着"庆祝广东人民抗日游击队东江纵队成立"的横幅走在队伍的前面。

东江纵队司令员曾生、政委尹林平、副司令员兼参谋长王作尧、政治部主任杨康华忙迎了上去。

曾生："大家辛苦了，谢谢！"

"曾大队长你们辛苦啦！"众人异口同声。

尹林平："感谢大家送来了这么多食品，乡亲们的日子不宽裕啊！"

曾生："这份情我们领了，食品我们不能收。"

长者："哎，政委、队长，见外啦。我们虽然不宽裕，但没有游击队打日本仔，我们就没法过日子呀。"

众人："是呀！"

尹林平："那好，要收下的话，我们要付钱哦。"

长者："政委，亲人送东西哪有讲价之理的！"

"对呀！"

"是呀！"

众人七嘴八舌。

曾生："那好，我们就代表部队收下，同时，也代表全体战士感谢乡亲们了！"说着，对众人行了个军礼。

上午 10 时，杨康华宣布大会开始。

瞬间，爆竹声、锣鼓声、掌声、欢呼声交织在一起，震撼着南粤大地。

接着，尹林平离席走向舞台的边沿，立正，敬礼，宣读《广东人民抗日游击队东江纵队成立宣言》（以下简称《宣言》）。

《宣言》庄严宣告，东江纵队是人民的子弟兵，坚决拥护中国共产党的政治主张，接受中国共产党的领导，坚持团结抗日的政策，为打败日本帝国主义，建设独立自由幸福的新中国而奋斗。

《宣言》还指出，东江纵队在中国共产党领导下坚持团结抗日的政策，反对投降，坚持团结，反对分裂，坚持进步，反对倒退，支持民主，反对法西斯"一党专政"和官僚资本的垄断剥削。主张各界爱国同胞在团结抗日的目标下，互相帮助，互相忍让，以解决一切纷争，改善人民的生活，增强各阶层的合作。东江纵队保护一切爱国同胞的人权、财权，欢迎伪军反正，欢迎一切不愿做亡国奴的人们参加抗日。东江纵队是中国共产党领导下的部队，是人民的抗日武装，除了中华民族与中国人民的利益之外，并没有其他利益。

《宣言》还宣告，东江纵队坚决拥护国际反法西斯统一战线，愿与盟邦及国际友人密切合作，希望能与国际友人在互相尊重、密切合作下，共同完成打败日本帝国主义的任务。

《宣言》宣读完毕后，曾生走到台前，立正，敬礼。

"同志们，在中国共产党的正确领导下，广东人民抗日游击队，从无到有，从小到大，从弱到强。我们的队伍已发展到三千多人，惠东宝抗日根据地不仅得到完全的恢复，而且已扩展到莞太、莞樟、宝深公路和广九铁路中段两侧及大鹏半岛、大亚湾沿海、梧桐山周围，同时还开辟了港九和增博边抗日根据地。我们的队伍，经受了严峻的考验，在孤悬敌后的华南地区，已经站稳了脚跟。"

"同志们！我们是东江地区抗日的主力军，我们要抓住这一时机，促成飞跃，乘胜前进！在华南敌后战场树立一面鲜红的抗日旗帜，同志们，努力奋斗吧！"

锣鼓声、鞭炮声、掌声、欢呼声，响彻云霄。

喋血罗浮

在曾生讲话后，地方代表发言，号召民众积极支援游击队，军民团结起来，把日寇赶出中国……接着，部队列队游行。游行队伍犹如一条巨龙蜿蜒前进，"解放区的天是明亮的天"的歌声与"打倒日本帝国主义"的口号声汇集成一股翻江倒海的怒涛，响彻云霄。

东江纵队，这是多么令人兴奋、激动的名字！一曲《东江纵队之歌》，伴随着战士们沉实的脚步声回荡在东江大地：

我们是广东人民的游击队，

我们是八路军、新四军的兄弟。

我们的队伍驰骋于东江战场上，

艰苦奋斗，英勇杀敌，

取得了辉煌的胜利！

我们有伟大中国共产党的光荣领导，

用我们英勇顽强的战斗，

一定把敌伪和顽固军队彻底消灭！

同志们，前进吧，

光明光明已来临！

今天，我们是民族的解放战士，

明天啊，是新中国的主人！

东江纵队成立时，下辖七个大队，共三千余人：独立第二大队，大队长阮海天、政治委员李筱峰；第三大队，大队长邬强、政治委员卢伟如；第五大队，大队长彭沃、政治委员卢伟良；惠阳大队，大队长高健、政治委员谭天度；宝安大队，大队长曾鸿文、政治委员何鼎华；护航大队，大队长刘培、政治委员曾源；港九大队，大队长蔡国梁、政治委员陈达明。

东江纵队的成立，标志着东江及华南敌后游击战争的新发展。从此，东江地区人民的抗日斗争和抗日武装的发展进入了一个新的阶段。以前，包括香港地区在内的东江地区的抗日武装是以群众性的抗日武装形式出现的，虽然它们的活动都受我党的领导，但并没有正式公开。东江纵队成立以后，在它发表的《广东人民抗日游击队东江纵队成立宣言》中，则公开宣布接受中国共产党的领导。这样，东江纵队便成为我党在东江地区一支公开的抗日武装力量，推动了东江敌后抗日战争的进一步发展。

1944 年，增博边的抗日斗争开始进入高潮阶段，并向广州外围推进。

2 月，独立第二大队渡过增江，夜袭石滩圩，全歼伪警察所和伪联防，俘房伪警察所长、伪联防队长等五十多人，缴获长短枪四十多支。

4月上旬，独立第二大队继袭击铁场伪警察中队和上下南之战后，又取得茹屋保卫战的胜利（详见本章"茹屋血战"）。

5月上旬，独立第二大队奉命向增从番、广州东郊挺进，铁东（东莞）大队中队长韦伟、指导员曾文奉命率领部队开进增博边活动。

5月上旬，独立第二大队渡过增江后，在水东与日军发生再遇战，政治指导员何少清中弹牺牲。部队到达雅瑶后，于14日夜袭白石圩伪绥靖军第三十九师第九十团一营二连及警察所，歼敌四十多人，缴获长短枪四十多支。

6月下旬，韦伟中队策动了驻石龙的日伪反共救国军一个中队的投诚。

同月，韦伟中队成功袭击了三江伪区署、伪警察所。

7月上旬，独立第二大队进入广州外围罗布洞，袭击广州郊区龙眼洞伪军第三十师的一个连，击毙连长，俘伪军六十多人，缴获长短枪六十多支。东纵独立第二大队挺进广州郊区的战斗行动引起了很大的反响，延安广播电台发了龙眼洞战斗胜利的消息，《解放日报》也作了详细的报道。

7月上旬，韩继元、赖祥率领司令部警卫队和港九大队一个小队，北渡东江，进入罗浮山西南、增江河以东地区，会合在当地活动的第三大队一个中队，组建成东江纵队独立第三大队（以下简称"独立第三大队"），由阮海天任大队长，韩继元任政治委员，赖祥任副大队长（邱特后任），陈江天任政训室主任（后任）政治处主任。下辖两个中队，一个独立小队，一个短枪队，一个爆破班，全队共两百多人。第一中队队长由赖祥副大队长兼任，政治指导员邓汀，副队长陈廷禹；第二中队中队长韦伟，政治指导员曾文。独立小队队长李国荣，政治服务员曹养，短枪队队长江九。（详见《罗浮烽火》，1994年第2辑）

新组建的东江纵队独立第三大队，如一条强悍的长龙，在增城、龙门、博罗的联和、竹筏埔、福田、榄陇、三江、道姑田、麻竹坑等地区翻滚。至此，增龙博地区武装力量得到加强，增博边区游击基地进一步得到巩固。

7月26日，在广增公路大桥梅园歼灭伪军一个小分队。

8月18日，突入均和圩，歼灭伪联防队并攻下乡公所。

同月，攻打进驻福田坳岭村的梁桂平顽军一个连。

10月间，攻打窑下村发动武装，毙伤敌人十多人。

11月2日，夜袭增城新塘火车站，毙俘日伪军30多人，缴长短枪30多支，烧毁仓库一座，俘虏日军站长阿南中佐，迫使占据永和圩的日军全部撤走。

让我们穿越历史的时空的隧道，走进那如火如荼的战斗场景。

战鼓催征

东风浩荡，战鼓催征。代表之作有"茹屋血战"和"夜袭鸢岗"。

茹屋血战

地处罗浮山南面的博西（博罗西部）平原，一个历史文化厚重、风情万种的村落，坐落其中。它叫茹屋，茹氏族人住的屋场。

茹屋历史悠久。

1273 年，元军攻陷襄阳，时值天下大乱，群雄烽起，元世祖忽必烈兴兵伐宋，茹崇（广东南雄府保昌县尹）秉忠义，父子起兵应文天祥抗元，与宋叛将张弘范力战古岗，因寡不众敌，形势万分紧急，遵令南赣取兵救驾。但是，大势已去，祥兴元年（1278 年），抗元将领文天祥被俘。没多久（1279 年），张世杰率宋军残部与元张弘范决战广东新会崖山，宋军全军覆没，宋丞相陆秀夫背八岁少帝赵昺跳崖殉国，南宋正式灭亡。此时，茹崇悲恸欲绝，而誓死不降元，回避新朝不仕，不甘为人臣子，不为五斗米折腰，遂同三子隐居广州府新会县古劳都迳口乡，时年五十四岁。此后，祖婆黄氏随长子留居新会，茹崇携妻欧阳氏、二子茂、三子英迁居惠州府博罗县源头乡立籍，后裔繁衍，然后建立了茹屋村。

茹屋之茹氏族人在漫长的历史长河之中，纵烟云变幻，纵时空更迭，都无法掩饰其"名登天府"之光辉。当笔者再次翻卷之时，剥去既往史卷中的浮尘，依然能够感受到簪缨世族的力量与光辉。

当时的茹屋，姓单人少，全村百来户人，五百多人。因方圆百里姓茹的仅此一村，所以被称为"独脚村"。

茹屋南临东江，东接沙河，自古多有强盗出没。于是，茹氏家族为了安全，四面环水，聚族而居，坚实的围屋、高耸的碉楼、厚厚的围墙，把村子围成一个铁桶似的。

茹屋古围墙、围门始建于明，历代有维修。清代初年，铁场一带盗匪猖獗，富裕的茹屋自然常遭骚扰，深受其害。于是筹资修筑围墙，抵御盗匪侵犯。经过数年修筑而成的围墙，绕古村一周。红石墙基，青砖墙体，每隔 4 米有一附墙作支撑。围墙附有七座三至五层高的炮楼，其布阵形似北斗，所谓七星定乾坤。水塘、围墙、炮楼组成完整的防御系统，保障古村落的安全。

茹屋人同舟共济，患难与共，自强不息，立足于此，强势崛起。村里有习武的传统，懂武术的人甚多，在十里八乡都有名望。为了对付外来骚扰，他们以村中易守难攻的围墙、炮楼为依托，组织村民自卫组织，曾多次打退了土匪的进攻。

抗战爆发后，游击队在此建立活动基地，组织了民兵、农会等组织，配备机枪（两挺）、步枪、手榴弹等武器装备。对此，敌人恼羞成怒，经常出兵到茹屋"光顾"，都被该村的村民和民兵"请走"。

1944年3月下旬，在日本人的支持和怂恿下，伪军头目李潮派人到茹屋村"敲竹杠"，要茹屋村在十天内无偿上缴十余万元现款，否则，派兵到茹屋，见人杀头，见屋火烧，见石过刀，气焰极为嚣张。

在那天灾人祸的年头，茹屋把全村的田地、耕牛、粮食卖光，倾家荡产，也难以凑足这笔巨款。

"要钱，分文不给！要打，奉陪到底！"茹族人的性格决不妥协。

但是，茹族人只有两挺机枪和一百多支土枪，双方力量悬殊，此战代价沉重，难以取胜啊！一场"鱼死网烂"的大战就要爆发的时候，独立第二大队大队长阮海天、政委李筱峰闻讯，便率领队伍进入茹屋，准备和村民共同对付敌人。

几天过去了，不见什么动静。部队又要执行任务，留下一个小队担任警戒，主力部队撤离茹屋。

早春四月，一望无尽的田野，绿油油的稻苗在清风中起舞，菜园里不时传来姑娘们的笑语歌声。船儿在密如蛛网的河流穿梭摇过，鱼儿在水面上跳跃。塘边上蔗苗茁壮，果树花香，一派春意盎然之景。

中午时分，二百多名日伪军，从铁场源头圩向茹屋扑来，村民立即丢下手中的农具，跑回村中报告。

"哐哐哐！""萝卜头来了！"铜锣声、呼叫声交织在村中。

独立第二大队民运干事黄宝珍、小队长梁其彪指挥十五名战士和一百三十多名民兵，迅速登上村中的八个碉楼和东、西、南三个大门的门楼。

这天，正是1944年4月3日。

几位老人，不顾游击队和民兵的劝阻，头戴礼帽，身穿长衫，打开围门前往"讲数"（谈判之意）。刚走出大门，"哒哒哒"几声枪响，吓得他们急忙往回跑。

顷刻间，敌人包围了茹屋。

"快开门！皇军要进村搜查八路。"围攻东门二碉楼的敌翻译在喊话。

没有回应。

"再不开门就开枪，开炮啦！"

"哒哒哒！"敌人边开枪边向炮楼冲来。

当日军在砸大门时，把守在东门炮楼的民兵岑胡初、茹容进等向下扔了几颗手榴弹，由于他们第一次使用手榴弹，心里有点紧张，未拧开弹盖、取拉火环就往下扔。日军被几个"哑弹"吓退了几十米，躲在对面的鱼塘堤下。

过了片刻，日军"哇哇"地向东大门冲来。

守卫在东大门的茹敬湘、茹清柳父子和茹运红、茹继（桂）海、茹东泰等，用一挺机枪、三支步枪扼守在大门门楼的楼阁两侧的"枪眼"，密切注意敌人的举动。

十几个日军步步逼近，接近大门时，举起枪托猛砸大门，企图破门而入。眼看大门就要被打开，茹敬湘瞄准日军少佐，扣动扳机。"砰！"一声枪响，正在指手画脚轰赶士兵们砸门的敌军官应声倒地。

士兵抬拉着阵亡的军官向后退。

"叭叭叭！"又有两个日军倒下。

逃命要紧，日军丢下军官尸体急跑回去。

"好，打得好！"

"打！打！打！"

茹东泰、茹清柳等人打开大门，在机枪的掩护下，冲了出去。一阵扫射，日军连忙退到鱼塘边的水沟里。茹清柳缴获了日军一支步枪和一把东洋剑，还把日军少佐手上的手表摘了下来……

春天的天气就像孩子的脸，说变就变。上午还是天清气朗，暖意融融，转眼就细雨绵绵，气温陡降。

天苍苍，地茫茫。

石龙、增城的日军援兵已到。方圆几公里陈兵近千，田埂上，沙河边，小溪旁，田头地尾里，一群群穿着黄色制服的日伪军，像蝗虫一样挪动着。茹屋四周鱼塘堤上布满了日军。离茹屋一公里的源头圩设有炮兵阵地，山野炮、迫击炮，整齐划一地对准茹屋。日军头目（少佐）木夏在炮兵阵地督战。

日军进攻了。用山野炮、迫击炮一轮轰击后，在机枪的掩护下，近百名日军冲向东二碉楼。游击队员和民兵茹敬湘等人，居高临下，集中火力与日伪军展开了殊死的战斗。

"打！不是鱼死就是网烂！"

拼出去了，茹屋村的民众为了保卫家园。

茹敬湘他们已经打退了敌人的多次进攻。汗水、烟灰涂满了茹敬湘赤裸的脊背，他的两只眼睛充血而变得狰狞，他紧绷着脸死死地盯着村外的日军。机关枪枪管打红了，十多支步枪打得直冒白烟。这些武器组成了一道火墙，死死地控制着东门。

东门下进攻的日军犹如潮水，一会儿一层层往后退，一会儿又一层层往上涌。空气里充满了硝烟，让人怆然泪下……茹敬湘右边的茹××抬手擦泪，一伸手，只觉得麻了一下，再看，手掌不见了，只剩下一个冒血的窟窿。

黄宝珍不断地看手表，不断地问旁边的战士说："阮队长有消息吗？李筱峰在哪里？"

无人回答！

沁入骨髓的震颤袭向黄宝珍。

她不知道，这时的阮海天和李筱峰的心比谁都急。

战斗打响不久，在茹屋外围执行任务的阮海天和李筱峰，带领全队人员向茹屋靠拢。当他们进入铁场至茹屋之间的开阔地时，被敌人发觉，遭到猛烈炮火的阻击。他们只好撤退至近铁场的甘蔗林中，伺机行动。

时间一分一分地过去，茹屋方向的炮声、枪声隐约可闻，凭战斗经验，茹屋战斗的激烈程度可知八九。阮海天那焦灼与不安的心就像那"哗哗"翻滚的甘蔗的叶子，在寂静中骚动着。阮海天沉默了。

部队无法向茹屋靠拢。他命令，兵分三路做好村民的撤退接应。自己带领二十多人前往打援。当他们接近时，又被敌人发觉，被迫退下……

深夜，伸手不见五指。黄宝珍、梁其彪带领茹集流、茹月焕等三十多名民兵战士，悄悄地迂回偷袭敌人，意图打开缺口，疏导村民转移。距离敌人只有三四十米时，他们被敌人发现。一阵急促的枪声后，三颗照明弹腾空而起，像三颗巨星，照亮了沉沉的夜空，黄宝珍只好下令撤退。片刻，四周的火力推向村中，子弹呼啸，炮火连天，浓烟滚滚，树倒枝断，乱石纷飞。战斗一直到天亮。

4日清晨，雨停了。太阳从东方升起，橙色的朝阳与硝烟交融，呈现出一种凝重的暗紫色。空中绝了鸟迹，弹道的弧光如经纬交织的金梭银梭网住了苍穹。

茹屋四面八方受敌。一千多名日伪军团团围住了茹屋，不时发起冲锋；东西南北的近百门山野炮、迫击炮，不断向村中轰击。

军民越战越勇，伤亡也越来越多。

战斗了一天，双方在僵持着。

目睹亲人的伤亡，守卫在新四（东边）碉楼的民兵茹成叶，悲痛至极。茹成叶，小名业古，母亲早逝，家贫如洗，为了生活，只好为他人卖了"猪仔"（代他人当兵），由于生性好学，练就了百步穿杨、百发百中的好枪法，成为国军的狙击手。1937 年还参加南京保卫战，南京失守后退伍回乡。此时，他面对凶残的日军，怒火冲天，要给日军打个措手不及。

夜，黑沉沉的，不见山不见地。夜，静得不敢呼吸。一丝风掠过，一片叶子落地，一只虫子的飞翔，都让人毛骨悚然。茹成叶弯着腰，拿着七九步枪，沿着鱼塘边的沟渠，向着日军的炮兵阵地匍匐前进。靠近日军炮兵阵地东侧的猪仔桥头时，茹成叶伏在桥下观察敌方炮兵阵地，炮兵阵地旁边的空地，篝火下的日军，有的在烧烤，有的在撬罐头，有的席地而睡。炮阵的后面立有一杆日本国旗，上方的膏药旗垂头丧气地偏斜在旗杆上。这时，一个军官模样的日军，突然挥舞着战刀，"呱呱"地叫着，篝火旁边的日军，像坐弹簧似的，一下子蹦入炮位。

忍无可忍，茹成叶举枪瞄准，"砰"一声，旗杆折断，膏药旗倒下。

"去见阎头王吧！""砰！"又一声，指挥官木夏的左手中枪，"吭！"指挥刀掉落在地上。打偏了，没打中胸部，打断了木夏的右手。

日军炮兵一时乱了方寸。

很快，日军稳住了阵势。报复性的进攻越来越猛烈。

排浪似的火力向前涌，雨点般的手榴弹不断在围墙根爆炸，火球状的炮弹向炮楼喷撒，一发发炮弹落在四周的池塘中，掀起冲天的水柱，村中不少民房中弹起火倒塌。滚滚的浓烟，呼呼的火舌，腾空而起，村里又一阵大乱。

距离敌方阵地最近的西碉楼（西大门口）被炸了个缺口，敌人要冲进来了。

顶住！守卫在西大门口和西碉楼的茹广发、茹耀流、茹成稳、茹鉴清、茹昌胜、茹桂彪等十多名民兵打退了敌人的十多次冲锋。

铜墙铁壁般的民防工事依然不倒，保家卫国的茹屋民众依然挺立。

日军改变战术，强攻不行就智取。工兵在通向西大门的堤坝处挖开一道壕沟，把村外的水渠和村边的鱼塘贯通起来，打通进攻的通道，以塘基为掩体，不断向（西大门）碉楼发起攻势。

不久，西碉楼楼顶被敌军炮弹击中，民兵们冒着熊熊的烈火转移到三四楼，十多个日军沿鱼塘边冲向西大门口。因三四楼的"枪眼"较小，手榴弹扔不出去，且射击角度为死角，机枪、步枪发挥不了作用，他们便从楼顶搬来砖块砸向日军，迫使敌人伏在墙根下。茹昌胜急中生智，用枪托将"枪眼"

捅大，茹桂彪等人举起驳壳枪将躲在墙根下的敌人击毙。

4日下午3时左右，敌军再度出动近千兵力，在五架飞机和炮群掩护下，派出"敢死队"发起更猛烈的进攻。面对十倍于己的日军，茹屋民众毫不退缩，全民皆兵积极参战。阵地上的民兵沉着打击敌人，这个伤了，那个顶上，轻伤不下火线；老人在照料伤员，妇女、小孩有的拿武器去打击敌军，有的冒着枪林弹雨抢救伤员，有的来回运送弹药、饭菜、茶水，几家农户还杀猪慰劳民兵……

黄昏，太阳慢慢下山，如同一颗巨大艳红的圆盘缓缓滑落。渐落的太阳一点一点地被暮色所盖，天渐渐黑了。茹屋的上空，突然乌云密布，一道闪电划破了黑暗的天空，接着远处传来隆隆的雷声。

下雨了。

茹屋，村内，残垣断壁，人困马乏；村外，敌军围困，攻势不断。

两天一夜，他们已经和外界失去了联系，无法得到增援。

弹药已尽，困境已至。

"突围！突围！"突围这两个字在黄宝珍的脑海中不断闪着。

趁着天黑下雨，分批突围，这是唯一的选择。

黄宝珍主意已定！

她派出多名游击队员与外围的独立第二大队取得联系。

分两批突围。

第一批，从茹屋北面鱼塘涉水突围，几名游击队员和二十多名民兵组成突击队。

机枪开路，突击队在日军的防线阵地上打开一个缺口，抢占了有利地形。

村民淌水经鱼塘撤出。

近百名村民携老扶幼，头顶简易的行囊，淌着齐胸深的水，拼命地向对岸走去。

"八格！八格！"敌人发现了，枪林弹雨落在鱼塘，水花四溅，水柱冲天。

民兵茹鉴凡、茹耀流、茹全柱等人中弹负伤，他们忍痛坚持战斗，掩护群众向赤沥方向突围。

突围的队伍行至牛山（牛大力的草埔）时，受到外围伪军的阻击。

绝处逢生。接应的游击队赶到，击退了阻击突围的伪军。

护送突围的民兵将村民撤退到赤沥红圣庙后，立即返回村内，准备护送第二批村民突围。

这次突围，死伤村民十多人。

晚上 10 时许，从东莞虎门、广州等地增援的三百多名日军赶到，形成了三层的包围圈。日军的火力网把整个茹屋覆盖着，突围不得不暂停。

夜色凝重，雨停风止，敌人在阵地外围点起一堆堆篝火，派出少数兵力警戒，大多数在洋洋得意地围着篝火烧烤食品。

子夜时分，黄宝珍决定兵分两路：一部分人坚守阵地，一部分掩护村民突围。在独立第二大队主力的接应下，村里能走动的老幼妇孺分别从西、北方向安全撤走。

5 日清晨，日军发现村里的村民已撤退，只有游击队和民兵把守，恼羞成怒，要铲平茹屋不可。随着敌方军官"杀击击"的喊声，近千日军，在大炮、飞机的掩护下三面进犯，一时枪炮交织，弹如雨下。茹屋所有的碉楼、工事被毁。

留守的游击队员和民兵，在独立第二大队主力的掩护下，撤出战斗，向外围转移。敌军追至二里路，怕中埋伏，不敢再追，只得用炮火盲目射击，以发泄他们的疯狂。

那一声声炮响，恰似侵略者失败的哀鸣。

日寇如狼似虎地闯进村里，洗劫财物，烧毁房屋。

二十多名村民惨遭杀害：

十多个病残老幼村民，被押在西门的鱼塘边，用刺刀活活刺死，整个鱼塘的水都被染红了；

村东的李大婶，早年丧夫，收养了一个七八岁的男孩，母子藏在家中，被日军搜出，押到东大门枪杀了；

从香港逃难回来的寄住在茹屋的黄剑婆的母亲，因缠脚跑不动，被日军搜出后，也押到东门枪杀了；

茹耀南的母亲，因眼疾留家未走，日军放火烧屋时，在救火中，被日军一脚踢进火海里，活活烧死；

从园洲过来的替人缝衣服的母女俩，女儿被日军糟蹋，母亲奋力反抗，取出发髻刺向日军，日军恼羞成怒，把她母女俩的手脚用大铁钉钉在门板上，然后活活烧死；

茹锡海的老母亲和小女儿被日军用刺刀捅死。

几天后，村民去收尸，尸体都已腐烂，难以辨认。

"行刑"完毕，日军带着掠夺的鸡、猪、牛，撤回增城和石龙，策划着再次血洗茹屋的罪恶方案。

一百三十多名游击队员、民兵和几百名手无寸铁的民众，面对的是一千人以上装备精良，又有重武器配备的疯狂围攻，其劣势显而易见。但是，茹屋人民靠"鱼死网破"的抗战态度，在游击队的领导下，以惊人的战斗意志，击退了日伪军的多次进攻，毙日寇少佐指挥官一名及其部下七八十人，伤敌一批。大大鼓舞了罗浮地区抗日军民的斗志。

不久，1944年农历七月十三日，日寇、李匪共三四百人，围剿茹屋村。在抗日烽火中淬炼的茹屋民兵，不怕牺牲，冒着枪林弹雨，与敌人激战一天，击毙日寇十余人。村民茹王杨、茹广发壮烈牺牲，茹成稳、茹淦帆、茹耀流、茹廷炜等人中弹负伤。当战斗处于白热化的时候，驻罗浮山的东纵大队一部闻讯前来援助解围，四五百群众乘夜晚撤出村庄，向东而去，直往九潭圩，一路安然无恙。日寇和李匪闻讯罗浮山部队援兵已到铁场，马上退兵逃走，不敢再战。

茹屋之战，载入中国革命史册。

几十年后，参与抗日保家的村民多名健在者，每当回忆昔日的战事，记忆犹新，激动不已……参加战斗负伤的村民茹淦帆还撰《源头茹屋村革命斗争史》，并赋诗纪念，现抄录其中两首，以作怀念：

血战烽云

七言古诗一首

曾几烽烟奋旌旗，茹屋血染尚依稀。

河内鏖战枪林雨，碉楼浩歌义勇师。

壮志二年反日寇，同仇千一血成诗。

崇公历代英雄概，众志成城保家乡。

一九八七（丁卯年）仲秋，有感而作

抗日胜利五十周年纪念

七言古诗一首

日寇围攻茹屋村，虎狼冲杀到墙边。

枪林弹雨烟尘蔽，英勇抗衡血泪斑。

七座碉楼守防敌，伤痕满壁倭罪留。

五十周年胜纪念，深仇大恨永难忘。

于一九九五（乙亥年）七月三日书撰

夜袭鸾岗

鸾岗位于铁场之西，是博罗县西部的鱼米之乡。

富饶的鸢岗，自然成为"发国难财"之"抗红义勇军"趋之若鹜的聚宝盆。

"抗红义勇军"李潮部的一个中队长期盘踞在这里，勒索民财，打家劫舍，无恶不作。当地民众恨之入骨。

1944 年秋，一片连一片的稻田在清风吹送下翻着金浪，沉甸甸的稻穗被压弯了腰，黄得夺目，金得耀眼。

过不了半个月，就是开镰收稻的季节了。村民们的脸上堆满了笑容，他们终于迎来久违的丰收年。

天有不测风云。正当村民们在忙着收割前准备的时候，一夜之间，鸢岗的村头巷尾贴满了"征粮"布告。

原来，李潮部强迫村民每亩田缴纳 200 斤稻谷，否则，组织士兵"收割"。

"好不容易盼来了个丰收年，现在要竹篮打水一场空了！"

"该死的呵呵鸡（李潮），又来抢粮了，今后的日子怎样过啊！"

"要粮没有，要命有一条！"

不久，村民被赶出，李潮部又增派一个中队盘踞鸢岗村。

被李潮伪军压榨得喘不过气来的鸢岗村民，便派出代表向游击队求救。

驻扎在福田联和附近的独立第三大队第二中队的曾文，听了鸢岗村民报告后，立即向大队领导汇报。大队领导决定消灭这股伪军，为民除害。

攻打鸢岗是一场硬仗。

鸢岗处于敌伪的中心地带，四面驻敌；南面的石龙镇驻有日军，北面驻有国民党梁桂平顽军；周围还有李潮、冯松两支伪军。

鸢岗易守难攻，村的四周有宽六十多公分、高三米多的坚固围墙；围墙内有六个坚固的碉楼，围墙内鱼塘环绕，水深没人；紧靠围墙的鱼塘边，布满着刺人的竹篱，围墙上面安装了射灯，围墙的外壁挂着马灯（煤油灯的一种）；整个村子只有一条小路出入，路两旁是一片崎岖不平的坟墓地。坚固的防御体系，让人不禁望而生畏。

不打无准备之仗。

阮海天命令副大队长邱特带领侦察人员侦察了鸢岗的地形和外围的军事布局。经过侦察发现，凡是布满竹篱的地方，敌人戒备不严。敌人的防守兵力主要布防在路口的坟墓地上，各个炮楼有二三十个士兵把守。

阮海天召开干部会议，研究了作战方案。决定集中兵力，出其不意地夜袭鸢岗。先从敌人最疏忽的地方——祠堂旁边的炮楼打开缺口，直捣敌巢。

具体分工：大队长阮海天、政委韩继元，负责外围指挥；副大队长邱特负责前沿指挥；韦伟、曾文率领的第二中队和独立小队担任掩护；陈廷禹、邓汀率领第一中队担任主攻。

战前，游击队还发动了竹筏埔、南蛇洞两个村庄的群众砍竹子做梯，扎担架、竹筏子等战时所用的工具，动员了三江、红壆下的民兵参加战斗。

12 月 6 日晚，秋的凉风轻轻地拂起，夜风里已经有了几分凉意。

第一中队中队长陈廷禹率领主力悄无声息地开进鸾岗村外，悄悄地埋伏在甘蔗林中。

战斗开始了，陈廷禹率领部队钻出蔗林，匍匐前进，越过一片开阔的稻田后，蹲伏在鱼塘壆下。陈廷禹一个手势，小队长李国荣率领突击队第一梯队队员，悄无声息地进入鱼塘，向对岸的祠堂碉楼游去。几分钟的时间，剪篱笆，撬竹簕，架竹梯，一气呵成。短枪队队长江九拿着炸药攀上竹梯接近炮楼的时候——

“有人！”

“开灯！”

“开枪！”

被敌人发现了。

炮楼的机枪“突突突”地响起。

不能退！陈廷禹命令火力掩护第一梯队强攻。围墙上的射灯、马灯被打灭了。在漆黑中，第一爆破组迅速把炸药放在围墙脚，把导火线一拉——

“轰隆！”一声巨响，火光冲天，围墙被炸塌一个大洞。接着，第二爆破组的队员快速越过洞口，把炸药包放在炮楼的墙根下，又一声巨响，祠堂碉楼倒塌了大半截。伪军被吓得魂不附体，放弃碉楼，只顾逃命。

邱特和陈廷禹率兵占领了祠堂碉楼后，立即命令：第一小队攻打文昌碉楼；第二小队攻打陈屋碉楼；第三小队攻打地奇碉楼。

布防在路口的坟墓地上的敌军匆忙向村子靠拢。

攻打碉楼和巷战立即展开。

激战了一天一夜，游击队攻占了五个碉楼，控制了鸾岗村的制高点。正准备向最后一个碉楼进攻的时候，敌人依仗兵力优势、武器精良，加上援军快到，负隅顽抗。有的死守碉楼，有的钻入碉堡周围的民房，利用刚凿开的枪眼和窗户，直朝巷口扫射，阻止游击队进攻。战士们采取凿墙打洞的办法，用炸药打开一个洞口后，立即占领一间民房。第二天下午，打通了几间民房，伪军全部被赶到最后的一个碉楼里。

这个碉楼叫引龙楼，是众多碉楼中最大的一个。敌中队长带领全部残敌归宿在碉楼内负隅顽抗，等待援兵。

战斗在激烈地进行着。被伪军赶出村庄的村民回村里要求参战，有的给部队当向导，有的烧水做饭，村中的老人还把伪中队长的母亲带来劝儿子投降。岂料，那个伪中队长连自己的母亲都不管，机枪"哒哒哒"地响个不停……

7日下午，战斗在僵持着。

邱特召开战地会议，研究集中兵力攻破引龙楼。正当大家讨论热烈的时候，突然接到大队指挥所送来的敌情通报：李潮调兵八百有余，在伪团长李英的带领下，扯着"抗红义勇军"的大旗，从东莞企石、中岗和石湾等地向鸢岗进发，日军的骑兵也从增城向鸢岗靠拢。

邱特立即商量对策。有人认为，敌人太多，不能硬拼，要撤退；撤退，唯一的撤退路线只能从三江、红磡方向撤，但要经过一千多米的开阔的稻田，暴露在敌人的火力之下，伤亡很大，背水一战，杀出血路，行不通。最后，决定不撤。并调整了战斗方案：第三小队封锁碉楼，防止敌人逃跑；其余的兵力由陈廷禹、邓汀带领，增援第二中队和独立小队阻击敌人。

敌军在机枪的掩护下，潮水般地向第二中队和独立小队的阵地压来。

伪团长李英手拿短枪，大声喊道："快，冲上去！打垮红军每人赏十块大洋。"

陈廷禹率领战士，端起机枪、长枪对着敌人狠狠地扫射！

敌军倒了一大片，其他的连滚带爬往后退。

"谁他妈的往后退，老子就枪毙谁！"李英疯了，向溃退的士兵开枪。

敌军又掉回头往上冲。

战士们顽强地抗击敌人。

一阵排炮，整个阵地一片火海。

陈廷禹："向前推进十米，避开炮火，把敌人打下去！"

战士们迅速冲到前面的坟地，以坟墓为掩体打击敌人。

尽管敌人多于我数倍，而且武器精良，但是我军凭借勇敢和不怕牺牲的精神，打退了敌人的无数次进攻。

又是一阵炮轰，又是一轮冲锋。

几名战士倒下，敌军趁机涌上。陈廷禹拿起倒下战士的长枪，喊着："同志们，把敌人打下去！"

他和战士们与敌人展开肉搏战。

不料，一个敌军在旁边打冷枪，一颗子弹向陈廷禹飞来，子弹穿过了他的头部。

战士们杀退了敌军。

卫生员跑了过来："中队长，中队长！"

战士们都围了过来，都喊着："中队长！"

陈廷禹被抬下火线。

"敌人又上来了。"

"为中队长报仇！杀！"

双方在厮杀着。

龟缩在引龙楼内的伪军，见势不妙，从碉楼的秘密通道逃跑了。

战斗至黄昏，敌人的炮火明显减弱。

"为队长报仇！"

"同志们，冲呀！"

战士们穷追猛打。

敌人鬼哭狼嚎，抱头逃窜。

至此，敌军全线溃退。

一天一夜的战斗，毙伤伪日军六十余人，俘敌三十余人，缴获机枪六挺、步枪四十余支。

激战中，陈廷禹等七位同志牺牲。

陈廷禹，祖籍广东澄海县，1923年出生于泰国。由于家庭贫寒，少年时候，陈廷禹和母亲一起摆摊卖糕点，后随母亲到曼谷投靠亲友。他在当地的华侨学校读了四年书，不断接受儒家传统思想的熏陶，虽然身在他乡，却心系祖国。1937年"七七事变"，抗日战争爆发，他对日寇的侵略行径无比愤慨，对祖国的危难深切关注。1938年，参加了泰共领导的进步团体"学抗"，积极为八路军、新四军募捐抗日经费和物资。

1939年10月，广州沦陷。年仅十五六岁的陈廷禹，怀着"天下兴亡，匹夫有责"的爱国之心，放弃了学业，告别了亲人，回国参加抗日救亡运动。1939年春，加入东江纵队前身的"新编大队"特务连。入伍三个月，他就参加了袭击沙头角日寇据点等战斗。1941年初，加入中国共产党。他英勇杀敌，参加大小战斗三十余次，屡立战功，从一个普通的战士，逐渐成为小队长、副中队长、中队长。

在攻打宝太公路线上的福永据点时，他担任突击队副队长，带领队员化装进入镇内，乘敌人吃饭之机，冲进炮楼内。顿时，枪声、手榴弹的爆炸声，打得敌人措手不及，退守二楼。突击队员猛冲二楼，敌抵挡不住，退守三楼、四楼及楼顶，以六挺机枪的火力抵挡。由于我后援部队未赶到，在炮楼内与敌人展开英勇搏斗。陈廷禹右脚中弹受伤，鲜血直流时，仍忍痛坚持战斗。后因寡不敌众，被迫撤出战斗。不久，伤愈，陈廷禹返回部队，被提升为副中队长。

　　陈廷禹，当他从昏迷中苏醒过来时对大家说的第一句话就是："日本仔跑了吗?"当战友们告诉他打了大胜仗时，他露出了笑容，断断续续细声地呼唤："张—漪—芝，我来见你了，我要睡在你旁边。"然后慢慢地合上了双眼。这时，他才 21 岁。

　　陈廷禹牺牲了，同志们无限悲痛，把他埋葬在南蛇洞村后山上他未婚妻张漪芝的墓旁。

　　人民不会忘记抗日英雄陈廷禹！

十二　战地黄花分外香

1944 年，离日军投降的日子已经不远了。

世界格局随着反法西斯人民的意志，发生了深刻的变化，反法西斯战争取得节节胜利。上半年，苏军把德军赶出了苏联领土，并把战争推进到德国境内。6 月，美英联盟军开辟了欧洲第二战场，使德军陷入苏联红军和美英盟军的东西夹击之中。德国法西斯在欧洲战场上摇摇欲坠。太平洋战场的日军接连失利，海上运输被美军切断，南洋各地日军陷入和本土失去联系的危险。德、意、日法西斯面临最后崩溃。

"一号作战"

日军的一线生机何在？生存的希望寄托在"一号作战"（亦称豫湘桂战役）。

日军发动"一号作战"的战略目的，一是要摧毁在中国大陆的美空军基地，以防止美空军袭击日本本土；二是要打通中国大陆交通线，铺设一条纵贯中国大陆南北，并连接东南亚的陆上交通动脉；三是要歼灭和击溃国民党军队，摧毁重庆国民政府的抗战信心。

"一号作战"是日本明治成军以来规模最大的战役，据说总动员规模是日俄战争的两倍，可见其拼死一搏的心志。《大东亚战争全史》第三册（北京：商务印书馆，1984 年），第 1101 页："这次战役是要在漫长战线上投入兵力约五十万、马匹约十万匹、汽车约一千五百辆、火炮一千五百门的连续作战"；《一号作战之一河南会战》（北京：中华书局，1982 年）的第 1 页："作战从华北开始……打通纵贯大陆一千五百公里的路线，以大约五十一万人的总兵力，击溃约一百万人的重庆军……堪称大规模的远征。"

"一号作战"的实施为三个阶段的会战：

第一阶段为河南会战。1944 年 4 月，日军以五万多的兵力发动河南战役，打通平汉线，从国民党军队手里夺回了郑州、许昌。此役，前后不过 38 天。

第二阶段为湖南会战（又叫长衡会战）。自 1944 年 5 月底迄 9 月初，历经三个多月，是"一号作战"中交战时间最长、中国军队抵抗最为顽强的一次战役。对中国军队而言，它也是 1938 年以来所遭遇到的规模和破坏力最大的一场战役。数十万士兵及无数的平民伤亡；国民政府的统治区域被日军的南北通道切成两半；在失去 1/4 的工厂的同时，政府的财政收入来源亦随之锐减。此次军事败挫，暴露了国民政府军队的诸多弊端。它与同时发生的经济萧条与政治危机一起，使抗战胜利前夕的国民党政权遭到一场灾难性的打击。蒋介石慨叹"1944 年对中国来说是在长期战争中最坏的一年"，自称"从事革命以来，从来没有受过现在这样的耻辱""我今年五十八岁了，自省我平生所受的耻辱，以今年为最大"。

第三阶段为广西会战（第二次广西会战）。中原沦陷，长沙、衡阳相继失守，日军继续南下，进行打通湘桂线和粤汉线南段大陆交通线的行动。

日军大本营调遣了 40 万兵力，作战距离达 2 400 公里。中日双方死伤甚重。战斗一直持续到 1945 年春，日军基本上达到了战役目标。

"一号作战"直接影响了华南地区。

广东人民的抗日武装斗争又面临着一次新的考验。

1945 年 1 月，日军占领韶关，整个粤北沦陷。同月 15 日，日寇为防备盟军登陆华南，乃打通粤汉线南段及扩大沿海占领区。国民党第十二集团军无能抵抗，退宿赣南，粤北、惠州、博罗及沿海之海陆丰相继沦陷，广东几成全面沦陷局面。

在东江，日军两路进攻惠宝沿海地区，一路从樟木头沿惠樟公路进逼惠州；一路在大亚湾再次登陆直取惠州，驻惠州的顽军又是闻风而逃，惠州、博罗再度陷入敌手。

土洋会议

时不我待，形势逼人。

早在 1944 年 8 月，广东省临委和军政委员会为贯彻执行中央指示精神，在葵涌土洋村东纵司令部召开军事联席会议，史称"土洋会议"。

土洋村，位于大鹏半岛中段的沙鱼涌，背靠犁壁山，东连大鹏半岛，西接盐田、沙头角，南濒大鹏湾，与香港隔海相望。

传说，土洋村的名字与一场冲突有关。土洋村附近的沙鱼涌海滩，曾是华南主要交通口岸和物资运输要道，有许多远洋来的物资先运抵此地再发往各地，因此这里名叫"屯洋"。民国初年，葵涌镇其他 17 个村与屯洋村爆发了一场争夺沙鱼涌海滩的冲突。让人意外的是，"17 村联军"竟然败给了屯洋村，结果 17 个村联名上告到当时的宝安县县官处，状纸上写着屯洋村民"土霸洋盗"，独占海滩。县官骑马到此实地调查，恰好遇上退潮，海滩和屯洋村连成一条直线。结果，县官将海滩"判"回给屯洋，但"土霸洋盗"成了屯洋人的代名词，随后连地名也被改称为"土洋"。

自日军在大亚湾登陆后，土洋村一带便成了国民党军队、伪军、土匪各方势力争夺的要地。中共地下党于 1938 年开始在此进行武装斗争。至此时，这里已成为抗日根据地。

东江纵队司令部，设在土洋村的意大利传教士修建的天主教堂。天主教堂建于 1921 年，1941 年太平洋战争爆发以后，教堂的神父逃离土洋。随后的抗日战争时期，广东人民抗日游击队东江纵队在土洋村正式公开宣布成立，将这座建筑作为司令部。该建筑分为东西两厢，西边的主楼是两层半的夯土木构楼房，外形及装饰颇为西式化，特别是顶部有一个方形类似钟楼的建筑，上面有一个墨绿色的十字架，以及一扇缀满了粉色蔷薇和绿叶的通气窗，昭示着建筑物的来历。

会议由广东省临委书记、东江军政委员会主任尹林平主持。出席会议的有尹林平、梁广、曾生、连贯、王作尧、杨康华、罗范群等，饶彰风、邓楚白、黄宇、李嘉人、饶璜湘等各地负责人列席了会议。

杨康华宣读了中央 1944 年 7 月 25 日的指示，敌打通粤汉路仍势在必行，东纵的工作应一本开展敌后游击战争之方针，加紧进行工作："（1）凡敌向北侵占之地区，只要有久占意图，即应派得力干部或武装小队至该地区与当地党取得联系，尽力发展抗敌武装斗争；珠江三角洲及其以西地区亦应扩大现有武装。希望广东省我党武装能扩大一倍，并提高战斗力；（2）对国民党军队所在地区，仍应坚持隐蔽待机之方针勿变，但可斟酌实情抽调一部分干部转至游击队受训，参加游击工作；（3）应不断设法派专人与琼崖游击队打通电台联系，如有可能还应派人至广州湾附近发展抗日武装斗争。"

"华南敌后抗日战场在抗战中有着十分重要的战略地位。广东人民抗日武装和游击根据地，目前'已成为广东人民解放的旗帜，使我党在华南政治影响和作用日益提高，并成为敌后三大战场之一'。日军打通粤汉铁路势在必行，一旦日军打通湘桂线和粤汉线，华南将沦为敌手。因此，我们的抗日武装其作用与责任将日益增大。"

"在这种形势下，党中央给广东省临委两次来电，在肯定广东人民武装和游击根据地所取得成绩的同时，指出了尽力阻止日军打通湘桂铁路和粤汉铁路南段的重要性，要求进一步发展武装力量，凡是日军侵占并有久占意图的地区都要开展游击战争，中央要求我们把广东的武装力量扩大一倍并提高战斗力。"尹林平开了个头。

党中央令人振奋的指示怎样具体执行呢？

大家就建立根据地与发展游击区的问题展开了热烈的讨论。

大家一致认为，要把游击战争扩大到全省所有的敌后地区，同时要确定发展的方向和发展重点。发展的方向是向北、向东、向西，重点是向北发展；发展的重点是建立以罗浮山为中心的江北（东江以北）根据地。

向北发展和开辟罗浮山根据地的主要任务落在了东纵的肩上。

两支部队挺进北江：一支由邬强、李东明负责，向英德、翁源方向推进；一支由蔡国梁、邓楚白、陈志强带领，开往清远、四会，并向小北江连县方向推进。

东纵的领导机关前往罗浮山，并开辟根据地，前期工作由王作尧和杨康华负责。

土洋会议的召开，对加强广东党组织的建设和军队建设，全面发展广东的抗日武装斗争，具有重要的意义。它是广东人民抗日武装发展的转折点，为广东人民抗日武装的全面发展指明了方向。会后，中共广东省临委将会议情况向中共中央和南方局作了报告。

中共中央复示：省临委的决议与中央精神相符，中央完全同意所提出的工作方针和任务，要动员全省党员为实现"八月决议"而努力，并要注意开展广西和向北发展的工作，准备在广东成立中共中央分局或区党委。

土洋会议掀起的波涛涌向四面八方，广东抗日武装斗争迎来了新的阶段。

1944年9月，根据土洋会议决定和部队迅速发展壮大的情况，东江纵队进行整编，建立支队的编制：

第一支队，分布在广九路以西，东江河以南，珠江以东，宝安、深圳线以北。

第二支队，分布在广九路以东，东江河以南，惠淡公路以西，大鹏湾以北。

第三支队，为机动主力部队，随纵队司令部驻惠阳、宝安交界，以葵涌、坪山为根据地。

独立第一大队（即港九大队），活动于香港、九龙、新界及附近的海面。

独立第二大队，活动于增城西南及广州近郊。

独立第三大队，活动于大鹏湾、大亚湾，惠阳、海丰交界的平山、白芒花等地沿海。

北上抗日先遣队，活动于清远至增城一带。

1944年12月，东江纵队为执行北进的战略任务，决定成立第四支队、第五支队、北江支队和西北支队。

第四支队以独立第二大队为基础，支队长蔡国梁（后由阮海天接任），政治委员由蔡国梁兼任（后由黄业接任），活动于增博地区。

第五支队以原护航大队、惠阳大队和第二支队、大亚湾人民抗日自卫总队各一部组建，支队长刘培，政治委员饶璜湘（后由卢伟如、黄业接任）。

第五支队组建后，即奉命北上东江上游的紫金、河源边区，拟配合后东江特委武装开展抗日游击战争，开辟东江上游抗日游击基地，与创建罗浮山抗日根据地相呼应。后因日军未占领东江上游各县，任务撤销，返回惠阳待命。

北江支队以在增城待命的北上抗日先遣队为基础组建，支队长邬强，政治委员李东明。北江支队组建后，在增城地区待命，准备挺进北江。

西北支队从各部队抽调建制中队组建，大队长蔡国梁，政治委员邓楚白。北江支队组建后，在增博地区待命，准备挺进北江。

根据土洋会议精神，1944年秋，东江纵队副司令员王作尧和政治部主任杨康华奉命着手开辟江北（东江以北）的博罗，建立以罗浮山为中心的根据地的准备工作。首先派出一支武工队北渡东江，进入博罗，配合在博罗活动的部队开展斗争。

强龙过江

土洋会议后，东江纵队向北挺进，建立以罗浮山为中心的江北根据地的工作全面展开。

江畔夜话

蜿蜒的东江，犹如一条舞动的蛟龙，自东向西，穿山越岭，百折不挠，逶迤而下。江面，缕缕雾霭，氤氲缭绕，或浓或淡，或静或动，起起落落，变幻无穷；江水，银浪如鳞，浪花似雪，湍流胜箭；江堤，植物繁茂，群蝶起舞，鸟儿翻飞；这里虽没有百舸争流，没有晨钟暮鼓，也没有绝唱《琵琶行》，但往日的平静让两岸的炮声震颤、裂变，繁衍着一种刻骨的悲凉与悲壮。

企石圩位于东莞市东北部，背靠东江，正对罗浮山，南部与惠（阳）东（莞）宝（安）根据地连接，北岸是罗浮山南麓的平原地带园洲和铁场。自1943年独立第二大队袭击铁场伪警所和园洲上、下南战斗后，独立第二大队控制了博西一带地区，沟通了东江南岸的联系，企石圩成为东江南北信息交通的枢纽。

是日晚，月黑风高，繁星闪烁着耀目的银光，企石圩浸在微光里。

在企石圩的东江边的沙坝上，王作尧穿着便装，斜背着短枪，踏着软绵绵的沙滩，望着这夏夜的景色，来回地走着……他在等待着东江北岸战友的到来。

夜深人静，河边"呱呱——呱"一片蛙鸣，群蛙荟萃，尽展歌喉，清脆的声音打破了这位身经百战的东纵将领的平静，记忆的闸门一瞬间被打开，往事如潮水般涌上来，一幕幕快乐的、悲伤的、刻骨铭心的，像过电影般，从脑海中快速掠过——

他，出生于水乡——广东省东莞县厚街。

贫困窘迫的家境，让他尝尽了求学之艰辛。

生性好强的性格，注定了他的铁血军旅戎马生涯。

炽热的爱国情怀，让他走上了抗日救国之道路。

火一般的热情，将他和他的战友的命运紧紧相连。

在革命的道路上，他越走越宽：

从加入中国青年同盟，到抗日救国十人团；

从东莞模范壮丁队，到抗日模范队莞太线工作队；

从惠东宝边区人民抗日游击大队，到东江纵队；

从普通的士兵，到东江纵队的将领。

他，历尽了千辛万苦。

他承担着失败的痛苦，他分享着胜利的喜悦。

他，披荆斩棘，所向披靡。

望着天上那银光闪闪的繁星，听着河边那阵阵的蛙声，他思绪万千。

是呀，他身负重担，要和他的战友冲破那黎明前的黑暗！

王作尧深感肩上担子的分量。

……

"首长，阮队长他们来了！"警卫员走到王作尧的身旁，轻轻地说。

这时，阮海天领着邱特等人风风火火地向王作尧走来。

"阮海天同志！"王作尧急忙迎了上去。

阮海天："首长好！"

两人的手紧紧地握在一起。

他们是战友！并肩作战，生死共患。

王作尧："来，坐下来谈谈。"

王作尧、阮海天、邱特三人便在河边的几块石头上促膝而谈。

王作尧："司令部已作了决定，今后的发展方向主要是向东江以北，发展的重点是在罗浮山。邬强和蔡国梁两支部队已经在去年 8 月 20 日，占领李潮保守在这里（企石）的伪军，过了东江向北面推进。我和杨康华同志将率领部队进入罗浮山西南、增江河以东地区，解放博罗全境及增城、龙门等部分地区，将东江南北两岸的抗日根据地连成一片。"

阮海天、邱特静静地听着，露出了希望的笑容。

"江北的武装斗争形势比预期的还要好，南北相通，部队向北和挺进罗浮山建立根据地的条件已经成熟。"

罗浮山作为战略要地，一直为中共东江地方组织和东江人民抗日武装所重视。当日军入侵华南后，他们就派出抗日救亡工作队和中共地下党员在博罗、增城、龙门一带活动，建立党的组织，开展抗日救亡运动，组织抗日救亡团体和民众自卫武装，为开辟罗浮山根据地进行了长期的准备工作。

江北的工作，特别是东江沿岸的工作已经有了多年的基础。早在 1939 年，阮海天已在增城一带成立了广东民众自卫团增城县第三区常备队，在增城和博罗的边界地区进行抗日游击战争，后合并到惠东宝边区抗日游击队二大队（王作尧部队）来。部队东移海陆丰回来以后，游击总队经常派出武装协同地方武装在博罗、增城一带活动。

1943 年 6 月初，东江人民抗日游击队派出武装小分队在这一带活动。东江纵队独立第二大队成立后，开始在罗浮山的长宁、福田、联和与东江北岸的园洲、石湾、铁场、九子潭一带活动，拔敌伪据点，消灭日伪顽军。

1943 年 10 月中旬，智取铁场伪警中队（详见第十章"浴血奋战迎彩霞"之"智取伪警中队"），同月袭击伪军李潮部（详见第十章"浴血奋战迎彩霞"之"东江河畔的枪声"）。

就是这两场仗，给日伪军一个下马威，打通东江南北的交通联络，为开辟罗浮山根据地扫除了障碍。

1944 年 7 月，纵队司令部决定组建独立第三大队，由阮海天任大队长，原籍博罗的韩继元任大队政委，赖祥任副大队长兼中队长。原在江北的韦伟、曾文的中队编进去，另外还配有一个独立小队。新成立独立第三大队，首先打开了企石的局面，后进入江北，在博罗西部的联和以及四升坪一带活动。

不久，纵队司令部调整了独立第三大队的领导，由邱特接替赖祥，任副大队长，陈江天任政治处主任。仅三个月的时间，打了两场硬仗：

8月，袭击驻福田坳岭村的国民党顽军梁桂平部一个连。

10月，攻打了盘踞在鸢岗的李潮部（详见第十一章"东风浩荡战鼓擂"之"夜袭鸢岗"）。

这两仗影响很大，打击了敌人的嚣张气焰，保护了民众的利益，民众对共产党领导下的部队有了正确的认识。

……

望着又黑又瘦的阮海天、邱特，王作尧的泪水在眼眶里打转。怎能不激动呢？

王作尧："在这么短的时间里，你们战绩辉煌，功不可没，我代表曾司令、尹政委感谢你们！"

阮海天、邱特："谢谢！"

王作尧："目前，主力部队就要过江，我奉命带部与你们会合打通东江通道，让大部队安全过江，任务很重。"

"好呀！"阮海天、邱特异口同声。

王作尧："你们的工作非常出色，为主力部队过江扫除障碍，对此，我们放心多了。"

阮海天、邱特会意地笑了。

接着，他们研究了下一步的行动方案。

阮海天："东江河中下游江南的东莞企石至江北的博罗苏村，属于平原地带，地形平坦，水流平缓，渡江难度相对较小；两岸河流纵横交错，湖泊星罗棋布，居民拥有木船，在渡江工具方面没有困难；而且，两岸民众对我党领导的抗日队伍充满信心。"

邱特："东江河从东莞的石排石坑村至博罗苏村的五十公里河段，离日军占领区西边的东莞的石龙和东边的惠州、博罗较远，日军鞭长莫及；只要把本地的反动势力压下去，部队在此过江没问题。"

王作尧认真地听取了他俩对敌情的分析。

控制这段河道的是两股势力，一股是李潮部，一股是陈禄部。

李潮，东莞石排人。祖辈是当地的土匪，凶残霸道，老百姓无不恨之入骨。李潮不仅独霸一方，而且与日伪、顽军勾结，他的土匪队伍既有日伪军的番号也有国民党的番号，声称要与游击队抗衡，充当东江地区反动势力的急先锋。

陈禄，花名"大脚禄"，园洲马嘶人，陈禄部就是过去王若周部（曾编为我第二大队的第二中队的一股土匪）。几年来，"大脚禄"与李潮一样，依仗日伪顽的势力，横跨东江两岸，设下大小据点，敲诈勒索，奸淫掳掠，无恶不作。

王作尧："他们在当地敲诈勒索，奸淫掳掠，无恶不作，为非作歹，当地民众对他们恨之入骨。所以，东江纵队北渡东江的渡口选在这河段非常合适。"

阮海天："这两股为非作歹的敌对势力，长期鱼肉百姓，当地民众对他们恨之入骨。选择地段过江，一个很重要的原因就是要趁机消灭这些祸国殃民的土匪。"

王作尧："你们言之有理，天时地利人和，万事俱备，只欠东风。"

最后，他们就渡江的具体问题达成了统一的意见。

不知不觉，东方已发白，蛙声渐渐退去。

王作尧等挥手告别，迎着旭日，向远处走去。

大军压境

1945 年，罗浮古老的土地迎来了一个崭新的春天。

罗浮山是我国道教十大名山之一。史学家司马迁把罗浮山比作"粤岳"，所以罗浮山素有"岭南第一山"之称。

罗浮山山势雄伟，它位于广东中部的东江中游北岸，距离广州 80 公里，它的南面是博罗县，西面是增城县，北面是龙门县，是广州和粤东通往内地的天然屏障，是重要的战略要地。日军入侵华南后，其主要据点在其西南的东莞石龙镇和西北的增城，外围据点有伪军李潮部等。

形势逼人，东江纵队渡江向北的行动按预先的方案开始实施了，一条蓄爪待扑的巨龙终于迎来了机会，它狂放不羁，腾空而起，飞跃东江，直奔罗浮山。

1945 年 1 月，东纵副司令员王作尧率领彭沃第三支队吕苏的一个大队，翻过九百米高的白云嶂，进入东江河南岸的东莞北部地区，令第二支队渡江到东江北岸苏村与第四支队会合，控制东江以北石滩至苏村一带地区。

经过连续奋战，终于扫除了李潮、"大脚禄"的据点，占领了桥头、石排，完全控制了石滩至苏村沿江地带，迫使日军龟缩石龙。

同时，杨康华带领一部，在东江南岸的黎村、铁岗、南坑一带活动。至此，这一带的国民党顽军闻风丧胆，逃之夭夭，东江南岸成了广阔的敌后地区。

东江南北通道打开，为东江纵队领导机关和主力部队渡东江，进入罗浮山地区铺平了道路。

接着，王作尧、杨康华在企石会见了从江北过江来的独立三大队政治处主任陈江天，听取了陈江天的情况汇报后，作好渡江行动计划。

1945年2月初，王作尧、杨康华率领第三支队第三大队和东江抗日军政干校等，在独立第三大队的接应下，从企石北渡东江河，到达博罗境内的马嘶。随后，主力部队陆续横渡东江。

1945年的春天，罗浮山山花烂漫。五角帽、灰色土布制服、三八大盖、驳壳枪，以及一张张年轻而又喜悦的脸庞，这支一千三百多人的队伍似滚滚的铁流，绵延数里，挺进罗浮山。

过江了，只是在前进的道路上迈开的第一步。

王作尧分析了敌情。

博罗过去几年的武装斗争有所发展，但斗争的形势依然严峻。日伪军、土匪围困着博罗地区：中部博罗县城有日军，博罗南部、西部驻有李潮伪军，东部和北部有国民党顽军。

按照原来的部署，过江后首要的目标是清除占据博罗北部的国民党惠州游击指挥所的梁桂平支队。王作尧认为，罗浮山南面的土匪容易对付，如果过江后部队一直从南面打到北面，既拖延时间，又消耗兵力，得不偿失。

王作尧决定，在派出一部分兵力协同当地党组织在东江沿岸建立交通站，巩固发展成果的同时，主要力量分多路向南、向西、向北、向东进发，并开展了一系列的战斗。

向南挺进：

3月20日，第三支队在支队长彭沃、政委陈一民、副支队长翟信的率领下，渡过东江到达博罗龙溪、龙华一带接受战斗任务。接着，在纵队王作尧和杨康华指挥下，第三支队在罗浮山以南，陆续控制了东江北岸的礼村、马嘶、苏村沿东江河一带地区。

4月7日，第一大队（大队长邓发）首先攻打南面（亦称博西）的李潮伪军残部，占领了礼村。

4月11日，歼灭盘踞在马嘶村的李潮一个团，占据马嘶。

4月23日，李潮、陈禄伪军共一千余人，配合日军向马嘶进攻，被邓发、王士光大队击退。至此，李潮部伪军退到石龙一带，部队在这一片地区发动群众退租减息，建立了乡政权。

接着，于5月9日，第三支队向罗浮山挺进。

向西挺进：

3月中旬，第五支队和独立第三大队、独立第六大队，在罗浮山西北地区，横扫日伪军，清除顽军的地方团队，打开向增城、从化、龙门发展的通道。

5月3日（一作13日），日军炮兵一千余人从增城调防博罗城，第三支队在福田、联和一带，占领有利地形阻击日军行进，从清晨一直战斗到下午，把日军紧紧拖住，使日军被迫撤回增城。战后，支队部属三个大队向博罗东北方向前进，与第三大队会师。这一仗，罗浮山地区民众的抗日热情和自觉性空前高涨。东纵部队趁势成立农、青、妇等抗日群众组织，建立乡、镇的政权，开展减租退息运动。

向北挺进：

3月中旬（一作4月），第三支队的第三大队向博罗北部挺进，经响水、平安、柏塘、鹅头寨，然后向西经横河进入罗浮山。5月中旬，梁桂平兵分两路进攻东纵部队，企图夹击东纵部队于横河以南地区。一路从公庄、柏塘、响水进攻；一路从平陵、路溪向横河进攻。

第三支队和第五支队奋起反击。

第三支队负责阻击从公庄、柏塘、响水进攻横河的敌人。

第三支队命令第二大队（队长张新、副队长吴提祥）抗击敌人的前进，毙伤顽军五十余名，把敌人赶回派（泰）尾。6月初，部队主动出击，连续作战，占领显村，进驻公庄，顽军退到杨梅水。6月8日，由支队政委陈一民亲自带领第一大队（大队长邓发、政治委员黄彪）袭击杨梅水的敌人，从早上6时开始攻击，用炸药包炸开村中的炮楼，歼敌一百余人，缴获机枪两挺、步枪数十支。接着，支队领导彭沃、陈一民、翟信率队攻打驻守在派（泰）尾的顽军。

第五支队负责阻击从平陵、路溪向横河进攻的敌人，把敌人阻击于横河河肚，毙伤其三十余人，俘其一部。顽军被迫退到派（泰）尾、石坝一带。

不久，顽军又拼凑力量向东纵部队进攻，东纵部队集中了第三支队和第五支队与敌人反复较量。

向东挺进：

第五支队派张英等率领一支小部队到博罗、河源发动群众，开辟新区。很快在古岭地区组织农民武装，建立了古岭大队，钟锦秀任大队长，张英任政治指导员。为了加强古岭地区的武装斗争，东纵司令部从第五支队和独立第三大队抽调一个中队的兵力，组成独立第一大队，由何通任大队长，张英任政治指导员，指挥古岭大队共同行动。

与此同时，由第五支队和独立第三大队派出部分骨干，同龙门地方党组建的抗日武装二百余人，成立增龙博边区独立大队，王宏达任大队长，陈江天任政治委员（后袁鉴文），活动于罗浮山北面永汉地区，配合开辟罗浮山抗日根据地的斗争。

至此，东纵部队，占领了公庄、柏塘，把梁桂平支队赶出了博罗。

此外，独立第三大队控制博东象头山地区。独立第六大队负责控制博罗南面的马嘶、苏村沿东江河一带地区。

在开辟以罗浮山为中心的抗日根据地的同时，东江纵队北江支队由邬强、李东明带领，西北支队由蔡国梁、邓楚白带领于 1945 年 2 月从罗浮山出发，在刘培第五支队的配合下攻打罗浮山北麓的龙门永汉和麻榨，粉碎了国民党顽军抢夺罗浮山北部地区，进犯横河的企图。随后，北江支队和西北支队经增城，渡过流溪河，进入从化、佛冈向英德挺进，然后，部队按照战略部署分成两个地区活动。北江支队在粤汉铁路以东，沿铁路向北发展；西北支队横渡北江，进入英（德）清（远）边境作为立足点，继续向小北江挺进，发展粤桂湘边区的抗日游击战争。

江北的抗日武装力量壮大了。东江纵队的领导对兵力作了适当的调整。除了三支队在罗浮山地区外，阮海天的独立第三大队和独立第二大队编成（入）第四支队，奉命在增城、番禺北部、从化方面策应，对付广州、新塘之敌。刘培的第五支队调至罗浮山，驻罗浮山北面的横河一带展开活动，曾春连大队编入第五支队。

至此，博罗全境（除县城外）以及罗浮山周围的增城、龙门部分地区牢牢地掌握在我军手中，东江河南北两岸的抗日根据地连成一片。为了控制住罗浮山地区的局面，王作尧又派出部队，分别向南北两面活动。他亲自带着独立第三大队过罗浮山北麓，占领龙门麻榨，控制了进入龙门的隘口。

随后，东江纵队把博罗的民兵组织升级编为县大队，由林道行任大队长。

在增博边区，武装斗争亦如火如荼。

1945 年 3 月，在增城三江、博罗联和边沿地区活动的游击队，根据东纵第五支队的指示，以韦伟中队为骨干，吸收了长宁、福田、联和、四升平等乡一部分武装民兵参加，组建了增博大队，韦伟为大队长，鲁（曾）文为政委，归东纵第五支队辖编。此外增博地方党组织把长宁、福田、联和、四升平等乡的民兵集中，合编组成了增博常备（博西）大队，由周佛祥任大队长，徐文为政委。增博常备（博西）大队成立后，在东纵第五支队队长刘培的统一指挥下，配合部队作战。在这个时期，罗浮山纵横几十公里都有游击队活动，民众安心生产，商贸繁荣热闹。

5月下旬，省临委、军政委员会以及东江纵队司令部、政治部、后勤机关等直属队先后进入罗浮山根据地。司令部设在冲虚观，联络处设在冲虚观后的朱明洞，政治部设在白鹤观，军政干校军训队设在长宁澜石一带，青训班设在长宁石下屯，《前进报》报社开始设在福田三星书屋，后置于罗浮山朝元洞。从此，一直到日本帝国主义投降，这里成了华南抗日游击战争的指挥中心。

7月7日，博罗成立了人民的政权——博罗县抗日民主政府，通过各阶层代表人士民主协商，选出韩继元为县长，李志春为政府秘书，韩景星为军事科长，黄惊白为教育科长，张觉青为民政科长。下辖新一区（博西区）和福田、联和、东宁、横河等14个乡，人口约14万；以及在东江纵队控制下的苏村、田牌、柏塘、桔子、獭子、麻陂、派（泰）尾、平陵、正果、麻榨。是日，博罗县各界民众五千余人，在罗浮山长宁举行庆祝中国共产党诞生24周年和抗战8周年暨博罗县政府宣誓就职典礼。抗日民主政府颁布了临时施政纲领，废除了苛捐杂税，施行"二五减租"，废除保甲制和不合理的征兵制。对此，广大人民都积极拥护，乐意支持人民武装部队和抗日民主政府的工作。

这时，博罗呈现了一派蓬勃新生的气象。

一代天骄

罗浮山是一座佛道共存的名山。山上，道观林立，佛寺众多，素有"九观十八寺二十二庵"之说。

在众多的寺观中，最出名的是冲虚观。

冲虚观，沧海桑田，香火不断。史载东晋咸和五年（330年），葛洪入罗浮山朱明洞隐居，采药炼丹，著书立说，并在山中建造庵舍。冲虚观故址就是葛洪的南庵。东晋义熙元年（405年）就南庵故址建立葛洪祠，到宋时立观，原名都虚观，北宋元祐二年（1087年）哲宗赐"冲虚观"额。清嘉庆七年（1802年）因毁于兵燹，由道人陈圆琯重修。同治时再经修建，石刻门额"冲虚古观"，为同治年间粤督瑞麟所书。门外对联：典午三清苑，朱明七洞天。（注，《资治通鉴》卷一七一胡三省注曰：典，司也；午，马也。晋帝姓司马氏，后因以"典午"指晋朝。十二支中，午属马。晋姓司马，故称晋朝为典午）说明了这间道观溯源至晋，且居于全国道教所称的三十六洞天的第七洞天。

冲虚观就要成为东江纵队司令部。

冲虚观坐北向南，气势恢宏壮观。主体是一套四合式庭院，为木石建筑结构，包括山门、正殿和两廊，主体建筑两旁为数十间平房和两层楼的道士宿舍、膳堂、库房等附属建筑物。

罗浮山乃历代兵家必争之地，虽说罗浮山地区战乱不断，但因中国道教在兵家心中的位置和罗浮山人用自己的坚强让这座古观千年不倒，历朝历代冲虚观都声名远扬。

然而，罗浮山沦陷，这座千年古观不再是暮鼓晨钟，香火旺盛，取而代之的是冷清与萧条，几百号道士远走他处……

滴滴答答连续几天，这种清脆声响一直在牵绕着人们的思绪，梦中响着，直到雨停。

初夏的雨，带着五月的清凉，不紧不慢下个不停，把大山树上的新叶洗涤得清新干净。每天都在吵吵闹闹的鸟儿，这时候一句话也不说，藏在树叶里，静静地聆听着雨的韵律。

初夏的雨给万物带来了希望。翠绿的桑树枝头挂满了紫红的桑葚，像少女那湿润泛红的唇。

巍巍罗浮，激动万分，点点水滴，洒落林中，像银珠闪耀，似银线跳舞，雨山相连，天地亲吻，别有一番景象。

罗浮山，初夏的雨清新凉爽，让人心旷神怡，初夏的雨有备而来，为生物带来了新的生机，为革命者送来了希望……

初夏的冲虚观，在等待着……

广东省临委、军政委员会要来了！

东江纵队司令部要来了！

中共广东省干部扩大会议即将在这里召开。

为了保证罗浮山会议的顺利进行，王作尧接受了保卫会议的任务。

不久前，王作尧奉命率部队提早进入冲虚观，几百号人马驻在冲虚观周围。沉睡多年的千年古观，在一夜之间热闹了许多。

道观内住着百余道士，他们对游击队没有恶意，也没有好感，不冷不热，总是避而不见，最多的是问一句答一句。

"道友，你好！"炊事班长向一道士打招呼。

没有回应，送来的是一束无奈和好奇的眼神。

"借个大锅煮饭可以吗？"

"伙房有几个大锅。"没有表情的回答。

"我们不煮荤菜，请放心。"

"没问题，道家斋心唔（不的意思）斋口。"

"我们会算还柴火钱给你们的。"

"不用掏钱买柴火，这里到处都是柴，自己去捡就是了。"

"道友……"炊事班长想再多聊一会，只见那道士已经调头走了。

在了解附近的情况时，有的道士推说"出道人不问尘世事"，有的干脆给你一个瞪眼，一声不响，拂袖而去。

似乎，这里是一片远离人间烟火之地。

王作尧知道，道士厌恶战争，讨厌杀戮，讨厌军人，在所难免。

王作尧命令部队露宿在道观的周围，不断向战士强调遵守道家的风俗及禁忌。

几天后，这里的情况发生了极大的变化。

道士主动与战士们打招呼，还腾出房子让部队住下。王作尧知道，部队进驻罗浮山后，香客多了，道士们从香客口中知道这支军队是人民的军队。

一个女道士在扫地时与其他道士交谈，路过的王作尧听出了她浓重的东莞口音，他操着东莞话与她交谈。女道士姓何，石龙人，家中尚有父母兄妹。

王作尧："我是厚街人，大家是同乡。"

何道士："哎呀！你是厚街人？"她抱拳拱手，略微弯腰，向王作尧行了个道礼，高兴地说："我们是乡亲，你叫我大姑好了。"

王作尧："好！我叫您大姑。"

同乡人相见，话语自然多了起来。

王作尧："有没有返屋企睇睇父母？"

何道士家中尚有父母，自家乡沦陷后一直没有探望过父母。

何道士："冇。"

王作尧："哦！大姑是读书人吧？"

何道士："哎，正是，我大学毕业。"她长吁一口气，合掌道："道人不论出处，我山蒲柳柔弱，比起壮士您，真是相形见绌啊。"

"哪里，哪里，"王作尧向何道士躬身，说："大姑，您是老前辈了，我们初到此地，人生地不熟，还望指点。"

"你们真是好人，秋毫不犯，王者之师，一代天骄也；修道之人本不闻世事，但你们是舍身救世，魂散于天地的壮士，有什么事就问吧。"

王作尧向何道士了解了罗浮山的情况。

何道士："我是出道人，不出半步门，山里的情况不太清楚；我身在此观，这里的情况略知一二。"

经何道士介绍，王作尧得知冲虚观的一些情况。

冲虚观原来住有四百多名道士，罗浮山沦陷后，多数道士离开道观。现在的道长原是国民党的团长，在这百多号人中，有国民党的师长、旅长、营长、连长、排长和士兵；还有破产的商人，失恋的青年，彷徨的学生……在这些人中，有的是历尽人世沧桑，但求清静无为，有的是"迹崆峒而身拖朱绂，朝承明而暮宿青霄"。

何道士："出道人都顾自己，谁也不过问外事，你们多加小心就是了。"

王作尧："谢谢大姑。"

翌日，王作尧召集干部开会，研究司令部选址在冲虚观的可行性。

大家认为司令部设在冲虚观是可以的，但必须严防道观内可能会出现的情况。有的同志主张对从国民党军队出道的人，逐一登记审查，有的同志主张干脆把冲虚观搜查一遍。

王作尧："不行！道教圣地岂能骚扰，我们要尊重道教；对此，我们已经明确了纪律，大家都要遵守，特别是不准占用道士的住房、不准到三清殿妨碍或参与道士进行的法事……至于有没有特务、奸细，我们只能密切注意，加强防范，内紧外松。"

大家一致赞同。

最后，大家对加强保卫工作问题作了具体的安排。

一天夜里，潜伏的哨兵发现了两个形迹可疑的人后，立即向王作尧报告，王作尧派人秘密传唤两人，经审问，便查出了这两个人是与国民党、土匪相勾结的道士。王作尧将情况向观内的道士长作了通报。

从此，冲虚观的自然环境和人员干净了。

不久，尹林平政委、曾生在惠阳渡江西下，到达博罗。

王作尧得知尹林平、曾生到来，一大早便等候在澜石路口。

远远地，几匹枣红马喷着响鼻，火一般卷起烟尘奔腾而来，王作尧快步迎上前。

尹林平和曾生相继飞身下马。

尹林平："司令员，我们终于到达罗浮山了！"冲口一句，百感交集。

曾生："是呀，终于来到了你曾经工作过的地方。"曾生完全理解尹林平的心情。

两年前，时任东江特委书记的尹林平，跑遍了罗浮山的山山水水，举起的这枚棋子，今天总算落到这块抗日的金角银边。

凝望白莲湖畔，依陡壁凌霄而立的冲虚观；眺望那层林叠翠，白云缭绕的狮子峰，尹林平饱满的眼窝闪着光："我们从受挫到走出困境，从胜利走向胜利，成为一支抗日的雄狮劲旅，不容易啊！"

他们沿着冲虚观右侧的山道往上行进。

他们登上了狮子峰。

六月的天，说变就变，当他们登上狮子峰的时候，天又下起了不大不小的雨，根根雨线从空中直扫向大山，呼呼的响声此起彼伏，山上烟雨缭绕。狮子峰为罗浮山朱明洞南面一座山峰，从远处看，冲虚观右侧的麻姑峰犹如蹲伏雄狮伺机扑跃，故又名狮子峰。花岗岩峰顶上，秦咢生书的"狮峰"的题刻，镶嵌在一块大岩石的中间，鲜红耀目的"狮峰"坐南向北，仰望着罗浮山最高峰"飞云顶"，似乎在呵护着罗浮大山，与高山对话，与大山交流。

迎风冒雨站在海拔 243.3 米的山峰上，仿佛到了一个"世外桃源"。他们观赏着大自然赐给的雨景：山下，云浓雾密，排山倒海，莽莽苍苍；山涧，乌云滚滚，气吞山河，唱大江东去；"骆驼峰""玉女峰""伏虎峰"雄伟、险峻、神奇，气象万千，神韵袭人。叠嶂群山，如梦幻般地变化着：一会儿浩瀚的云海，如烟，如雾，识辨不清，灰蒙蒙一片；一会儿险峻的高峰，若隐若现，轮廓模糊，素默而又淡远；一会儿陡峭的山谷，银涛纵横，一泻千里，激情高昂，绮丽而又雄艳；一会儿雄伟的山体，轻纱一缕，阴霾遮屏，汪洋一片，山在云中走，云在山里飘。这是一条神奇的面纱，这是一块明砚淡墨，在奇峰秀峦间，在清白的宣纸上，浸染出气韵非凡的美丽图画，幻化出一个朦胧虚渺的神话世界。

他们，陶醉在这美轮美奂的景色之中。

杨康华："好景！飞云横渡万重山，留下风光在险峰。"

尹林平："虎啸深山，是猛虎，龙腾大海，是蛟龙；雄狮劲旅，要有名山大川为依托，罗浮，'王者之师'来啦！"右手一挥，大有指点江山的风度。

曾生："对！'王者之师'，通常指代表正义的军队，我们这支在共产党领导下代表正义的部队，就是正义之师，王者之师，一代天骄啊！"

杨康华："有水平，不愧是中山大学的高材生。"

"哈哈哈！"众将大笑。

王作尧："对！罗浮山，我们来了！'王者之师'来了！"

曾生："占领大山，在东江之滨，非罗浮山莫属。"

"是呀，罗浮山虽不是在北国，但用毛泽东大气磅礴的词《沁园春·雪》来欣赏此情此景，合适不过了。"尹林平兴致勃勃地念道：

　　北国风光，千里冰封，万里雪飘。

　　望长城内外，惟余莽莽；大河上下，顿失滔滔。

　　山舞银蛇，原驰蜡象，欲与天公试比高。

　　须晴日，看红装素裹，分外妖娆。

　　江山如此多娇，引无数英雄竞折腰。

　　惜秦皇汉武，略输文采；唐宗宋祖，稍逊风骚。

　　一代天骄，成吉思汗，只识弯弓射大雕。

　　俱往矣，数风流人物，还看今朝。

"哈！哈！哈！"朗朗的笑声在山间回荡着。

……

罗浮会议

冲虚古观左侧是著名的"洞天药市"遗址。

早在宋朝，广东便有珠、香、花、药四大市场。屈大均在《广东新语》中记述："粤东有四市，一曰药市，在罗浮山冲虚观左，亦曰洞天药市。有捣药禽，其声叮当如铁杵臼相击。一名红翠，山中人视其飞集之所，知有灵药。罗浮故多灵药。"屈翁山（大均）先生把罗浮药市与广州芳村花地卖素馨花的花市，合浦县廉州城西卖鱼桥畔的珍珠集市，以及东莞县寮步圩的沉香市集，相提并论，称之为南粤四市。"洞天药市"整个绵延5里长，集中了问药、卖药、药膳、药浴等中医药文化的精华。

1945年7月6日至22日，中共广东省临委在东江纵队司令部罗浮山冲虚观召开扩大干部会议，史称"罗浮山会议"。这是继1944年8月，在大鹏半岛土洋村会议之后又一次召开的重要会议。

主会场设在"洞天药市"上方的林子里。参天大树，树影婆娑，给会议增添了几分神秘。

会议由中共广东省临委书记、东江纵队政治委员尹林平主持。参加人员有曾生、王作尧、杨康华、林锵云、李嘉人、黄康、饶彰风、李殷丹、梁威林、谭天度、饶璜湘、黄宇、卢伟良、邬强、刘培、黄松坚、张华、林美南、严重（陈志华）、余明炎、冯焱、王鲁明、叶锋、陈能兴、张江明、杜襟南、陈铭炎、王炎光、李健行、黄庄平、谢鹤筹、王士钊、余慧、徐英等三十多人。

37 岁的尹林平主持了会议。这时的尹林平，已是一位身经百战、经验丰富、潇洒大气的抗日武装将领。

尹林平，江西省赣州兴国人，曾用名尹利东、尹林平。1929 年参加红军，同年加入中国共产党。他在革命的浪潮中经风雨见世面，大浪淘沙，铁骨凛霜，经受各种成功或者挫折的历练。他参加了中央苏区第一至第三次反"围剿"斗争。任过红军团长、游击队支队长，中共厦门市委工委书记，参加了闽南三年游击战争。抗日战争时期，历任中共广东省东江特委书记，中共广东省临时委员会书记，广东人民抗日游击总队政治委员，广东人民抗日游击队东江纵队政治委员。

毛泽东曾于 1945 年 2 月 12 日在关于广东问题的电报批示中称尹林平"此人似很有办法"。

尹林平，这个来自江西兴国的汉子，面对抗战的即将胜利和目前武装斗争的艰巨性，他要主持这样一个承前启后的重要会议，感到肩上的担子重如千斤。他下决心开好东江纵队罗浮山会议。

尹林平给大会定了主要任务：深入学习与研究贯彻中共"七大"决议，传达贯彻中共中央 6 月 16 日和 7 月 15 日的有关指示，总结广东抗战以来的经验教训，建立广东党的统一领导机构，研究和部署今后的工作任务。

会议先由曾生传达中共"七大"精神，全文宣读了毛泽东所作"七大"政治报告——《论联合政府》。

尹林平代表中共广东省临委在会上作了《目前形势与斗争任务》的报告。

尹林平在报告中，对广东形势进行了全面分析，总结了抗日战争以来党在广东取得的主要成绩和经验教训，指出：广东是华南政治、经济、文化、军事的中心，又是有光荣革命斗争传统的地区。经过几年的斗争，已经建立了相当于二十多个团的人民武装力量，在广东全省占半数以上的县有我们的部队在活动，建立了数百万人口的根据地和民主政权。但是我们工作上也存在缺点和不足，主要是对于革命斗争的长期性与发展不平衡性的认识不足，对于武装工作与沦陷区工作的重要性认识不足，对于统一战线工作的重要性认识不足等。

最后，尹林平在报告中代表中共广东区党委（临委）提出今后工作的方针和总任务：展开全面对敌武装斗争，提高人民觉悟，依靠人民，巩固解放区，联合多数，反对少数，打开广东、华南民主新局面，粉碎国民党反动派发动全面内战的阴谋；准备力量，配合盟国反攻，解放广东人民，建设华南新局面。

会议经过认真学习和讨论，一致同意尹林平所作的报告，并通过了如下重要决议并报告中共中央：

（一）照中共中央的指示，决定撤销广东省临委和东江军政委员会，成立广东区党委。尹林平、梁广、曾生、王作尧、杨康华、林锵云、梁鸿钧、罗范群、刘田夫、周楠、连贯、梁嘉、黄松坚、黄康、饶彰风为委员。尹林平任书记，组织部部长梁广、宣传部部长兼新华分社社长饶彰风，统战部部长连贯，城市工作部部长黄康。

（二）东江纵队司令部负责研究与指导全省（不含海南岛）的军事工作，政治部负责研究与指导全省（不含海南岛）军队政治工作。

（三）成立与健全各党组织领导机构。

（四）派出主力迅速北进，打开始兴、南雄、仁北、曲江、乐昌、乳源的局面，准备协同南下支队开辟五岭根据地。

（五）大力发展党员，巩固民主政权，积极领导人民群众自发性的武装斗争，发展华南民主运动，争取中间势力，孤立反动势力。

7月22日，会议最后一天，尹林平代表区党委作了《为创造强大巩固的抗日民主根据地而斗争》的总结报告。

尹林平："这次会议，在党的'七大'团结胜利精神的指引下，开得非常成功，是中共广东地方史上一次具有重大意义的会议。会议还确定了执行党中央建立五岭（越城岭、都庞岭、骑田岭、萌诸岭、大庾岭）战略根据地的指示，使我军在南方有一个坚强的战略基地，使华北、华中和华南地区三大敌后抗日战场，南北呼应，彻底打败日本侵略者。通过这次会议，总结了经验，提高了认识，明确了方向，克服了在领导作风和工作作风上存在的一些不良倾向，使会议开成了一个团结的大会，胜利的大会，为以后的斗争胜利奠定了基础。"

众人掌声。

掌声刚落，会场外传来了几声马嘶。接着，王作尧大步流星地走进会场，挥手向尹林平、曾生示意。尹林平、曾生急忙走近王作尧跟前，他们三人在交换信息，脸上露出了微笑。

接着，尹林平、曾生拖着王作尧坐在主席台的中间。

曾生:"同志们！我向大家报告一个好消息！"

会场一片寂静。

"王作尧副司令带领部队打了大胜仗，企图进攻罗浮山的两千多顽军被打得落花流水，全线告退。"

掌声再次响起。

我们将时间倒回1945年6月10日，即罗浮山会议进入第四天。

尹林平、曾生正在冲虚观内的禅房参加会议分组讨论。

王作尧急急忙忙来到曾生和尹林平的身旁，耳语了几声后，三人便匆匆离场。

冲虚观下方的白莲湖边的大树下。王作尧:"司令，政委，有紧急情况！"

曾生:"如此紧张，何事？"

王作尧:"据可靠情报，国民党已经向我们合围了。"

在罗浮山会议召开前夕，东江纵队副司令员王作尧、政治部主任杨康华率领第三支队和第五支队一部，攻打博罗县公庄，重创了准备进犯罗浮山区的国民党顽军独立第二十旅。

就在罗浮山会议紧张召开的时候，受挫后的国民党顽军第二十旅和地方团队两千多人，从公庄向柏塘进犯，严重威胁罗浮山会议的安全。

尹林平:"这次的人来势凶猛，大有炸平罗浮山之势呀。"

王作尧:"柏塘是博罗东部的一个重镇，也是东面进入罗浮山的门户，我们必须在柏塘阻击敌人。"

曾生:"为了保证罗浮山会议的顺利进行，你和杨康华同志带领部队阻击敌人。"

王作尧:"好！保证完成任务！"

曾生:"立即行动！"

铁血丹心

巍峨的罗浮山山脉，向象头山、桂山伸展，在杨村、柏塘之间，丘陵逶迤连绵。从柏塘圩往东北方向走四五公里，有一个高约二百米的山头。山顶上长着三棵苍翠挺拔的百年老松树，当地民众称这座山为"三棵松"。

王作尧命令第三支队队长彭沃、政治委员陈一民率部从罗浮山经新塘向柏塘方向推进，然后绕到柏塘北面、东面的大岗岭、鸡麻岭和观音山一带布防，从两个方向阻击来犯之敌。

第一大队担任第一线的防御任务，在左从"三棵松"，右至"独立松"一线制高点挖壕据守。

第一大队第一中队第三小队，防守"三棵松"高地。小队长冼根，政治服务员丁顺强带领三个班28名战士，在"三棵松"山顶挖掘了环形战壕，全小队分成八个战斗小组，一挺机枪、两支冲锋枪、二十二支步枪的装备，准备同来犯之敌打一场硬仗。

7月14日上午8时，敌人兵分两路，一路从杨村新前、合水向我正面阵地开进；一路从公庄经显村、赤水洞奔袭我一线左翼阵地制高点——"三棵松"。杨村新前、合水方向之来敌，受到我部迎头痛击，双方打得十分激烈，冲锋喊杀声及枪炮声，阵阵回响，泣神惊天！敌人无法突破正面阵地。

上午9时许，进攻"三棵松"的顽军逼近阵地对面的油茶山、档耙山和摩梳坑山，对冼根小队阵地形成了半月形包围。油茶山顺着山窝与"三棵松"相连，档耙山和摩梳坑山与我军阵地对峙，距离约200米，中间只有一条小山沟和一片狭小的稻田隔开。

不一会，顽军从油茶山沿着山窝向"三棵松"直扑过来。

敌人依仗人多势众，在猛烈炮火掩护下，边叫喊边向前冲击。

敌军指挥官大声喊着："弟兄们，冲呀！冲上去有赏！"

沉住气，28颗心燃烧着怒火，28对愤怒的眼睛紧盯着逐步逼近的敌人。

当敌人进到百米之内时，小队长冼根一声高喊，战士们拉动了手上的引线，"轰轰轰"几声巨响，走在前面的顽军，一个个被炸上了天，残躯断臂到处横飞。接着，机枪、冲锋枪、步枪一齐怒吼，密集的子弹向敌群倾泻。敌人"倒泻箩蟹"（满满一箩筐的螃蟹翻倒在地上，螃蟹自然会四下逃散。形容混乱、杂乱而无法控制的场面）般四散逃窜，阵地前留下十多具尸体。顽军第一次进攻被打退了。

敌人像受伤的狼一样，以百倍的疯狂组织了第二次进攻。他们在油茶山两侧架起迫击炮，对着山顶狂轰滥炸。

"三棵松"阵地前的鹿砦全部被摧毁。

机枪掩体被掀翻，小队长冼根和机枪手吴暖被压在炸塌的掩体下。在此危急关头，共产党员、政治服务员丁顺强带领几名战士，冒着敌人的炮火，几个鲤鱼翻身后，跃进被炸塌的机枪掩体，搬去压在上面的石块和树干，将冼根和吴暖救出来。可是吴暖负了重伤，冼根牺牲了。年仅26岁的冼根，为了挽救国家、民族的危亡，转战东江南北，几度重伤濒死。今天，却牺牲在顽军制造的内战战火中。政治服务员丁顺强抑住悲痛，抹去机枪上的尘土，大喊一声："同志们，坚决守住阵地，为小队长报仇！"于是，小队的机枪、冲锋枪、步枪喷出一连串复仇的火焰，又一次把敌人压至半山腰，无法靠近。敌人的三次进攻被打退了，而第三小队也伤亡过半。

此时，在离"三棵松"大约三千米的观音山下，第一大队紧急派第一中队副队长陈苏带一个小队驰援"三棵松"。他们匍匐前进，从"三棵松"两侧山边迂回接近敌人。敌人发现我增援部队，立即调集迫击炮和轻重机枪，组成火力封锁线，堵截增援部队。增援部队使用的都是轻武器，多次冲锋，都没能把敌人的火力压下去，无法到达"三棵松"阵地。

到下午 13 时许，守卫的勇士们已打退了敌人六七次进攻，"三棵松"阵地，尘土飞扬，硝烟弥漫，树枝横飞。

战斗到下午 15 时许，小队的弹药已快耗尽，而增援部队因受阻不能到达，跟上级又失去了联系。此时，临时担任指挥的共产党员、第一班马班长当机立断，与第二班正副班长紧急商定召开党小组会议。大家认为，顽军已被拖住六个多小时，阻击任务已基本完成，为了保存力量，伺机再战，决定分批撤离阵地。

谁负责打掩护？大家都争着留下来，争论不休，相持不下。

"听我的！"马班长指定第二班冯副班长带领四名战士掩护。

冯副班长："保证完成任务！"他握着拳头，大声喊："只要我们还剩一个人，也要拖住敌人，掩护同志们安全撤退！"

"我走不了，要打掩护，死要死在阵地上。"头部受重伤的陈副队长发出微弱的声音。

撤退的，留下掩护的，他们紧紧地拥抱着！

"你们放心走吧！"

"我们撤出后，一定与主力部队接应你们！"

第二班冯副班长带领掩护撤退的几名战士，在战壕的西段向油茶山敌人阵地开火，把敌人的火力吸引到自己这边来，以掩护同志们尽快撤退。

穷凶极恶的敌人听到山沟枪声后，立即反扑过来……

马班长带领撤退的同志，沿着战壕集中到敌人火力比较薄弱的东北面。当掩护同志向敌人开火时，他们立即跃出战壕，朝山沟的稻田滚去。盘踞在档耙山和摩梳坑山的敌人发觉后，子弹像雨点般扫射过来，不少战士中弹倒地。到达山沟时只剩二班长黄秋、战士温发和另一名战士，他们以稻田为掩护，艰难地向大队部方向后撤。此时，巧遇第三小队一个班前来增援，仍被敌人的炮火打得抬不起头来。就在这危急时刻，正好支队派来的曾连中队及时赶到，用重机枪火力压住敌人，掩护他们撤退。

当黄秋三人撤到安全地带时，"三棵松"阵地的枪声突然停止，接着，是"轰轰轰"几阵手榴弹的爆炸声。

黄秋等人意识到，留在阵地上打掩护的同志，在弹尽粮绝的危急关头，与敌人展开白刃战，最后拉响两枚手榴弹，与阵地共存亡了。

"冯副班长……"

"各位好兄弟！"

望着"三棵松"阵地上空滚滚的浓烟，他们大声地喊着。

他们不由自主地停下脚步，朝"三棵松"的方向默默地致哀。

"三棵松"战斗，我军一个小队28人（其中5人是共产党员），凭着惊人的勇敢顽强，阻击了顽军正规部队一个团兵力多次的进攻，浴血战斗六个小时，使顽军受到很大的伤亡和消耗，不得不于次日从柏塘撤走，第三支队随即收复柏塘。冼根小队为确保罗浮山会议的顺利举行，作出了重大牺牲。

空旷的森林里，烧焦的树木垂头丧气地弯着腰。

"三棵松"的山脚下，28座新坟墓插满了鲜花。

王作尧、杨康华等领导率领战士们默默地站在坟墓前。

王作尧："兄弟们，我的好兄弟……"眼泪唰唰地流了下来。

战士们泣不成声。

"砰！砰！砰！"王作尧举起驳壳枪向天连发三枪。

杨康华等人将一杯杯酒洒在坟前，然后站起来，缓缓地取下军帽。

战士们都取下了军帽。

苍郁的群山在低头默哀。

清澈的溪水在轻声呜咽。

艳阳高照

罗浮山的八月，暑热正旺，大地就像一个大火炉，冒着热腾腾的蒸汽，把人们的身心炙烤得极其疲惫和烦躁不安；人们都尽量缩在室内或树荫下觅取一点难得的凉爽。

艰难漫长的战斗，迎来灿烂的艳阳天。

罗浮山狮子峰的最高点——旷心亭。发报机"滴滴滴"的发报声，唤醒了沉睡的大山，连缓缓流淌的山溪，也在屏息静听。东纵英雄儿女在静静地等候母亲的呼唤。

"东江，东江，我是延安！"

电波越过高山峻岭，跨过黄河长江，奔向岭南罗浮山。

"延安，延安，我是东江！"

"东江，东江，延安发布重要消息！"

年轻的报务员兴奋而又专注地抄收"母亲"发来的每一个字。

这是一封不寻常的电文，是中共延安总部发来的重要消息和朱总司令的命令：

"今天正午，日本裕仁天皇通过广播发表终战诏书，宣布接受《波茨坦公告》，向盟军无条件投降……"

"日本，无条件……无条件投降！"报务员从凳子上蹦了起来，挥动着电报，声音兴奋得有些走调。

"是不是真的？日本鬼子投降了?!"大家一听，开始那会儿都有些意外，一下子愣住了。

"是真的，真的！"

"胜利啦！中国胜利啦！"

"日本鬼子投降了，我们胜利啦……"

"胜利万岁！"

"毛主席、朱总司令万岁！"

同志们兴奋地喊呀，跳呀，把台长抬起往上抛，欢笑的声浪震彻山谷。

深夜，电台台长立即把电文送到山下。

飘逸的彩云，带来了世界人类和平的福音，举世在狂欢，兴奋，歌颂这伟大日子的到来。

罗浮山——广东人民抗日游击队东江纵队的司令部所在地，沉浸在一片狂欢之中。

博罗、增城、龙门等县城，锣鼓喧天，鞭炮齐鸣，欢声雷动。人们连夜涌上街头，马路上挤满了热情游行的市民，他们兴高采烈，载歌载舞。人们的衣服都被汗湿透了，人们的嗓子都喊哑了，没有人能分辨得清各种声音，没有笔墨能形容这热烈的场面。罗浮大地已经变成了欢浪迭起的大海。

在街头巷尾，贴着粉红色壁报的墙根上，挤满了人，老头子踮起双脚，昂着脖子，把鼻尖凑到壁报上，似懂非懂的样子，在大声朗读日本无条件投降的消息。有不识字的人，站在人群的外围，仰着一张憨笑而质朴的脸，一面听着，一面向别人询问自己想知道的事情。乡道上，屋檐下，三三两两，兴高采烈，谈论着日本投降，抗战胜利的事情。

一群群青年小伙子、大姑娘像接力传递一样，不停地拿着用报纸折成的喇叭筒，大声地喊着，声音是那么洪亮，情绪是那么高昂。

> 乡亲们！
> 大家注意了，
> 向大家报告一个特大喜讯，
> 特大好消息——
> 日本鬼子投降了！
> 萝卜头完蛋了！
> 我们胜利了！

随着年轻人的反复广播，罗浮大地沸腾了。

每一个人的心，为了这世界人类和平日子的到来，如花一样地绽放了。

东江纵队驻地，鼓声隆隆，战旗猎猎，歌声阵阵。指战员们激动得热泪盈眶，大家又唱又跳，唱着《大刀进行曲》《游击队之歌》《东江纵队之歌》，他们在高呼"日本仔投降了！""抗战胜利了！"是啊，对于这支同日本侵略军浴血斗争七年，历尽千辛万苦的人民抗日武装来说，难道不更有资格分享抗战胜利的喜悦吗！

在兴奋的欢呼声中，纵队司令员曾生等领导来到驻地，与军民共庆抗日战争的伟大胜利。战士向他们拥来，捧起大海碗向这位抗战功臣敬酒。曾生频频向战士招手致意，接过战士递上的一碗酒，饱含深情地说："我接受大家的酒，让我们一起向那些死难的抗日壮士和为中国独立自由而献出宝贵生命的国际友人献上这碗酒吧！"说完，他双手托碗，将酒轻轻地洒在黄土地上……

罗浮山冲虚观东纵司令部。

杨康华宣读朱德总司令的命令，命令的主要内容是，朱德总司令命令侵华日军的最高指挥官冈村宁次及其部属，立即向我军缴械投降……在广东的日军，应由党指定在广州的代表，至华南抗日纵队东莞地区，接受曾生将军的命令。

尹林平："这个命令是东江纵队的光荣，也是东江人民的光荣。"

曾生："朱总司令交给我们的受降的任务，我们责无旁贷，要全力以赴。日军虽然投降了，但日军在东江地区的武装还没有解除，他们仍然占领东莞、惠州、博罗、增城等城市和交通要道，而国民党顽军又以政府军的面目出现，夺取抗战的胜利果实。所以受降工作一定会困难重重。"

尹林平："是呀，国民党军队已经蠢蠢欲动与我们争地盘了，争夺受降之斗争在所难免。"

曾生："事不宜迟，要立即组织开展受降工作。"

尹林平："对！刻不容缓！"

……

8月11日，尹林平、曾生、王作尧、杨康华向东江纵队各部发布紧急命令，命令各部应坚决执行朱总司令的命令，要求各部队开赴日军各个据点，解除日伪武装，对拒降之敌开展猛烈进攻，要维护治安，镇压土匪特务的破坏活动，保护人民生命财产安全。

战鼓催征，保卫抗战胜利果实的斗争又摆在东纵将领面前。他们马不停蹄地踏上了新的征途。

8月15日，曾生、王作尧和杨康华率领部队分别在东江南岸和东江北岸地区开展受降工作。

由于美帝扶蒋反共，国民党反动派强夺人民胜利果实，挑动内战，东江纵队的受降工作遇到了阻力。但东江纵队坚决向拒不投降的日伪军发起进攻：

——在宝安地区，首先收复南头，解除日伪军武装，接着解放深圳和沙头角，伪宝安县县长及伪警中队等全部投降。

——港九大队先后接收日伪军500多名投降。在东莞地区，横扫莞太线歼灭伪军两个多营，杀伤大批来援日军。

——在澳头和稔平半岛，攻克三门岛、暗街、稔山和澳头，俘日伪军200余人，缴获山炮一门、海岸炮4门和大批枪械。

——在增城及广九路沿线，迫使部分日伪军投降或交出大批武器。

——在江北，第三支队围攻博罗县城日伪军，在城郊与拒降日军展开激战，并派出代表进入博罗县城向日军指挥官送交通牒，迫使日军投降。

据不完全统计：在受降工作中，东纵共受降日军171人（歼灭日伪军及投降的伪军不计在内），收缴海岸炮4门，野炮1门，重机枪28挺，轻机枪21挺，步枪2 385支，短枪56支。

历史不会忘记：在抗日战争中，东纵先后开创了总面积六万余平方公里，人口约四百五十万的东江、北江、粤东和港九地区抗日根据地，对日伪作战一千四百余次，毙伤日伪六千余人，俘虏投诚三千五百余人，缴获各类枪支六千五百余支，炮二十五门。东纵先后有二千五百余名战士为国捐躯。

历史也不会忘记：华南敌后抗日游击战争的指挥中心——纵横广袤五百里的罗浮大地，军民纵横驰骋，勒马长啸，雷霆万滚，铁血疆场……

抗战胜利了，罗浮大地换上了新装，艳阳高照，白云蓝天，绿水青山格外明艳。

后　记

中国人民抗日战争暨世界反法西斯战争胜利七十周年前夕，长篇纪实文学《喋血罗浮》终于与广大读者见面了。

《喋血罗浮》与《罗浮曙光》是罗浮地区武装斗争的姐妹篇，前篇叙述的是抗日战争时期罗浮地区的武装斗争，后篇说的是解放战争时期罗浮地区的武装斗争。这一前一后，将罗浮山地区的人民武装斗争中鲜为人知的故事展现在广大读者面前。

《罗浮曙光》出版后，得到广大读者特别是东纵老战士的好评，不少人还要求我写一部反映抗战时期的作品，于是，我把这莫大的鼓励变成实际行动。

《喋血罗浮》，描写的是罗浮山地区的抗日武装斗争。所以，我必须知道罗浮山地区军民抗战的英雄事迹。我在阅读，我在追问，我在寻找。

2014 年仲夏开始，我的案头非常凌乱。我摊开了一本又一本东纵史料和广东党史。每天阅读，每天做笔记，在那些触动我的字里行间标上记号。

有关广东人民抗日游击队东江纵队的史料，有一本又一本的资料汇编，有一篇又一篇回忆文章，有一部又一部回忆录……这些史料到底有多少？今天，我数了数本人所参阅的，有八十多本，有几百万字。

《喋血罗浮》，主要反映广东抗日游击队（东江纵队），及与他们相互配合和相互呼应的抗日武装，还有在他们背后默默地作出牺牲与贡献的海外华侨、港澳同胞和千千万万人民群众不可磨灭的历史功绩。

本书采访了一些仍健在的抗日志士，他们为我叙述了许多感人肺腑、动人心魄、催人泪下的故事；本书在写作中请教了许多研究机构和档案机构的专家学者；本书亦参阅了大量海内外有关广东抗战的著述——承蒙以上诸方的鼎力支持，谨表谢意。

暨南大学出版社及审阅者的鼓励与教正，我的谢意自不待言。

因成书仓促，加之作者笔力不逮，疏舛之处在所难免，也许是情已远，书之难尽啊！又于"信"与"雅"之间，常有游刃艰难之感，故对于能将这本重"纪实"而弱"文学"的作品读完的耐心的读者们，笔者亦当深表谢意。

本书以有限之篇幅，而纪写罗浮山长达八年的伟大抗战，于事实，于人物，多有挂一漏万之处，承蒙有识之士指正，当于有机会再版之时，加以补正。

愿以本书，祭奠抗日战争中在罗浮山这片土地上为国捐躯的烈士，以及一切为这场战争作出贡献的人们。

毛锦钦

2015 年 6 月

喋血罗浮